Wenn ICH DICH GELIEBT HABE

(Hollywood Hearts, 1)

Jean C. Joachim

Sinnliche Romantik
Moonlight Books

Über das E-Buch, das Sie erworben haben: Ihr nicht erstattbar Kauf dieses e-book können Sie nur eine Kopie für Ihre eigenen persönlichen Lektüre auf Ihrem eigenen Computer oder Gerät. **Sie haben nicht die Rechte wiederverkaufen oder Verbreitung ist ohne vorherige schriftliche Zustimmung der Herausgeber und Inhaber der Urheberrechte dieses Buches.** Dieses Buch darf in keiner Form, kopiert werden, verkauft oder anderweitig an andere durch Upload auf einen File Sharing übertragen werden Peer-to-Peer Programm, kostenlos oder gegen eine Gebühr oder als Preis in einem Wettbewerb. Eine solche Maßnahme ist verboten und stellt eine Verletzung der US-amerikanischen Urheberrecht. Verteilung dieses e-book, im Ganzen oder in Teilen, online, offline, im Druck oder in irgendeiner Weise oder jede andere Methode derzeit bekannten oder noch erfunden werden, ist verboten. Wenn Sie dieses Buch nicht mehr wollen, müssen Sie sie vom Computer löschen.

Warnung: Die unbefugte Vervielfältigung oder unbefugter Vertrieb dieses urheberrechtlich geschützten Werkes ist unzulässig. Strafrechtliche Verstöße gegen das Urheberrecht, einschließlich Verletzung ohne finanziellen Gewinn, wird vom FBI untersucht und ist bis zu 5 Jahre im Bundesgefängnis strafbar und einer Geldstrafe von $ 250.000.

Ein Moonlight Books Roman
Sinnliche Romantik
Wenn ich Dich geliebt habe (Hollywood Hearts 1)
Copyright © 2012 Jean C. Joachim
E-book ISBN: 978-1-62622-8054
Erste E-Buch Veröffentlichung: Januar 2012
übersetzt von Katharina Schneider
Cover Design von Dawne Dominique
Durch deren Tabitha Bower
Durch Renee Waring Korrektur
Alle Cover und Logo Copyright © 2011 Moonlight Books

Alle Rechte vorbehalten: Die literarische Arbeit darf nicht vervielfältigt oder in irgendeiner Form oder auf irgendeine Weise, einschließlich, elektronischen oder fotografischen Vervielfältigung übermittelt werden, im Ganzen oder in Teilen ohne ausdrückliche schriftliche Genehmigung.

Alle Charaktere und Ereignisse, die in diesem Buch sind fiktiv. Jede Ähnlichkeit mit tatsächlichen Personen lebend oder tot ist rein zufällig.

Herausgeber
Moonlight Books

Engagement

Ich widme dieses Buch für meine Leser. Ohne dich, meine Bücher immer noch Geschichten in meinem Kopf herumschwirren.

Quittierung

Danke für Ihre Unterstützung und Ermutigung: Kathleen Ball, Tabitha Bower, meinen Editor, Jack Drucker, Sally Gallagher, Ariana Gaynor, Lisa Ingham, Larry Joachim, Marilyn Reisse Lee, Sandy Sullivan, Ben Tanner, und der Dienstag Geschichten Schriftsteller

Im Speicher von Jack Harding

Er packte eine Lebenszeit von Pflege in zwanzig Jahren. Wir vermissen Dich, Jack.

Andere Bücher von Jean C. Joachim

FIRST & TEN SERIE
GRIFF MONTGOMERY, QUARTERBACK
BUDDY CARRUTHERS, WIDE RECEIVER
PETE SEBASTIAN, COACH
DEVON DRAKE, CORNERBACK
SLY "BULLHORN" BRODSKY, OFFENSIVE LINE
AL "TRUNK" MAHONEY, DEFENSIVE LINE
HARLEY BRENNAN, RUNNING BACK
OVERTIME

THE MANHATTAN DINNER CLUB
RESCUE MY HEART
SEDUCING HIS HEART
SHINE YOUR LOVE ON ME
TO LOVE OR NOT TO LOVE

HOLLYWOOD HEARTS SERIE
RED CARPET ROMANCE
MEMORIES OF LOVE
MOVIE LOVERS
LOVE'S LAST CHANCE
LOVERS & LIARS
His Leading Lady (Series Starter)

NOW AND FOREVER SERIE
NOW AND FOREVER 1, A LOVE STORY
NOW AND FOREVER 1, THE BOOK OF DANNY
NOW AND FOREVER 3, BLIND LOVE

NOW AND FOREVER 4, THE RENOVATED HEART
NOW AND FOREVER 5, LOVE'S JOURNEY
NOW AND FOREVER, CALLIE'S STORY(series starter)

MOONLIGHT SERIE
SUNNY DAYS, MOONLIT NIGHTS
APRIL'S KISS IN THE MOONLIGHT
UNDER THE MIDNIGHT MOON

KURZGESCHICHTE
SWEET LOVE REMEMBERED
TUFFER'S CHRISTMAS WISH

Wenn ICH DICH GELIEBT HABE
Jean C. Joachim
Kapitel Eins

MEGAN KONNTE KAUM ATMEN. Ihr Mund plötzlich trocken wie Sand, ein Lächeln, als ihre Augen mit seinem verbunden. Sofort verstand sie, Chaz Duncans enormen Erfolg. Seine Gegenwart erfüllte den Raum der zweiten er es betrat.

Chaz stand ungefähr fünf Fuß elf, mit einem Schlank und Schultern, von New York bis Kalifornien gestreckt. Seine fachmännisch getrimmt, salopp langen dunkelbraunen Haare drohte ihm in die Augen zu fallen. Seine Augen waren die dunkelsten Braun, gesäumt von langen schwarzen Wimpern. Seine Nase war gerade und gerade lange genug. Seine Lippen waren perfekt, mit einem etwas volleren Unterlippe, sah völlig Kissable.

Er trug braune Hosen Schokolade zu seinem Körper durch eine weiße Seide Hemd, am Hals offen überstieg zugeschnitten, die einen Hauch von brustbehaarung. Das Genick auf seinem Gesicht war die richtige Länge - nicht zu lang, schlampig zu erscheinen, aber lange genug, sexy wie Hölle. Eine verbrannte Orange und Rot, schmal gestreifte Krawatte unter die Rückgängig Taste "nach oben" seines Hemdes gebaumelt. Er schlug eine geflissentlich lässige Haltung mit der braunen Jacke zu seinem Anzug umschlungen über seine Schulter, auf die Finger einer Hand spannte. Er trat einen Schritt nach vorne und erweiterte seine Hand.

Sie nahm einen tiefen Atemzug, als seine warme, trockene Hand ihr in einen festen Griff umhüllt. "Eine Freude, Sie zu treffen, Herr Duncan. Wird sie nicht Bitte hinsetzen?"

"Chaz, bitte", sagte er und nahm einen Sitz.

Megan zurück zu ihrem Platz. "Kaffee?" Sie richtete ihren Blick auf ihre Besucher.

"Love it. Schwarz".

"Andy, schwarzen Kaffee und Wasser für mich.", rief sie zu ihrer Assistentin an einem Schreibtisch in der Nähe der Tür sitzen. *Über eine Gallone; ein Bier zu trinken und den Rest über mich gießen, bevor ich in flame Burst.*

Chaz legte seine Jacke um die Rückseite der Stuhl vor der Trennung seine Lippen in ein strahlendes Lächeln. Die Wärme seiner starren als sein Blick gereist, um die Länge Ihres Körpers kurz, und stoppen Sie bei jedem attraktiven Kurve, ihre Körpertemperatur erhöht. Die plötzliche Wärme, die durch seine Aufmerksamkeit zwang sie ihre Jacke auszuziehen. Sie bemerkte er an ihrer Brust sah, als sie ihre Arme nach hinten gezogen. Megan rutschte ihr Stuhl bis zum Schreibtisch. Sie setzte sich auf als gerade und hoch wie Sie konnte bei fünf Fuß vier. Chaz schob seinen Stuhl näher.

Mit zitternder Hand, Meg hob ihr Liste von Fragen dann ihr Räusperte. Als ihr Blick traf sie bemerkten einen amüsierten Luft, als ob er ein leises Lachen erstickt wurde. Andy unterbrochen, um Sie in den Kaffee und Wasser zu bringen. Chaz geschlossen lange Finger um seine Kaffeetasse und lehnte sich zurück. Ihre Augen leicht zurück. Sie legte das Papier auf ihrem Schreibtisch. "Schauen Sie, ich weiß, du bist berühmt. Mein Bruder ist berühmt..."

"Mark Davis. Star Quarterback für die Delaware Dämonen, oder?"

"Er ist mein twin."

"Die man gar nicht alle gleich aussehen. Können Sie einen Fußballwurf?" Ein Lächeln kräuselte seine Lippen.

"Wie habe ich noch nicht gehört, dass einem vor. Es ist Mir egal du bist berühmt, okay. Können wir das gerade? Ich bin nicht beeindruckt, nicht zu ihren Füßen zu kriechen. Du bist einfach einen potentiellen Kunden, deren Geld ich verwalten werden können. Nicht mehr und nicht weniger. Ich bin nicht zu Unmündigen und für ein Autogramm oder mich auf sie werfen Fragen. Natürlich werde ich mein Bestes tun, um ihr Geld, als ob es meine eigenen zu nehmen, aber das ist so weit es geht."

"Weg zu ihrem Charme auf mich um mein Geschäft zu gewinnen." Chaz lehnte sich nach vorne.

"Ich glaube nicht, Charme müssen; ich Hirn." einem selbstgefälligen Lächeln über Meg's Lippen.

"Whoa! Oh, ja... Harvard M.B.A., richtig? Harvey sagte mir." Chaz saß in seinem Stuhl zurück.

"Richtig." Meg lehnte sich zurück, auch falten Ihre Arme vor ihrer Brust.

"Yale School of Drama hier. Also nicht dazu bequemt zu mir. Ich bin kein 'dumme' Schauspieler in Liebe mit sich. Und sie sind ziemlich heiß für ein Finanzberater nur mit Dollar und Cent auf ihrem Verstand gekleidet. Nicht, dass ich mich zu widersprechen. Ich liebe Eye Candy... große Rack, zu..." Er grinste sie an dann sein Handy gezogen.

"Eye Candy? Rack? Haben Sie sagen *Rack*? Warum die Nerven! Ist, dass Sie Ihr Handy? Schalten Sie das Gerät aus..." Sie stieg aus ihrem Sitz.

"Mein Handy ist meine Lebensgrundlage. Ich werde nicht eine Hörprobe oder die Möglichkeit, ein Skript zu lesen zu verpassen, weil Sie mein Telefon ausschalten möchten. Und *Rack* ist ein höflicher Begriff als einige Männer würden."

Megan sank in ihren Stuhl, sprachlos, während Chaz eine Sms zurück.

"Ich denke, daß Sie vielleicht jemand anderes hier..." Sie stand auf und ging zur Eingangstür sprechen sollten, sondern von Chaz starken Griff am Arm hielt sie.

"Setz dich", sagte er leise.

Meg zurück zu Ihrem Stuhl

"Jetzt haben wir, die unsere Brust... ich Truhen sagen kann, kann nicht ich? Lasst uns vorwärts zu bewegen. Sprechen Sie mit mir über, wie Sie planen, mein Geld zu investieren." Er entspannte sich wieder in den Stuhl, Schnürung seine Finger hinter den Kopf.

"Sie wollen mich immer noch ihr Geld zu verarbeiten." Megan.

"Sie haben Feuer... vielleicht Grundsätze ... Und wahrscheinlich Gehirne," Er grinste sie an. "Das mag ich. Mal sehen, ob Sie einige gute Ideen über Geld management haben, auch." Er sein Lächeln gewählt, um eine bloße fünf hundert Watt; sein Verhalten stank nach Aufrichtigkeit.

Megan nahm einen großen Schluck aus der Wasserflasche, bevor Sie die Papiere auf ihrem Schreibtisch. "Ich einige Fragen vorbereitet haben, um mir zu helfen, ihre Bedürfnisse verstehen, Herr.... Ah, Chaz."

"Meine Bedürfnisse? Sie nicht wirklich *braucht* , sie tun?" Er lachte, während sein Blick ihr Körper geharkt.

"Ich meine, Ihre finanziellen Bedürfnisse... ah, vielleicht Ziele ist das bessere Wort."

"Ah, Ziele, ja. Ziele für mich funktioniert."

"Wenn wir können sich auf drei Ziele, dann bin ich in der Vorbereitung für eine Art von Vorschlag..."

"Vorschlag? Du wirst mir vorschlagen? Wir einander eine solch kurze Zeit gekannt habe!" Er hob seine Augenbrauen in fiktiven Schock.

Megan konnte sich nicht helfen. Sie lachte, die Ihren Mund mit der Hand. Der Ton wird abgeschaltet. Andy sah von seinem Schreibtisch. Sie signalisiert ihm die Tür zu schließen. Wenn sie ihre Fassung wiedergewann, versuchte sie wieder. "Ich gebe dir ein paar der Ideen über die beste Weise, ihr Geld zu investieren, um ihre Ziele zu erreichen, sicher, mit so wenig Risiko wie möglich."

"Ich bin ein großer risikofreudig, Ms..."

"Megan".

"Megan. Mein Leben ist ein großes Risiko, aber keine finanziellen Risiken. Nicht wie die An alle."

"Da sind wir uns einig. Okay, Chaz, wie viel Zeit haben Sie?" Sie blickte auf ihre Uhr.

"Nichts, wirklich. Ich bin fällig bei *PBS* in fünfzehn Minuten. Sagen... warum nicht sie drei Ziele Sie denken, ich habe mit diesen Arbeiten sollte und wählen?"

"Ihre Eingabe... ich... ich weiß nicht, ihren Lebensstil oder so."

"Sie sind klug... erraten. Ich hole sie hier oben am Freitag Abend... Ist das genug Zeit?"

Sie nickte mit dem Kopf.

"Gut, Freitag Abend um sechs. Sie können Ihre Ideen zu mir über das Abendessen präsentieren."

"Freitag Nacht?" Sie öffnete ihre computer Kalender, obwohl Sie bereits wusste, dass sie keine Pläne haben.

"Es sei denn, Sie haben andere Pläne. Ich meine, wenn Prince Charming geplant ist Sie lieben am Freitag Nacht zu machen, könnten wir planen. Natürlich konnte ich sehen, Messerschmied und Bates am Freitag, wenn ich nicht sehe, dass Sie..."

"Freitag Nacht ist in Ordnung. Große, in der Tat."

"Ausgezeichnet. Tragen Sie etwas offenbart, es Ihnen passt." Chaz erhob sich von seinem Stuhl. Er näherte sich ihr Schreibtisch.

Megan schob auf die Füße. Chaz nahm ihre Hand, küsste sie und dann ihr Büro verlassen.

Andy kam in so bald wie er war weg. Megan stand an der gleichen Stelle, streichelte ihre Hand.

"Was war das?", fragte Andy.

"Cary Grant erfüllt die Herren von Flatbush," murmelte sie, ein Lächeln langsam anheben der Mundwinkel.

EINE HALBE STUNDE NACH Chaz links, Harvey Dillon gestoppt in Meg's Büro zu lehnen. "So? Wie ist es mit Chaz Duncan?"

"Begegnung mit Ihm wieder Freitag."

"Was ist passiert?" Harvey hob die Augenbrauen.

"Er nicht bleiben konnte. Ich habe die Informationen. Ich bin ein Vorschlag..." Sie hörte, brach in einem Grinsen, dann fort, "einen Plan ... Für ihn diese Woche. Ich werde es ihm am Freitag."

"Beim Abendessen..." Andy.

Meg starrte ihn an, bis er seine Hand über seinen Mund gespannt.

"Kein Problem, Meg. Geschäft ist oft über das Abendessen fertig. Nette Arbeit. Ich werde halten Sie weg auf die Feier, aber es sieht gut aus." Harvey seine Hand in der Abschied dann auf seinem Weg weiter angehoben.

Meg ließ ein Atem. *Gott sei Dank habe ich Sie nicht sprengen.*

Meg war unglücklich, dass die Verglasten Büros von Dillon und Unkraut Brielle Henderson, in einem Büro gegenüber von Megan's, die Möglichkeit, Meg's jede Bewegung beobachten. Einschließlich ihrer Wechselwirkungen mit Chaz Duncan. Das verführerische, ehrgeizig, blond account executive schlenderte aus ihrem Büro in vier-Zoll Fersen. Sie thront in Meg's Tür, lehnte sich gegen den Türrahmen.

"Abendessen. Sehr gemütlich. Holen in Business... die altmodische Weise?" Brielle zog eine Augenbraue hoch.

Zorn Meg's Wangen. "Ich glaube nicht, dass die Art und Weise. Er ist ein viel beschäftigter Mann. Prominente führen unterschiedliche Leben... es ist für seinen Komfort."

"Ich wette es ist. Sie sollten wissen, da sie starten Die neue *Berühmtheit* Geschäftsbereich Investment von Dillon und Unkraut. Ich bin sicher, dass er eine Entscheidung ... Dessert erreicht haben."

"Sie sind?" Andy gawked bei seinem Chef.

Megan nickte, Andy, ihre Augen auf Brielle, die zurück in ihr Büro Slithered wie eine schwelgerische Schlange.

"SIE HABEN EIN ABENDESSEN mit ihm? Oh mein Gott. Ich bin in Delaware zu stecken, während Sie gehen mit Chaz Duncan!" ihre Schwägerin, Penny, stöhnte am anderen Ende des Telefons Donnerstag Nacht.

Mark griff nach dem Telefon. "No hanky-panky mit Dunc, Meg."

"It's Business, Mark."

"Ja, richtig, Business..." er kicherte.

"Dunc? Sie nennen ihn "UNC"?", fragte sie ihren Bruder.

"Ich traf ihn einmal. Wir hissten Einige nach ein Spiel."

Einige statische und ein Klappern angegeben das Telefon gefallen war. "Meg. Wir müssen reden, "Penny sagte.

Megan wusste nichts über Dressing modisch heiß. Immer fleissig in der Hochschule, richtete sie ihre Aufmerksamkeit mehr auf acing Tests als sexy. Nach dem Abschluss, Sie ausgewählte sensibel, konservative Anzüge mit weißen Blusen gekoppelt ihre ernste Absichten in der Welt der Finanzen. Jedoch, wie der Leiter der Abteilung Berühmtheit, Meg hatte ihr Kleiderschrank Strategie zu überdenken. Also wandte sie sich an Penny, die Familie *fashionista* , um Hilfe.

Meg's Mangel an Vertrauen über ihr Aussehen zurück in Ihre Kindheit. Niemals die bessere Twin in den Augen ihrer Mutter, Megan unsicher und unbeholfen. Sie drehte sich in Richtung Bücher und weg von schönen Kleidern. Während die hübsche, blonde Mark Anspruch auf die Ausgehende, charmant, sportlich Twin, Megan, deren Stimmungen oft ihre dunkle Schlösser abgestimmt, war der schüchterne beschriftet. Sie hatte ihre Nase in ein Buch anstatt Einkaufen oder sogar zu einem Tanz gehen Sie zu begraben. Auch jetzt konnte sie recall

Anhörung ihrer Mutter sagen, "Er bekam das sieht... Sie die Gehirne." Unbeknownst zu ihr: Maria Davis' Stimme über das Schlafzimmer. "Shhh, Sie hören Sie." Ihr Vater die Tür geschlossen hatte, der Rest der Unterhaltung aus der eifrig Ohren von Skinny, Acht-jährige Megan.

So nahe wie keine Zwillinge sein könnte, an dem Sie teilgenommen haben, Kensington State University zusammen. Auf dem Fußballfeld, ihren geliebten Bruder abgeschlossen Mehr Durchläufe als jede andere Quarterback auf seiner Hochschulmannschaft. Megan gepflegt 3,8 Durchschnitt, ohne einen Schweiß zu brechen. Sie half mit Schularbeiten, halten ihn für Fußball geeignet. Im Gegenzug, er half ihr Termine erhalten. Doch ihre Termine schien immer mehr in Mark's Buddy interessiert als ihr Freund.

Nach dem Spielen der zweiten-String für die Nevada Spieler, Mark erhielt einen begehrten Punkt als der Quarterback mit der brandneuen Delaware Dämonen. Megan ging nach Harvard für ihren MBA. Sie blühte in eine schöne junge Frau mit ihrem Mahagoni Haare um ihre Schultern wie Seide. Sie ausgefüllt, Entwicklung sexy Kurven an den richtigen Stellen. Ihr Selbstwertgefühl zusammen mit ihrem Job Erfolg wuchs.

Immer noch nicht überzeugt, dass sie ihren eigenen Charme zusammen mit sieht gut entwickelt hatte, Megan war angenehm überrascht ihren ersten echten Freund zu erfassen, Alan Fader, ein junger Mann, der nicht von Mark Davis gehört hatte. Nachdem sie graduierten, Alan trat ein Investment Bank in Kalifornien, während Sie einen Job in New York stattfand. Sie trennten sich als Freunde.

Wenn am Freitag um gerollt, Meg sich früh. Nach Lockerung in violetter Seide flirty Rock, sie eine mit Pfefferminzaroma grüne gezogen, Schaufelte-neck Jersey ihr über den Kopf. Die feinen Grünen hallte das Grün in den Augen. 1-Strang Perlen Collier und Ohrringe rundeten das Outfit. Sie trug ihr Haar lose, erinnert, Penny's Warnung es nicht mit Chaz zu Pferdeschwanz.

Nach einem weiteren Blick in den Spiegel, Meg packte Sie Anzugjacke und Waltzed aus der Tür, Tropf mit Vertrauen. Einen grossen Gewinn würde Zement ihre Position als die Berühmtheit Abteilungsleiter bei Dillon und Unkraut. Chaz Duncan - der weltweit attraktivsten Mann - gut, sie hatte mit ihm später beschäftigen.

Die Stunden vergingen wie Megan auf polieren Ihre drei Pläne für Chaz, und stellen Sie sicher, dass es keine Rechtschreibfehler oder Fehler konzentriert. Bei fünf - 30, ging sie über alles, was man mehr Zeit, und dann gebürstet ihre weiche Locken. Bei sechs, Chaz ging zurück zu ihrem Büro. Er erwischte sie erfrischende ihren Lippenstift. "Es ist nicht meine..." unterbrechen

"Oh!" Sie sprang. Das Rohr rutschte aus der Hand und landete auf dem Boden.

Chaz gebeugt, um ihn abzuholen. Wie er es ihr reichte, ihre Finger, gebürstet, senden ein Kribbeln bis in die Höhe schießende ihren Arm. Ihr Blick fiel auf seine Gucci Müßiggänger dann setzte seinen Körper. Er trug eine passgenaue Jeans und ein, Langarm, Hellblau, gestreiften Hemd, das am Hals offen war. Es war eine schwarze Lederjacke über seinen Arm gefaltet. Augen in der Farbe der geschmolzene dunkle Schokolade erfasst Ihr Blick, als sie ihre Augen zu seinem angehoben. Sie erstarrte für ein paar Sekunden, wie ein Reh im Scheinwerferlicht.

"Alles ist fertig." Sie den Lippenstift in ihre Handtasche verstaut, die Papiere in Ihren Aktenkoffer, schnappte sich ihre Jacke von der Rückseite von ihrem Stuhl, und wechselte dann zu ihm.

"Wir gehen nach *Le Chien d'Or*. Gefällt ihnen Französisch Essen?"
"Love It".

Er legte seine Hand auf den kleinen von ihr zurück, als sie ihn durch die Tür voraus. Die Berührung seiner Palm erzeugt Hitze, während Sie sie vorsichtig nach vorn drücken. Sie wurde von seiner Nähe als einen angenehmen Hauch seines piney Köln ihren Weg trieb.

Er ist berühmt. Nicht mehr Berühmtheiten in meinem Leben. Außerdem hat er das Geschäft, erinnern Sie sich?

WENN ICH DICH GELIEBT HABE

IHR BÜRO AUF WEST FIFTY-Fifth Street platziert sie in der Nähe der kleinen Abschnitt der kleinen, eleganten französischen Restaurants auf der West Side von Manhattan. Es war nicht lange, nachdem Sie die Straße berührt, bevor Sie begannen die Leute erkennen Chaz. Drückte er Meg's Hand fest mit seinem und nahm die Leitung, sie Rangieren schnell durch die Verdickung der rush hour Menge. Sie wusste alles über Threading ihren Weg durch eine Masse, die mit einer berühmten Person im Schlepptau, nachdem es eine Million mal mit Mark. Meg begann schneller bewegen, leicht Schritt halten mit Chaz, während sie ihre Weise Passanten zickzackgeformtes fast bevor Sie eine Chance hatten, ihn zu erkennen. Schließlich erreichten sie die Tür des Restaurants. Einmal drinnen, Jean Pierre, der Oberkellner, begleitet Sie zu einem kleinen, privaten Raum.

"Sie werden hier nicht gestört werden, Monsieur Duncan." Pierre zu den dunklen Rot winkte, gepolsterte Bank neben der Tabelle. Megan schob. Chaz glitt eine Rechnung in der *Maître d'* Hand bevor er im auf der anderen Seite neben ihr sitzt, statt. Seine Aktion verunsichert Sie für einen Moment, bis Sie erinnerte daran, dass in einigen kleineren Restaurants war. Also, ihr Mund war trocken, wenn seine Schulter gebürstet ihrs, und seine Lippen tauchte nur Zentimeter entfernt. Ein paar kleine Perlen von Schweiß brach auf Ihrem Palm.

Petite Zimmer hatte dunkles Mahagoni Wände. Sie saßen an einem rechteckigen Tisch mit einem makellosen weißen Tischtüchern bedeckt. Die Flamme von einer kurzen Kerze ergänzt die Dim, romantische Beleuchtung. Es gab zwei rosa Rosen in einem Lavendel Keramik Vase auf dem Tisch. Das silber glänzte brillant, das Kerzenlicht spiegelt. Die Crystal stemware auf dem Tisch leuchteten. Für eine zweite, könnte Sie haben geschworen, sie auf einen Film getreten war.

"Sie wissen, dass Sie hier?" Sie Selbst abgewinkelte in ihrem Sitz etwas zu ihm um.

Mein Gott... eine intime... romantisches Abendessen mit Chaz Duncan. Ihr Puls trat herauf. *Es Nicht übertreiben, es ist Geschäft, streng.*

"Ich bin oft kommen hier für Tagungen. Ich brauche ein Restaurant, wo das Personal kennt mich. Hält Unterbrechungen und Service ist besser für Stammkunden." Sein Blick Rose aus dem Menü zu Ihrem Gesicht.

Fragte der Kellner für die Getränke bestellen und Megan höflich abgelehnt. *Business und Alkohol passen nicht zusammen. Außerdem kann ich gar nicht trinken um ihn herum... Wer weiß, was dumm, was ich sagen oder tun?*

"Sind Sie sicher? Noch nicht einmal ein Glas Wein? Ich habe meine Zeilen heute Abend laufen zu lassen, aber ich werde eins *eentsy weentsy* Glas." Chaz seine Daumen und Zeigefinger ein Zoll auseinander.

Sie schüttelte den Kopf. Seine Oberschenkel, fast drücken gegen Ihre, gab Wärme, verlockend ihr näher zu bewegen. Sie widerstand. *Halten Sie Abstand. Nicht Stern - Struck. Dieses ist Geschäft. Nicht mehr Berühmtheiten in ihrem Leben ... erinnern?*

"Ich hasse es alleine zu trinken." Die flehenden Blick in den Augen, schmolz Ihr lösen.

"Sie meinen Arm verdreht, ein Glas Cabernet. Das ist alles."

"Machen Sie es zwei Gläser, Jean Pierre. *Merci* ." Mit einem leichten Kopfnicken und Lächeln, der Kellner eilends.

Spricht Französisch, auch. Show-off. Eine wunderschöne Show, doch ein Angeber. "Ich habe alles, was wir besprochen." Megan für Ihren Aktenkoffer erreicht.

"Gut. Nehmen Sie mich durch." Chaz saß mit dem Rücken gegen die gepolsterte Bank und starrte sie an.

"Ich denke, Sie haben etwas gemeinsam mit Mark..." Sie zog zwei dünne, dunkelgrün Bindemittel.

"Neben der Zuneigung für seine schöne Schwester?" ein schelmisches Grinsen teilten sie seine Lippen.

"Das wird die ganze Nacht zu nehmen, wenn Sie sie unterbrechen..." ihre Brauen zusammen. *Konzentrieren. Stop sabbern. Denken Sie daran, er legt seine Hosen auf einem Bein zu einer Zeit wie jeder andere auch. Stoppen Sie, um seine Hose zu denken!*

"Die ganze Nacht? Ist der Teil des Service Dillon und Unkraut bietet?" Er zog eine Augenbraue hoch, während versucht, erfolglos, ein Lächeln auf den Lippen zu ersticken.

Megan konnte nicht ein Lachen unterdrücken, da die Hitze von ihrem Ansatz in ihre Wangen eingeschlichen.

"Ich liebe es, sie erröten... so schön." Er eine verirrte Haarsträhne hinter Ihr Ohr versteckt.

Ihr Erröten vertieft. "Kann ich weiterhin ... bitte?" *Konzentrieren, Meg! Ach, mich erneut berühren... zugeschlossen, Meg!*

Chaz winkte ihr mit seiner Hand.

"Okay. Mark's Karriere konnte mit einer Verletzung, und ich dachte, sie könnte auch. Ich meine, mit einer Verletzung oder ein Paar schlechte Filme..."

"Ihre Zunge." Er seine Augen in gespieltem Entsetzen verbreitert.

"Ein Skandal oder zwei..."

"Kommen Sie den Gedanken." Er zog eine Augenbraue hoch mit dem Grinsen auf seinem Gesicht zu gehen.

"Ich weiß ... ein furchtsamer Gedanke. Eine Minute haben Sie all das Geld in der kommenden und in der nächsten Minute sie nicht. Ich weiß es nicht, aber es könnte passieren. Ich dachte, wenn ich eine sichere Investition für Sie sie vom Verlieren, ihr Geld zu halten und es gleichzeitig... vielleicht ein wenig langsamer als eine riskantere Investitionen wachsen, dann wenn etwas schlechtes passieren sollte sie noch haben Sie alles, was Sie... verdient haben, und du wirst einige Einkommen von ihm haben, auch." erstellen können

"Sie können das tun?" Seine Augen weiteten sich.

Megan strahlte. *Schließlich habe ich etwas Respekt.* "Ich kann nicht garantieren, dass Sie nicht etwas Geld mit Änderungen der wirtschaftlichen Bedingungen ... den Markt und alle verlieren. Aber ich kann die Diversifizierung ihrer Betriebe Verlust zu minimieren, sowie alle Verluste in einem Bereich durch Gewinne in einer anderen ausgleichen."

"Wie machen Sie das?" Seine Miene wurde Ernst.

"Studieren, denken, Forschung, und ein Hauch von stummes Glück." Meg aus an den Fingern einer Hand abzählen.

Er hob die Augenbrauen.

"Ich werde dich lehren. Ich ermutige meine Klienten über Investitionen zu erfahren. Mark sich weigert zu stören. Sagt Solange er mich hat, er braucht nicht zu wissen."

Der Kellner brachte zwei Gläser Wein.

"Er hat einen Punkt." Chaz ein Schluck nahm.

"Aber ich bin nicht *deine* Schwester..."

"Gott sei Dank." Sein Blick auf den Ausschnitt ihrer oberen fiel dann zu ihrem Gesicht zurück.

"Ich zusammengestellt habe drei Prop..." Megan für eine Sekunde angehalten Worte zu wechseln, bevor Sie fortfahren, "Plant bei drei unterschiedlichen Risikostufen." Sie reichte ihm eine der grünen Bindemittel, das Ignorieren der Schweiß sammeln in ihrer Handfläche.

"Kann ich Sie durch sie nehmen, kurz, dann kannst du es mit nach Hause nehmen, um darüber nachzudenken, was Sie gerne tun würden?" Sie ihren Wein abgeholt und nahm eine gesunde Sip, heimlich abwischen ihren zitternden Hand auf ihre Serviette.

Nehmt einen tiefen Atemzug.

"Wie wenn Sie mich nehmen, durch die Sie die meisten möchte? Sie haben ein ... uh... planen Sie Denken macht am meisten Sinn, oder?"

"Es hängt von Ihren Zielen..." Sie abgesichert.

"Da haben Sie es mit den Zielen wieder. ... Schauen Sie mir im Vergleich zu markieren. Sehr ungeschickt. Ich bin in der gleichen Situation. Also, Sie haben einen Plan hier ähnlich zu dem, was Sie tun, für ihn arbeitet."

Sie nickte. "Plan B".

"Okay. Lassen Sie uns über, dass man ... die Version der Idiot, okay?"

Sie nickte und öffnete die Mappe. *Verdammt. Er ist schnell.*

Der Kellner kam. "Magst du Ente?" Chaz drehte sich Meg zu Gesicht.

Sie nickte.

"Sie haben einen fabelhaften gebratene Entenbrust haben." Er machte eine Pause und gab ihr einen amüsierten Blick. "Kann ich sagen, dass Wort, wenn ich beziehe mich auf eine Ente?"

Meg lachte leise.

"Okay dann. *Pierre, deux Canard Roti aux de fruites Saison, s'il vous Zopf*".

"*Merci, Monsieur* ." Der Kellner verbeugte sich und verliess.

Megan begann zu erklären ihre Anlagestrategie: die Risiken, die möglichen Einkommen, die Wachstumschancen zu Chaz, und der Verbindlichkeiten aus Steuern.

"Eine Regelung, die ich oben für Markierung gesetzt. Er besitzt die Wohnung, in der ich lebe. Ich bezahle ihn mieten. Offensichtlich ich zahle unter den marktüblichen Mieten für den Ort, noch sein Einkommen, das hilft, die Kosten ausgleichen. Er und seine Frau, Penny, dort übernachten, wenn Sie nach New York kommen. Speichert ein großes Hotel Bill. Die Wohnung ist komfortabel mit drei Schlafzimmer, darunter eine schöne große Küche. Wenn Sie ein Baby haben werde ich die Miete Geld in einer Steuer-freie College Fonds für ihr Kind."

"Tötung ein ganzes Bündel von Vögel mit einem Apartment... Meine Metaphern zu mischen."

"Das ist die Idee. Der Wert in der Wohnung wird im Laufe der Zeit erhöhen, auch."

"Das ist ein brillanter Plan... aber nur, wenn Sie zusammen mit ihrem Bruder und Penny. Sie alle wohnen dort zusammen?" Chaz nippte an seinem Wein.

"Wir sind Zwillinge, erinnern Sie sich? Wir haben immer zusammen bekommen. Ich bin lucky Penny zu haben. Sie ist die Schwester, die ich nie hatte. Es funktioniert. Ich liebe es, wenn Sie hier sind. Haben Sie Geschwister?" Sie nahm einen Schluck Wein.

Er schüttelte den Kopf. "Ein einziges Kind."

Das Essen kam, kunstvoll arrangiert. Die Ente auf der einen Seite mit Wildreis auf der anderen Seite *weiße Verts* rundeten die Platte. Winzig, perfekte Orangenscheiben umarmte die Seite der Ente, das Hinzufügen von Farbe und eine sanfte Citrus Duft. Der Hunger nagte an Megan's Bauch. Wenn Sie nahm die erste Forkful, die Ente praktisch in den Mund geschmolzen. "Es ist wundervoll!" Megan strömte.

"Wusste sie es möchte." Er lächelte warm an ihr.

Während sie aßen, Chaz bewarf sie mit Fragen. Sie hatte ihr kleines Notizbuch öffnen und schrieb die, die Sie nicht sofort Antworten zu haben. "Ich habe diese Antworten für Sie sofort erhalten. Wann möchten Sie mich zurück, um sie zu erhalten?"

"Keine Eile." Chaz saß mit dem Rücken gegen den Stand.

"Wann werden Sie eine Entscheidung zu treffen?" Sie nahm einen weiteren Forkful der Leckere Ente.

"Ich habe bereits meine Entscheidung getroffen."

"Sie haben?" Ihre Augen weit öffnen.

Er nickte. Sie wartete auf ihn, etwas zu sagen. Ihr Blick sein Gesicht für einen Anhaltspunkt gesucht.

"Und es ist ... brauchen wir einen trommelwirbel hier?" wagte sie ein kleines Lächeln.

"Es ist Dillon und Unkraut ... Ist das nicht offensichtlich?"

"Sie Einstellung wir sind?" Meg's Augenbrauen schossen.

"Ich bin." Die Chaz perfekte Lippen zusammen kam eine weiche Linie zu bilden.

WENN ICH DICH GELIEBT HABE

"Warum, wenn ich fragen darf?" Ihr Herz schlug schneller.

"Sie meinen, habe ich sie, weil sie ihre Gehirne oder Ihre ... Die sonstigen Vermögenswerte wählen? Köpfchen. Ich mag Ihre sonstige Vermögenswerte. Ich finde sie auch... beeindruckend. Aber wenn es um Geld geht, habe ich mit der besten Köpfe, die die härtesten Arbeiten zu gehen. Sie, Hände unten."

"Vielen Dank! Vielen Dank!"

Er gab ihr ein kurzes Nicken. Megan schlang ihre Arme um seinen Hals und pflanzte einen schnellen Kuss auf die Wange, dann sank zurück in Entsetzen bei Ihrer Aktion. "Oh mein Gott!!! Es tut mir so Leid. Ich entschuldige mich... Ich sollte nicht getan haben, dass ... es ist ... das bedeutet mir so viel, für die Unternehmen, für meine Karriere..." Sie mit Ihrem Serviette erreicht die kleine Lippenstift verschmiert aus seiner Wange zu wischen, doch er packte ihr Handgelenk.

"Lassen Sie uns es Recht," flüsterte er, als er sie in seine Arme zog. Er senkte seine Lippen, Verschieben über ihrs, während sie langsam geschmolzen. Er überredet den Mund öffnen, seine Zunge zu erhalten. Durch seinen Charme angefleht, ihr Widerstand verschwunden. Wenn er zeichnete zurück, sie war atemlos.

"Das Siegel der Deal. Sie wissen, dass mit einem Kuss'"sealed-?" Seine dunklen Augen tanzten. Megan hob ihre Finger an ihrer Unterlippe. Ihr Puls raste. "Haben sie küsst wie, das an der Vorderseite der Kamera?"

"Möchten Sie ein Bildschirm küssen?" Seine Augen Met ihrs.

"Was ist der Unterschied?"

"Ich zeige Ihnen." Chaz beide Hände hob Cup ihr Gesicht zu und zog für den Kuss. Danach zog er zurück.

"Das war fast das Gleiche... kaum einen Kuss an alle, während der Erste war...äh..."

"War?" Er aufgefordert, Ihr näher auf die Bank.

"Atemraubend", murmelte sie, indem Sie die Gabel um Ihren leeren Teller.

Pierre erschien ohne einen Ton, als ob jemand einen Zauberstab winkte.

"Nachtisch, *Monsieur*? *Mademoiselle*?" Meg sah, erschrak.

Der Kellner Schub ein kleines Dessert Menü vor Ihnen, bevor Chaz näher schieben könnte. "Uns eine Minute geben, bitte, Jean Pierre".

Der Kellner links als lautlos, wie er eingegeben wurde. Chaz wandte sich Megan. "Etwas Süßes?"

"Hatte schon etwas Süßes", sagte sie, ihre Zunge über die Unterlippe.

Er legte die Wange dann seine Hand zurück.

Kapitel Zwei

"Was muss ich jetzt machen, das Abkommen zu versiegeln und sie übernehmen mein Geld, und halten Sie ihn, und machen es... all die Dinge, die du versprochen hast?" wachsen

"Sie haben ein Bündel Formen zu unterzeichnen. Wann können Sie kommen?" *Ist es das? Habe ich gewonnen das Geschäft? Ich kann es nicht glauben, es war so einfach. Mit einem Kuss besiegelt.*

Er zog sein Handy seinen Kalender zu überprüfen. "Hmm. Mittwoch an sechs Werke. Kann ich Sie zu einem feierlichen Abendessen nach?"

"Ich bin mir ziemlich sicher, dass ich am Mittwoch Nacht bin frei."

"Keine Mittwoch Nacht tryst, eh?" Er glitt sein Telefon in seine Hosentasche.

"Hast sagen. Sagte ich war frei für das Abendessen." *Nicht pathetisch, immer verfügbar. Geheimnisvoll sein. Immer zu ehrlich, Meg.* Sie squared ihre Schultern und sah ihn.

Er lachte und umarmte sie ihn. "Du bist erfrischend." Er küsste ihr Haar.

"Einige frech sagen konnte." Sie hob ihr Kinn zu ihm.

"Vielleicht. Ich nicht." Der Kellner kam und Chaz zurück verschoben.

"Nur Kaffee für mich, bitte." Megan mit den Fingern durch die Haare gekämmt.

"Ich espresso haben werde." Nachdem der Kellner verschwanden, Chaz stützte sein Kinn in seine Handfläche mit dem Ellbogen auf dem

Tisch, seine Augen schauten gespannt auf Sie. "Jetzt, mich über sie sagen."

"Nicht viel zu sagen." Sie zuckte mit den Schultern.

"Verlobt? Verheiratet? Kein Ring, also ging ich davon aus, dass..." sein Blick über ihr langsam gefahren.

"Angenommen, ich war es nicht. Korrigieren.", grinste sie, unter dem Eindruck des Weins. *Oder war es das Gewinnen sein Konto? Oder die Küsse? Ich bin hoch auf... auf ihn.*

"Freund?" Er hob eine Augenbraue.

Sie schüttelte den Kopf.

"Feld löschen... ich mag das." Er setzte sich wieder.

"Und du? Big Movie Stars haben immer Horden von Frauen nach Ihnen." Ihr Blick sein Gesicht gesucht.

"Und ich vermeiden, dass sie wie die Pest."

"Macht es Ihnen einfach, nicht wahr, dass eine Frau, wenn Sie sie haben wollen?" Sie hob eine Augenbraue an ihm.

"Das ist beleidigend. Sie denken, ich Schlaf mit Alles? Wer?"

"Männer sind nicht so wählerisch..."

"Ich bin. Es kann Karriere Selbstmord werden mit der falschen Frau zu schlafen."

"Wie?" Sie eine Augenbraue auf ihn legte.

"Kannst du nicht die Schlagzeilen jetzt sehen? "Chaz Duncan, der Zweiunddreißigste Wunder' nach Jane Smith, der mit ihm in der vergangenen Nacht geschlafen." Er oben in der Luft sah.

"Sind Sie ein 30-zweite Wunder?" Sie warf ihm einen flirty Lächeln. *Was machst du? Stop flirten!*

Er lachte. "Nicht genau".

"Dann warum Sorgen?"

"Frauen liegen. Korrektur - Leute liegen. Wenn es um Prominente, Menschen liegen. Manchmal liegen, weil sie assoziiert zu sein, mit euch... mit Ihrem persona... aalen Sie sich in der Reflexion ihres

WENN ICH DICH GELIEBT HABE

Ruhmes möchten. Sie geben nie einen Gedanken an das, was sie für Sie tun, nur zu, wie die Zeitung Zaubersprüche ihren Namen."

Megan legte ihre Hand auf seinen Unterarm. Er legte seine Hand auf ihre. *Er ist einsam, sehr einsam. Kann niemandem vertrauen.* " Also, sie schlafen nicht mit den Frauen, die auf Sie warten außerhalb des Theaters oder jagen Sie?"

"Noch nie geschlafen habe mit Fremden und nicht beabsichtigen, jetzt zu beginnen."

"Nie gereizt?"

"Ich würde nicht so weit gehen. Ich bin ein Mensch. Ich habe meinen Anteil der Frauen. Wenn Sie Zwanzig - zwei in ihren ersten musikalischen außerhalb der Stadt, he sicher, ist es verlockend... sehr verlockend. Ich kann ein paar Mal gefallen sind. Sie lernen schnell. Besser, jemanden zu finden, in der Besetzung.... oops. TMI hier."

Megan sah Farbe kriechen um den Hals zum ersten Mal und es machte ihr Lächeln. *Er sich selbst in Verlegenheit gebracht.* Sie unterdrückte ein Kichern. Plötzlich schien er Chaz Duncan, Filmstar. Er war nur ein Mensch auf der Suche nach einer Frau, einer Frau, die er vertrauen konnte. *Das bin ich. Vertrauenswürdig wie die Hölle....*

"Ich vertrauenswürdig bin", platzte sie heraus.

Was sage ich?

"Bewerben Sie sich für die Position?" Sie sah den Schimmer von Humor Mix mit einem Glitzern in seinen Augen.

"Ich? Oh nein... nein. Ich wollte nicht zu implizieren... Nein, absolut nicht. Kein siree... nein."

"Sie haben nicht beleidigend zu sein. Man sagte mir, dass meine Bettgenossen ist gar nicht so schlecht."

"Ich wollte nicht, dass..." Megan gestoppt sprechen, erkennen sie selbst nur Graben war in tiefer.

"Offenen Mund, ein Fuß?" Er zog eine Augenbraue hoch.

Sie lachte. "Schuldig, wie aufgeladen. Könnten Sie das, bitte?"

"Natürlich," Jean Pierre schien, zwei Minuten später, und Chaz gebeten, die prüfen. Megan fummelte in ihrem Geldbeutel, auf der Suche nach Ihrer American Express Karte, aber Chaz hatte bereits seine heraus.

"Das ist Business. Lassen Sie Dillon und Unkraut Sie zum Abendessen behandeln."

"Ich habe noch nie ein Weib." Chaz seine Karte auf den Tisch gelegt.

"Denken Sie an mich als Harvey Dillon." Meg kicherte.

"Sie haben Vermögen alte Harvey nicht. Ich bestehe darauf."

"Ich werde in der Mühe mit Dillon erhalten, wenn Sie zahlen." Zufrieden, dass Sie ihn schließlich ausmanövriert, lächelte sie und setzte sich wieder.

Chaz saß dachte für einen Moment. "In diesem Fall ... muss ich nenne sie Harvey?" Er American Express Karte wieder.

Megan lachte laut auf. Sie spähte an seine Brieftasche, bevor er es weg, auf der Suche nach dem verräterischen Ring... die Umrisse eines Kondoms... aber nicht sehen. *Vielleicht war er die Wahrheit sagen... Er nicht mit Groupies schlafen.*

Nachdem Sie auf ihre Jacken, Megan bemerkt der Chaz Schultern ein bisschen und sein Körper versteifen leicht ansteigen, da diese bereit, wieder in die Welt zu gehen. *Der Preis des Ruhmes. Verlust der Privatsphäre. Sieben Millionen Dollars nicht ohne einige Konsequenzen kommen.*

Er nahm sein Handy und drückte einen Knopf.

"Bereit", sagte er, seinen Mund in der Nähe des Telefons. Schlupf sein Handy in die Tasche, Chaz nahm sie das Winkelstück, ihre leitenden bis vor die Haustür. "Das Auto wird uns abholen in einer Minute. Ich werde sie zu Hause. Wo wohnen Sie?"

"Central Park West und 80. Straße. Was ist mit Dir?"

"Ich bin bunking mit einem Freund. Quinn Roberts".

"Quinn Roberts?" Sie folgte ihm durch die Tür.

"Wir haben die regionalen Theater zusammen."
"Ist er nicht dein Rivale?"
"Das ist das, was die Presse will jeder zu glauben." Er blickte hinunter die Straße, gerade für das Auto.
"Aber sicher..."
"Dass es so aussieht, ich bin einverstanden. Quinn hat einen Vertrag für zwei weitere seiner WWII Abenteuer Flicks. Ich bin für drei weitere *Westlich der Sonne* Filme unter Vertrag genommen. Eine hat mit dem Anderen nichts zu tun. Alle, die Medien Hype... Schätze, es Papiere verkauft. Hier ist das Auto. Ladies first."

CHAZ HIELT DIE TÜR öffnen für Megan. Die Limousine glitt leise bis laut. Avenue und zog über den Bordstein vor dem Königlichen, Luxus Meg's Condo Gebäude. "Wir sehen uns Mittwoch. Vielen Dank für die harte Arbeit und große Abendessen."

Er küßte ihre Hand wieder vor seinen Augen auf den Mund gefallen.

Mehr fürchten, unangemessenes Verhalten Ihrerseits, Meg sprang schnell aus dem Auto, schloss die Tür hinter ihr, und winkte. Sie stand in der Tür ihrer Gebäude wie das Auto weg beschleunigt. Briny, der Portier, gespitzt, seinen Hut zu ihr, nachdem er die Tür öffnete. Einmal innerhalb ihrer Wohnung, Meg geprüft für die Nachrichten auf Ihr Handy, die sie während des Abendessen gemacht hatte.

Es gab zwei von Penny, der wahrscheinlich sterben war für ein Update. Anstatt ihre aufkeimenden Gefühle für Chaz zu ihrer Schwester zugeben, Meg setzte sich an den *Waldmeister* Klavier im Wohnzimmer und Übungen. Während ihre Finger Aufwärmen waren, dachte sie über was zu spielen.

Melodien anzeigen, natürlich! Was Musicals hat er im Sommer lieferbar? Vergessen Sie nicht zu fragen.

Nach etwa zehn Minuten von Übungen, sie stand auf und öffnete die Klavierbank. Beim Stöbern durch die Noten, sie kam auf einer unbekannten Buch enthält alle Lieder aus dem Musical *Carousel*.

Dies muss Penny's werden.

Megan blätterte durch das Buch zu erkennen, ein paar Ihrer Lieblingsstücke - "Juni Bustin' Out All Over", "You'll Never Walk Alone" und "Wenn ich Dich geliebt." Sie ihren Weg durch jedes Stück vor Gähnen, schließen das Klavier geklopft, und die Überschrift zu Bett. *Keine Berühmtheiten. Nicht ein Groupie geworden. Bleiben Sie weg von ihm. Ja, richtig.*

Sie driftete in den Schlaf denken über Chaz.

MEGAN ERWACHTE FRÜH und voller Energie. Sie begrenzt aus dem Bett und prallte in die Office 15 Minuten früher als gewohnt. Sie konnte nicht aufhören zu grinsen, erinnern, Harvey Dillon's Worte vom Vortag: *"Chaz Duncans Konto würde einer der größten persönlichen Konten, die wir haben. Dies könnte ein großer Gewinn, Megan".*

Sie blickte aus dem Fenster, als Sie nippte an ihrem Kaffee von Starbucks. Ein Klopfen an ihre Tür öffnen Sie verursacht, um in Ihrem Stuhl zu schwenken. Harvey Dillon stand in der Tür, ein Blick von Vorfreude auf seinem Gesicht. "So?"

Megan hat einen "Daumen-nach-oben-Geste.

"Sie erhielten Chaz Duncan's account?" Er hob die Augenbrauen.

"Ich habe".

"Die ganze Sache? Alle sieben Millionen Dollar?" Er seine Hände gehalten, auseinander.

Sie nickte.

"Fantastisch! Megan, ich bin so stolz auf dich! Sie einen Bonus für diesen erhalten, wissen Sie."

"Danke, Herr...äh, Harvey."

"Jeder Mitarbeiter, der in einem neuen Stück des Geschäfts bringt, bekommt einen Bonus. Dieser kräftige sein, denke ich. Wir müssen feiern."

Brielle kam unten die Halle auf dem Weg zu ihrem Büro. Harvey gestoppt.

"Brielle, Megan gewann Chaz Duncan's Konto. Würden Sie gerne eine Feier heute Abend? Champagner und *Hors d'oeuvres* . Vielen Dank."

Mit einer schnellen Kurve zu Megan, Harvey Dillon drehte sich zu seinem Büro. Er sehe das hässliche Gesicht Brielle auf seinem Rücken gemacht, aber Megan hat.

Brielle schlenderte in Meg's Office. "Hast du mit ihm schlafen?" Brielle lungerte gegen den Türrahmen.

"Strictly Business. Er mochte meine Investition planen".

"Ja? Ich wette, das ist noch nicht alles, er mochte." Brielle am Ausschnitt von Megan's Silk top starrte, wodurch sich Hitze im Meg's Wangen zu steigen.

"Business zwischen Mann und Frau nicht haben Sex, Brielle." einzubeziehen.

"Oh?" Sie hob ihre Augenbrauen. "Vielleicht... aber es hilft."

Harvey Dillon wieder zu seinen Kopf in Megan's Büro zu schüren.

"Wann wird Chaz in den kommenden die Papiere zu unterschreiben?"

"Mittwoch".

"Vielleicht sollten wir warten, haben die Party dann. Nicht, dass ich sie nicht glauben, aber die Menschen haben ihren Geist vor geändert. So, Brielle, Zeitplan für Mittwoch." Er wandte sich zum Gehen, aber Megan's Stimme stoppte ihn.

"Herr, uh, Harvey... ich am Mittwoch nicht kann." Megan biss sich auf die Lippe.

Harvey hob seine Augenbrauen an.

"Chaz und ich sollen zum Abendessen zu feiern. Ich dachte, dass..."

Harvey hob die Hand. "Kein Problem. Client zuerst kommt. Brielle, Änderung, bis Donnerstag."

"Es ist nicht persönlich, Harvey... wir haben darüber gesprochen, und ich dachte, dass..."

"Natürlich, Abendessen mit der Kunde, nachdem er Anzeichen ist Standard. Keine Sorge. Die Kosten vorlegen werden." Er verschwand so schnell wie er wieder aufgetaucht.

"Unschuldige festliches Abendessen? Ich wette." Brielle in Vor zurück Flanierende zu Ihrem eigenen Büro.

Andy kam direkt nach Rotterdam. "Sie unterzeichnet Chaz Duncan?"

Megan nickte, bevor sie wieder zu ihrem Büro.

"Wow! Das ist erstaunlich! Sie ehrfürchtig, Megan. Wie würden sie es tun?" Andy folgte ihr.

"Unsere genialen Plan plus ein wenig Charme." Meg in Ihrem Stuhl geplumpst, ein Grinsen breitete sich auf dem Gesicht.

"Du bist mein Held." Andy seine Bewunderung auf sie mit einem breiten Lächeln strahlte.

"Zeit, um zur Arbeit zu kommen, Andy. Wir haben diesen Plan auszuführen. Am Mittwoch muss ich Chaz... äh... Herr weiterempfehlen Duncan genau dort, wo wir planen, sein Geld zu setzen. So, haben Sie eine Tonne Forschung zu tun. Ihr Pad erhalten und lassen Sie uns beginnen."

Direkt nach Andy links, ihr Handy klingelte. Es war Chaz. "Sind Sie stolzieren, Ihr Material? Haben alte Harv geben Ihnen einen Klaps auf den Rücken?"

"Wie haben sie das gewusst?" Megan lehnte sich in ihrem Stuhl.

"Ich bin ein großer Fisch. Ich würde erwarten, dass so viel."

"Sie sind. Andy und ich werden die Arbeit an ihren Investitionsplan zu starten Sobald ich Auflegen." Megan ihre Hand legte Andy in Ihr Büro zu stoppen, zurück in ihren Stuhl.

"Wer ist Andy?" *war, dass ein Hauch von Eifersucht in seiner Stimme?*, grinste sie.

"Er ist mein Assistent. Zu jung für mich sowieso."

"Oh. Gut. Wird sie nicht halten, dann."

"Wo sind Sie heute?" Meg die Füße auf den Papierkorb ruhte.

"Bei *PBS* , schießen eine Amerikanische Geschichte Serie."

"Wer sind Sie?" Sie einen Bleistift auf Ihrem Schreibtisch erschlossen.

"Thomas Jefferson... mit einem roten Perücke."

"Oh mein Gott!!!" Megan brachen in Gelächter aus.

"Was ist so lustig?"

"Vertuschen, dass Wunderschöne braune Haare mit einem roten Perücke, ich..."

" Wunderschöne, huh?" Er kicherte am anderen Ende des Telefons.

Megan's Hand flog zu ihrem Mund. *Halt die Klappe, Meg!*

"Nun... ja es ist ein bischen nett, denke ich. Wenn Sie brunettes."

Chaz lachte. "Und du Blondinen bevorzugt?".

"Ich bevorzuge ..., das Gespräch zu beenden." Meg setzte sich in ihren Stuhl.

"Wir sehen uns am Mittwoch um sechs."

Nachdem Sie das Telefon gehangen, Megan fächerte sich mit der Hand. Andy betraten das Büro. "Du bist Rot als Rüben. War, dass ein Business Call?"

"Sie nichts an. Diese Aktien notieren. Ich möchte Ihnen die p/e-plus Schlusskurse für jede Woche für die letzten zwei Jahre zu erhalten. Eine Grafik machen. Beginnen wir mit General Electric..."

DIENSTAG NACHT, MEGAN hielt Andy im Büro. Sie arbeiteten bis neun Uhr zu perfekten Plan für die CHAZ am nächsten Tag. Erschöpft, sie schleppte sich schließlich nach Hause. Nach dem Werfen ihre Schlüssel in der silberne Schale neben der Eingangstür, Megan toed ihre Schuhe aus, entfernt Ihre Jacke und gepolsterten in die Küche, um ein Glas Wein zu trinken. Sie trug den Wein zurück ins Wohnzimmer, während Sie ihr Handy geprüft. Fünf Nachrichten von Penny.

Die Entscheidung über die vernehmung zu bekommen mit, damit Sie sich entspannen könnte, Megan gewählt ihre Schwester-in-Gesetz Nummer. "Was ist los?" Megan fragte, wie sie sich auf das Sofa plumpste während ein Gähnen unterdrücken.

"Morgen ist der zweite Tag mit Chaz. Dachten wir über das, was Sie tragen zu sprechen."

"It's Business, Penny. Ich werde das Tragen eines der neuen Anzüge wir zusammen gekauft. Die daran?".

"Und was? Die Ohrringe? Tragen Sie einen Schal? Vergessen Sie nicht, das neue Parfum."

"*Flieder* ? Ich kenne. Ich habe eine kleine Flasche gekauft in meinem Schreibtisch zu halten."

"Gute Mädchen! Sie haben mir nie wie Ihr Datum... äh, ihr erstes Abendessen mit Chaz ging. Mark ist wildbeobachtung Aufnahmen so habe ich viel Zeit."

Megan legte ihre Füße auf den Couchtisch. "Nichts zu erzählen. Ich schloss das Geschäft, das ist alles."

"Ja, richtig, Abendessen mit Chaz Duncan ist nichts. Wenn Sie Clammed up über einen Kerl vor, ich habe es immer gewusst, weil sie mochte ihn... Viel. So geben."

"Es gibt nichts zu sagen. Nur Abendessen, business talk, und dann hat er mich nach Hause zurück."

"Quatsch".

"Ehrlich..." Megan ihren Wein nippte.

"Nicht einmal ein Kuss goodnight?"

Es war still. Megan biss sich auf die Lippe.

"Das dachte ich mir. Auf... It's me, Penny, hier." Sie zufrieden mit sich selbst Klang.

"Okay, okay, ein Kuss. Als er sagte, wir hätten das Geschäft..." Sie Ihre Füße unter ihr auf dem Sofa versteckt.
"Ein Kuss?" Nach einem Biss, Penny gehalten Angeln.
"Vielleicht... 2. Zwei ... das ist alles." Sie streckte sich auf dem Sofa aus.
"Hmm. Zwei Küsse? Mehr als Dankeschön." Penny in Kichern am anderen Ende des Telefons aufgelöst.
"Ach ja, und einen Bildschirm küssen. Aber das zählt nicht, weil es nicht wie ein Kuss."
"Wirklich? Ist damit verbunden berühren Lippen? Dann ist es ein Kuss und es zählt. Die drei. Wir sind bis zu drei und zählen."
"Das ist absolut alles."
Megan konnte ein Kichern aus ihrer Kehle zu halten.
" Viel Spaß morgen und ... es ein wenig, Meg."
"Gute Nacht, Penny." Meg setzte sich auf.
Gespräch mit Penny wiederbelebt Megan. Nicht mehr schläfrig, sie holte ihr Glas Wein zum Klavier und zog das *Karussell* Musik buchen. Das Hocken das Glas an einem sicheren Ort auf, sie setzte sich zu spielen. Ihre Finger immer wieder zurück in den Song "Wenn ich euch geliebt." Da die Wohnung war leer, Megan gefüllte entfernt ihre Schüchternheit ihre Stimme im Song zu erhöhen.

Als sie hielt inne, das leise Läuten der kleinen antike Uhr in der Höhle in das Wohnzimmer und erklärt ihr es war elf Uhr. Megan gähnte. Innerhalb einer halben Stunde war sie im Bett, schlief friedlich.

MITTWOCH MORGEN, MEGAN war müde, aber die Aufregung des Tages Adrenalin durch den Körper gepumpt. Sie erwachte mit einem Lied in Ihrem Herzen und konnte nicht mehr aufhören zu singen "Wenn Ich habe dich geliebt" - auch in der Dusche.
Sie ging zu arbeiten, die sich mit Begeisterung. Erforschung von potentiellen neuen Kunden und Treffen mit den Chefs, eine Strategie

zu Haken mehr Berühmtheiten die Tage vergehen schnell gemacht haben. Meg fand es hart zu konzentrieren, Wörter auf der Seite zusammen gemischt zu bilden Chaz Duncan's Profile. Um 12.00 Uhr bekam sie einen Text.

Brasilianische Lebensmittel in Ordnung? Sie sehen bei fünf. Chaz.

Brasilianisches Essen war herzhaft aber romantisch. *Yum, eine Caipirinha* . Sie texted zurück -

Großartig! Wir können Toast mit Caipirinhas. Sie sehen dann.

Megan hatte den smaragdgrünen Farbe gewählt, weil es die Grünen in ihren Augen bringen würde. Unter ihrer Jacke, sie trug einen weißen Piqué Weste eintauchen in eine V, ohne Bluse. Ein chunky Gold Halskette, plus passende Ohrringe, beendete das Aussehen.

"Wow!" Andy's Augenbrauen hoben sich, wenn er spionierte sie Kommen hinunter die Halle.

Sie grinste ihn an.

"Sie schauen... unglaublich."

"Danke, Andy. Ist der Plan noch nicht gedruckt? Ich möchte es noch einmal zu sehen."

"Ich werde es auf Ihrem Schreibtisch haben in fünf." Er zu seinem Computer zurückgegeben.

Megan knallte die Top-off Ihr *Starbucks* Kaffee und auf Ihrem Computer aktiviert. Sobald Andy den Plan auf ihrem Schreibtisch zurück, sie überprüft jede Empfehlung einmal mehr, Kontrolle das neue Angebot Preise und doppelten Kontrolle für Schreibfehler und Rechenfehler.

Schließlich zufrieden Es war perfekt, sie neigte zurück in ihren Stuhl und ein wenig Nervenkitzel der Vollendung schossen ihre Wirbelsäule.

Warten Sie, bis die Chaz sieht dies! Liebe diesen Job.

Harvey steckte seinen Kopf in Megan's Office. "Wäre es in Ordnung, wenn Chaz ein paar Autogramme für das Personal unterzeichnet? Wir haben mehrere Mitarbeiter palpitating, um ihn zu treffen."

"Ich bezweifle, dass er sich kümmern würde. Er ist heute an fünf."

"In Ordnung. Wir werden die Papiere erste Zeichen, dann die Treffen und grüßen. Okay mit dir?"

"Natürlich", antwortete sie.

Kapitel Drei

Bei fünf nach fünf, Chaz schlenderte über den Flur und in der Tür von Megan's Büro stand. Er räusperte sich und blitzte seine tausend Watt Lächeln. "Es tut mir Leid, dass ich zu spät." Er den Raum betrat.

"Sind Sie?" Megan schluckte. Er sah viel schöner als je zuvor in einem kurzen, Dunkelgraues Leder Reißverschluss-Jacke und Jeans. Er zog seine Sonnenbrille dann seine Jacke.

Ihre Lippen gekrümmte in ein Lächeln als er in den Stuhl gegenüber von Ihrem Schreibtisch versank.

"Sie sind... erstaunlich heute." Sein Blick ihr Körper geharkt.

Sie So. Business, Meg, Business!

Chaz trug ein weißes Leinenhemd mit rundem Kragen. Die Ärmel wurden Hochgekrempelt starke Unterarme sporting ein Paar Brocken dunklen Haare zu offenbaren. *Verdammt, dieser Mann weiß, wie man sich zu kleiden.* Sein Haar war etwas Durcheinander statt perfekt. Er legte seine Jacke über der Stuhllehne.

"Wo sind die Papiere?"

"Eine Frage zuerst. Würde es Ihnen etwas ausmachen, Autogramme für einige Mitarbeiter direkt nach?"

"Fans? Natürlich."

"Kommen Sie mit mir." Megan stand auf und führte ihn durch den Flur zu Harvey Dillon's Büro. Sekretariat und Assistenz auf dem Weg schnappte nach Luft und starrte. Chaz, huldvoll lächelnd an alle.

Harvey erläutert den Papierkram. Chaz unterzeichnet Alles innerhalb von zwanzig Minuten und die zwei Männer, schüttelte Hände.

"Willkommen in Dillon und Unkraut, Herr Duncan."

"Danke, danke. Ich freue mich auf die Zusammenarbeit mit Frau Davis."

"Sie ist eine unserer neuesten und hellsten Sterne ... oops. Schätze, das bedeutet etwas anderes für Sie, nicht wahr?"

Die Männer lachten. Megan stand hinter Chaz Warten auf den richtigen Moment. Sie räusperte sich. "Ich habe einen Aktionsplan möchte ich mit euch gehen, Chaz." Megan für seine Hand erreicht, aber fing sich bevor Sie Kontakt. Das grinsen auf seinem Gesicht erklärte ihr, daß er bemerkt. Seine Augen tanzten.

"Nun, ich kann Sie nicht halten. Ich sehe Megan hat sie gut in der Hand. Schön Sie zu treffen und wir danken Ihnen für Ihr Unternehmen." Harvey schüttelte der Chaz hand bevor er mit Megan links.

Zurück in Ihrem Büro, schloss sie die Tür.

"Es mitbringen. Wir werden über Sie zum Abendessen gehen. Lassen Sie uns die Autogramme und hier heraus. Ich bin ausgehungert".

"Nicht füttern Sie sie am Set?"

"Ich habe über Brasilianische Essen den ganzen Tag ... und sein allein mit dir".

Und ich denke über Sie den ganzen Tag lang.

MEGAN GESUMMT HARVEY vor der Verpackung ihre Aktentasche und Chaz zu einem Schreibtisch in den Konferenzraum, wo mehr als die Hälfte der Mitarbeiter ausgerichtet. Er setzte sich, Autogramme, und küsste den Älteren Frauen auf die Wange. Eine sexy Blondine, das Tragen eines low-cut, direkt vor ihm auf Zweck verbogen. Er konnte sich nicht helfen, die in der Ansicht angezeigt.

Schönes Rack, aber keine Klasse. Zu stark versuchen.

Sie lächelte verführerisch ihn an, als sie aufstand.

"Sind Sie in guten Händen mit Megan, aber wenn man immer auf der Suche nach Mehr... äh... erfahrene Hände, ich habe im Geschäft gewesen mehr." Sie aus Ihren Wimpern auf ihn blickte, als sie ihre Nummer auf der Rückseite Ihrer Visitenkarte einsperrte, bevor Sie es in seine Hand glitt. Er angedreht die Karte, legen Sie es in die Tasche und brachte sie frech Grinsen mit einer seiner eigenen.

"Brielle," sagte sie, als sie ihm ein kleines Notebook zu unterzeichnen, übergeben.

"Das ist ein ungewöhnlicher Name."

"Es ist. Kombination von Brinda und Ellen. Familie Namen."

"Eine so schwer sein sie zu vergessen." Er ihr die unterschriebene Notebook, bevor es an die nächste Person in der Leitung übergeben.

Als er beendete, bemerkte er Megan runzelte die Stirn. Harvey Dillon schüttelte der Chaz Hand ein drittes Mal.

Chaz umgedreht sein Handgelenk und spähte auf seine Rolex. Beugte sich über zu Megan flüsterte er: "Lass uns gehen."

Sie nickte und hob ihre Handtasche und Jacke vor dem Weg zum Aufzug. Chaz ein paar Worte in sein Handy, dann Megan gedreht. "Bobby ist Außen".

Bei Megans fragenden Blick erklärte er, "Bobby's einen alten Freund. Er ist mein Chauffeur, wenn ich in der Stadt bin." Chaz zog seine Sonnenbrille.

Der Aufzug war fast voll, aber Sie haben es geschafft in zu quetschen.

"Chaz Duncan!" Jemand in den Rücken, und nicht durch die dunkle Brille getäuscht.

Murmelte Grüße, keucht und Klapse auf der Rückseite begrüßt Chaz. Er klebte ein Kunststoff Lächeln auf seinem Gesicht, nickte zu jeder. Megan und Chaz waren die ersten, die aus dem Fahrstuhl, fast zu laufen, um den Bordstein, wo die Limousinen warten. Wenn die Tür geschlossen, Chaz saß mit dem Rücken gegen den Sitz der Kleinwagen. Er blies ein Atem.

"Ich hasse in einem Aufzug voller Fans gefangen. Ich habe Platzangst. Es macht mich nervös, wie die Hölle." Er zog ein Taschentuch Schlagsahne den Schweiß von der Stirn zu wischen.

"Wohin, Chaz?" Bobby warf die Auto fahren.

"Rio de Janeiro".

"Rio? Wir fahren nach Rio?" Megan starrte ihn an.

"Es ist ein Restaurant auf Forty-Sixth Straße. Sie gedacht... "Chaz und Bobby guffawed.

"Okay, okay. Was war das für ein Zeug mit Brielle?" Megan ihre Hand auf seinen Arm.

"Was für Sachen? Sie war flirtet mit mir, so dass ich wieder geflirtet. Fans, die Liebe".

"Sie haben das nicht so überzeugend zu sein."

"Eifersüchtig?" Er zog eine Augenbraue hoch.

"Überhaupt nicht." Sie setzte sich auf gerader auf den Sitz.

Sie ist eifersüchtig. "Sie waren... erhielten, das Liebe." Er lehnte sich vor und küsste ihre Wange. "Machen Sie sich keine Sorgen, sie ist nicht mein Typ." Er grinste sie an.

"Und was ist Sie?" Meg schnaufte.

"Die flashy und offensichtliche Art. Sie sind viel mehr Mein Stil." Er einen Finger liefen über ihre Wange.

"Oh?" Sie errötete leicht bei seiner Berührung.

"Die Spröde, smart... sexy Typ." Er küsste ihre Hand und sah ihr Wangen ein werden rosy Schatten verwandeln.

Das Auto gekrochen, Seventh Avenue, die mit der Rush Hour Traffic erdrosselt wurde. Meg sah aus dem Fenster. Mit ihrer Aufmerksamkeit von ihm gezeichnet, Chaz ergriff die Moment Ihr unbeobachtet zu studieren.

Sie sah so schön mit ihr Pony ein bisschen schief, ihr dunkles braunes Haar in weiche Locken ruht auf den Schultern. Das leuchtende Grün der Anzug, das Grün ihrer Augen leuchten. Sein Blick glitt hinunter zum V der Ihre weiße Weste und die Schwellung der Spaltung gibt. Seine Hand wurde unruhig, der Wunsch zu Berühren das Erhalten sie gefährlich nah an die explodierende außer Kontrolle.

Ihre Hände waren klein und gepflegten Nägeln. Die polnische war eine glänzende, aber subtilen, durchscheinend, cremefarben. Ihre schlanken Beine gekreuzt. Erspähte er ein bisschen Oberschenkel, wo ihr Rock bis Ritt, die ihn fragen, welche Farbe ihr Höschen waren. Er warf einen Blick auf die weiße Weste und herausgefunden hatte, eine weiße oder beige Bh oder es würde durch die Light Show - Stoff farbig. Das bedeutete, dass Höschen zu entsprechen. Vielleicht weiß mit Spitze... viel Spitze. *Stop! Sie ist ein Geschäftspartner.*

Er gab seinen Kopf fast unmerklichen Schütteln vor dem Auto gestoppt. Bobby hüpfte heraus, um die Tür zu öffnen. Chaz erhielt zuerst, seine Hand Angebot zu Megan. Ihr Rock weiter geschoben bis die Hüfte für ein paar Sekunden als sie aus dem Auto stieg. Chaz nicht eine köstliche Zoll verpassen. *Weitere drei Zoll, und ich möchte wissen, ob Sie weiß waren und Lacy. Verdammt.*

DER MAITRE D' CHAZ herzlich begrüßt. Er zeigte ihnen einen ruhigen Tisch in einem kleinen Zimmer mit nur zwei anderen Tabellen, beide leer. Die Wände waren ein Brandopfer orange lackiert. Die tischdecken waren weiß. Ein Regenwald gemusterten Stoff in Orange, Weiß und Grün, die Stühle und der Stände. Kleine Kerzen hinzugefügt eine romantische Glühen zu jeder Tabelle. Chaz saß neben Megan in der Kabine.

"Ich weiß nicht wie wir gehen können über dieses... die Beleuchtung ist schrecklich." *Aber es ist romantisch, wie die Hölle. Widerstehen. Stark sein.*

"Warum sagst du mir nicht erzählen? Kann ich die Papiere zu Hause."

Während Megan ausgezogen zwei Sätze von Dokumenten aus Ihrem Aktenkoffer, Chaz bestellt zwei Caipirinhas.

"Wissen Sie, was P/E bedeutet?", fragte sie und nahm einen Schluck von ihrem Getränk.

Er schüttelte den Kopf und Aufgeknöpft den obersten Knopf seines Hemdes.

"Ich schätze, wir starten von Platz eins. P/E ist Kurs-Gewinn-Verhältnis, was bedeutet, dass der Kurs der Aktie in Bezug auf die Ertragslage des Unternehmens. Was Sie wissen müssen ist, je niedriger die Kennzahl, desto besser das Unternehmen." Megan die P/E-Nummern in das Dokument eingekreist.

"Warum das?" Chaz sein Glas zu trinken.

"Wenn der Verkaufspreis der Aktien ist, sagen wir, vielleicht fünfzehn bis zwanzig Mal das Ergebnis, dann die Firma gut läuft, gut tun, ein besseres Risiko. Aber wenn der Preis der Aktie ist, sagen wir, fünfzig Mal das Ergebnis, dann die Firma ist riskanter, vielleicht nicht so gut geht, nicht so viel Geld, wie es können oder sollten."

"Ich verstehe. Verwenden Sie diese Anzahl Aktien zu holen?".

"Es ist eine Referenz, das ich benutze." Sie nippte an ihrem Drink.

"Gut zu wissen." Er nickte.

"Ich möchte, dass Sie wissen, Sie können zu investieren. Ich kann euch lehren."

"Ich bin mir über die Lage in den nächsten *Westlich der Sonne* Film in ein paar Wochen zu schießen."

"Sie sind?" Sie Ihren Stift.

"Aber Sie können mir das Beibringen von *Skype*." Chaz Verschlucken einer gesunden Schluck des kühlen, potente Flüssigkeit.

"*Skype*?"

"Durch den Computer. Ich kann sie sehen, während sie mich lehren. Ich bin ein sehr visueller Typ." Sein Blick glitt über ihre Form.

"Ich sehe,", gluckste sie.

"Ich werde etwas benötigen, um meine Nächte besetzt."

"Oh? Keine Darsteller zu halten Sie... äh... Viel zu tun?" Sie hob eine Augenbraue.

"Es werden könnte. Vielleicht würde ich lieber auf sie schauen, während ich etwas über den Umgang mit Geld lernen." Er nahm ihre Hand.

Megan lachte, fast Klopfen über Ihr Trinken.

"Richtig. Sicher. Yeah. Mich über einige wunderschöne Schauspielerin." Sie ihre Hand von seinem gelockert. *keine Hand, kein PDA ... halten sie Abstand.*

"Verkaufen Sie sich nicht kurz, Meg."

Der Kellner kam, weitere Unterhaltung unterbrechen. "Lassen Sie mich für Sie bestellen. Sie Rindfleisch essen?"

Sie nickte.

"Okay. Zwei churrasco Gaucho und zwei weitere Caipirinhas, bitte."

"Hier", Megan versteckt ein Satz Papiere in ein Kuvert. "Nachdem ich ein anderes Getränk fertig, ich bin mir nicht sicher, Ich erinnere mich, was P/E ist mir."

Chaz versteckt den Umschlag zwischen ihnen auf der Bank. Zwei weitere Getränke kamen und Megan zurück in die komfortable Kabine.

Zwanzig Fragen Zeit. " Wie sind Sie zu handeln?" Sie drehte sich zu ihm um.

Er bewegte sich in der Kabine, als ob auf der Suche nach einer komfortablen Position.

"Das ist eine sehr langweilige Geschichte. Sprechen wir über Sie." Er lehnte sich zurück und hob sein Glas Wasser.

"Ich bin langweilig hier. Kommen Sie. Einige privilegierte Kindheit, dann Yale School of Drama? Wussten nicht, was Sie mit Ihrem Leben machen?

Chaz lachte ein mirthless Lachen. Sein Lächeln, seine Augen nicht erreichen. "Ganz im Gegenteil".

Der Kellner, frische Getränke auf dem Tisch.

"Komm. Teilen." Sie auf das neue Getränk nippte.

Seine Augen verengten sich. Sein Gesicht wurde eine geschlossene Maske. Eine unsichtbare Mauer sprang zwischen ihnen. *Mist! Was habe ich getan? Wo war er?*

"Meine Lebensgeschichte ist nicht öffentlich bekannt.... und ich mag es so." Seine Augen verdunkelten sich.

"Ich bin es, Ihren Finanzberater. Diskretion ist mein zweiter Vorname." Meg legte ihre Hand auf seine.

"Das ist das, was Sie sagen. Ich habe mehr Karriere durch lose Lippen ruiniert. Niemals passieren." Chaz glitt seine Hand unter ihr. Die Kälte in der Luft gemacht Megan frösteln. Plötzlich, Chaz war eine Millionen Meilen entfernt. *Gut gemacht, Meg. Weise Vertrauen aufzubauen.* " Sie denken, daß ich ihre Karriere ruinieren würden?"

"Vielleicht nicht direkt, aber wenn Sie jemand anderes gesagt... Berühmtheitklatsch zu saftig nicht zu teilen." Er nahm sein Getränk.

"Ich habe nie das Vertrauen brechen würde."

"Wirklich? Und wenn ein Freund drücke Sie über die *wirklichen* mich?" Er zog eine Augenbraue hoch.

"Ich habe nicht viele Freunde."

"Es braucht nur einen." Chaz nahm eine gesunde sip.

"Haben Sie Vertrauen Ausgaben, nicht wahr?" Meg ihr Ton abgeschwächt.

"Ich bin nicht dumm. Ich habe hart gearbeitet, um zu erhalten, wo ich bin. Ich bin nicht über es durch meinen Mund schießen, um eine Frau in die Luft zu sprengen." Die Hitze des Zorns umrandete seine Stimme.

Megan fuhr zurück, als hätte er sie über dem Gesicht schlug. "Es tut mir leid, Sie so über mich." Emotion in Ihre Kehle versammelt, machen Rede unmöglich.

"Es ist nicht Sie, es ist... alle." Chaz seine Hand an ihn gelegt, sondern Megan entfernt.

Sie tranken in Ruhe für eine Weile. Meg verzweifelt gesucht Ihr Gehirn für ein Geheimnis zu teilen.

"Wie wäre es, wenn ich ein tiefes, dunkles Geheimnis über mich verraten?"

"Es ist nicht das Gleiche. Keine Handlung, aber sie sind nicht eine Berühmtheit."

"Vielleicht kann man es nicht verwenden, aber es dauert ein Maß an Vertrauen, Ihnen zu sagen, etwas, das ich noch nie jemand gesagt haben." Er riß die Aufmerksamkeit, seine Augen konzentriert sich auf ihr Gesicht.

Die Wand aus Eis zwischen ihnen ein wenig geschmolzen. Megan bemerkte seine Ausdruck zu erweichen. "Sie nicht dieses zu tun haben."

"Ich möchte. Es ist an der Zeit, ich jemanden die Wahrheit gesagt habe, sowieso." Emotion quollen in ihrer Brust.

"Es wird sich auch nicht ändern, wie ich über meine Vergangenheit fühlen." Er seinen Palm zu Ihrem angehoben.

"Wenn sie nicht wollen, dass ich ihnen sagen..." Sie nahm einen Schluck von ihrem Wasser ihr plötzlich trockener Mund zu befeuchten.

"Bitte... bitte... Ich möchte gerne hören." Dieses Mal seine Finger um ihn gewickelt, bevor sie ihre Hand weg ziehen konnte. Chaz rief die Kellner und bestellt eine weitere Runde.

Megan nahm einen tiefen Atemzug und lassen Sie es langsam heraus. Schnelles Blinken gehalten, ihre Tränen an der Bucht. Sammelte sie ihre Gedanken und ihre kleinen Finger um seinen Daumen. "Mein Vater ist verschwunden."

"Was?"

"Mein Vater ist verschwunden." Sie heraus ein Atem langsam lassen. Ihre Aussage seine volle Aufmerksamkeit. Seine Maske aufgelöst.

"Mein Vater liebte die Berge besteigen ... Wanderung. Er war ein im Freien Art der Kerl. Mama war, noch ist, ein Homebody. Er gehen würde Wandern drei Mal im Jahr in einen Verein, eine Gruppe von Freunden..." Ihre Brust angezogen wie der Speicher kristall klar wurde. "An dem Tag, an dem er für seine letzten Wanderung links, er und meine

WENN ICH DICH GELIEBT HABE 47

Mutter hatte einen schrecklichen Kampf. Erhielten Sie nie zusammen zu gut, aber dieses war rip-brüllen. Er stolzierte... Wir hörten nie wieder von ihm."

"Hast du seine wandern Freunde kontaktieren?" Sie nickte, ihre Hand greifen Sie trinken. "Wir haben. Wir haben die Polizei gerufen. Wir haben uns überall. Scheint nach Ihrer Reise, seine Freunde einen Weg ging, ging er ein. Meine Mutter dachte, er würde uns verlassen."

Es war still als Chaz ihre Hand in seine beiden gefangen. "Mein Papa und ich haben uns wirklich gut. Wir einander verstanden. Meine Mutter immer bevorzugt. Ich habe noch nie akzeptiert er uns hinterlassen... uns verlassen."

"Wie alt waren Sie, als das passiert ist?"

"Fünfzehn und ich vermisse ihn immer noch."

"Nicht ein Wort von ihm da?"

Emotion erstickten Megan. Einen Klumpen im Hals gebildet, Schneiden Worte. Sie schüttelte den Kopf. Tränen - zuvor in Schach gehalten - über verschüttete, ihre Wangen. Chaz gefaltet Sie in die Arme und hielt sie fest. Sie schloss die Augen und lassen die Wärme aus seinem Körper und die Kraft seiner Arme sie beruhigen.

"Ich fühle mich geehrt, sie mir zu sagen," flüsterte er, als seine Hand streichelte ihr Haar.

Megan wieder ihre Fassung und lehnte sich zurück, weg von ihm.

"Was ist mit deiner Mutter ... und Mark? Was haben Sie davon?"

"Mark die Schuld meiner Mutter und meinem Vater. Er ist nie verziehen. Meine Mutter geschieden mein Vater ... Verlassenheit. Aber sie ist ihm nie verziehen."

"Und du? Haben sie ihm verzeihen?"

"Wenn er nicht für die Graduierung zeigen oder setzen Sie sich mit uns in Verbindung... Ich nahm er irgendwie gestorben. Mit Marks Triumphe... Papa würde niemals... niemals..." ihre Stimme geknackt, "uns verlassen haben. Mark's schämen... Er will nicht jeder zu wissen. Er hat nicht eine Seele erzählt. Keiner seiner Mannschaftskameraden... Niemand." Sie in Ihrem Geldbeutel herumgefummelt, auf der Suche nach einem Taschentuch, Vermeidung von Chaz ist sympathisch Stare. Er verfolgt eine Träne dann Abwischbar ihr Gesicht mit seinem Daumen. *Mark! Scheiße! Mark!* Meg's Hände waren kalt, die Farbe aus dem Gesicht gewichen, und ein Schauer lief ihr den Rücken. *Wenn Chaz erzählt...* " Ich nie gesagt haben sollten... er mich töten, wenn dieses heraus kommt. Oh Gott, wenn diese Hits die Papiere... bitte... Bitte." Ihre Augen bekamen. Ihre Hände verdreht das Taschentuch, während sie sich auf die Lippe biss. *Was mache ich? Er ist nicht mein Freund. Er ist ein Geschäftspartner.*

Ein kleines Lächeln hob die Ecken des Chaz Mund.

Der Kellner mehr Getränke.

"Jetzt verstehen Sie, wie ich mich fühle... meine Vergangenheit zu enthüllen."

Gott, er hat Recht.

Chaz lehnte sich hinüber, Pflanzen, einen sanften Kuss auf ihre Lippen. "Ich ihr Geheimnis zu dem Grab."

"Danke", flüsterte sie und ihre Unterlippe zittern.

Megan nahm einen großen Schluck von ihrem Drink als kleine Schauer durch den Körper. Einen zweiten Schluck von der Caipirinha brachten Wärme hetzen durch ihre Adern, beruhigend ihre Emotionen. Sie ließ ein Atem.

Chaz lehnte sich zurück, als der Kellner mit ihren Essen kam. Das Klappern der Teller brach die düstere Stimmung.

"Das sieht gut aus," sagte sie, ein Auge auf Ihren Teller stapelten Hoch mit Steak, Reis, und farofa.

Beim Abendessen wurde über, Chaz umgedreht geöffnet sein Handy. Megan legte ihre Hand über das Telefon. "Es ist schön aus. Lass uns gehen. Es ist schon fast dunkel genug, um die meisten Leute sie nicht erkennen."

Er gewählt. "Walking home, Bobby. Bis nachher."

Sie schlenderten, Sixth Avenue bis zum Central Park am Neunundfünfzigsten Straße kam.

"Durch den Park?"

"Es ist schon spät ... Art gefährlich."

"Erst nach Mitternacht. Kommen Sie. Abenteuer.", bot er seine Hand. Sein strahlendes Lächeln erwärmt Ihr. Er seine Finger mit ihrs geschnürt, die in den Park und auf den Pfad der Wicklung Norden.

Kapitel Vier

Die Breeze abgeholt, so dass Megan ihre Arme um ihren Oberkörper für Wärme umhüllt. Chaz zog seine Jacke aus und drapierte es über ihre Schultern. Das Rauschen der Bäume, grün mit neuer Feder Blätter, angenehme Musik, wie sie auf dem Weg moseyed - keine Eile an ihr Ziel zu gelangen.

"Es muss schrecklich für sie gewesen sein... Wenn ihr Vater verschwunden."

"Für eine lange Zeit, die ich erwartete ihn zu Fuß in die Tür zu kommen. So viele Jahre ohne Kontakt zu allen gegangen. Ich kann nicht glauben, dass er uns ohne ein Wort verlassen."

Chaz drapierte seinen Arm über die Schulter und zog sie zu ihm. Sie seufzte und fiel in Schritt mit ihm.

"Mein Leben war kein Bett von Rosen."

Megan sah ihn an.

"Wenn dieser Treffer die Papiere, ich werde wissen, wo es herkommt", warnte er.

Megan kreuzte ihre Herzen mit Ihrem Finger. "Ich verspreche es."

"Meine Mutter war ein Crack addict. Ich war in der South Bronx ohne Vater geboren. Wenn ich war neun, Mutter starb an einer Überdosis. Ich ging in Pflegefamilien leben. Ich entronnen in Fantasy... Die einzige Weise, die ich mit meinem Leben tun könnte. Eines Tages, ich wurde ein brillanter Wissenschaftler... Die nächste, ein Superheld inkognito ... jedermann ausgenommen, wer ich wirklich war. Ich hielt mich Sane, obwohl mein Lehrer es nicht schätzen. Eltern fördern dachte ich Nüsse war. Ich schlurfte von einer Pflegefamilie zur anderen."

Megan keuchte, nicht imstande, sich zu stoppen.

"Ein Lehrer der mittleren Schule, Emily Gold, hatte Mitleid mit mir. Sie regte meine Phantasien, die sie als "handeln." Frau Gold hat mich der Star der Schule spielen. Sobald ich Applaus hörte, war ich begeistert."

Sie snaked ihren Arm um seine Taille und gab ein wenig zusammendrücken.

"Vor langer, Emily und ihr Mann Max mich als ein pflegekind. Mit ihrer Hilfe, meine Noten in die Höhe geschnellt. Ich erhielt in Handeln programm LaGuardia High School's. Von dort aus, Yale School of Drama... der Rest ziemlich langweilig ist."

"Ich hatte Sie alle falsch."

"Die meisten Leute tun. Vor allem, wenn sie Yale hören. Ich war dort auf voller Gelehrsamkeit."

"Wie schrecklich für sie - durch all das zu gehen. Voller Gelehrsamkeit... wow! Nicht einfach. So erstaunlich, wo Sie beendet."

"Harte Zeiten, die mich selbst genügt."

"Was ist mit Emily und Max passiert?"

"Sie haben in den 60er Jahren waren, als ich ging mit ihnen zu leben. Ich bin 32 jetzt. Rechnen Sie nach. Sie haben sowohl weitergegeben."

"Es tut mir so Leid, Chaz." Sie drückte seinen Arm.

Durch die zeit Chaz seine Geschichte fertig, hatten sie den Park verlassen, die zu Ihrem Gebäude erreicht. "Es ist nicht eine hübsche Geschichte. Ich möchte es nicht öffentlich. Ich möchte niemanden traurig für mich zu fühlen." Chaz gestoppt.

Sie erkannte den Schmerz, der sich in seinem dunklen Orbs tief flackerte. Sie erwischte einen Einblick in die Junge, den er einmal gewesen war dort allein im Dunkeln kauerte.

"Natürlich. Ich verstehe ... aber es ist nicht eine fertige Geschichte."

"Ich bin ein work-in-progress, das ist sicher." Er lachte.

"Ich werde nicht Jedermann... Versprechen erzählen." Sie die Haare auf der Stirn von der Seite geglättet.

Seine Brust Rose, wie er atmete tief ein. Ein Blick der Erleichterung über seine Funktionen aktualisiert. *Er hat nie gesagt, dass jedermann? Vertrauen? Tut er mir vertrauen?*

Chaz zog sie in den Schatten und drückte seine Lippen auf ihre. Er Gewinde seine Finger in ihre Haare, während er den Kuss vertieft. Der Moment der Zungenspitze berührte ihrs ein Kribbeln shot bis hin zu den Zehen. Als er schließlich ließ sie los, Megan konnte kaum atmen.

"Ich wünschte, ich könnte es besser..." murmelte sie, Schröpfen sein Gesicht mit der Hand.

"Sie gerade getan haben." Ein Grinsen zog an der einen Seite seines Mundes.

Er ist nicht der Typ, ich dachte, er war an allen.

"Weiß nicht, warum ich vertraue Ihnen, dass ... Ich kenne kaum Sie." Seine Brauen zusammen.

"Ich würde nicht offen legen, dass jedermann... Auf den Schmerz des Todes."

"Vielleicht hast du nicht haben, so weit zu gehen. Tun Sie es einfach keine Post auf *Facebook* , okay?"

"Nie." Megan nahe genug Wärme aus seiner Brust zu spüren war.

"Danke." Er strich mit den Fingerspitzen über ihre Stirn. "Ich schätze, wenn ich sie mit sieben Millionen Dollar zu vertrauen, ich kann sie mit Meinem kostbaren Geheimnis vertrauen."

Sie fort aus dem Park und Central Park West, zu Fuß durch die Schatten und das Licht von Straßenlaternen.

Business, Megan!

Das Paar hielt vor ihr Gebäude zum Verweilen ein. Sie wollte nicht hineingehen. Er nicht verlassen.

"Du hast mich jedes Mal, wenn Sie wissen möchten, wie Sie Ihr Portfolio tut anrufen können. Wir monatliche Berichte, aber ich werde dir Vierundzwanzig/Sieben verfügbar sein." Sie verlagerte ihr Gewicht.

"Oh?" Er zog eine Augenbraue hoch. "Kann ich Sie anrufen um drei Uhr morgens für ... Beratung?"

"Es konnte nicht viel Wert werden in dieser Stunde aber... sicher." Sie grinste.

"Was, wenn Sie nicht alleine?" Ein freches Grinsen breitete sich auf seinem Gesicht.

"Oh, ich werde alleine sein."

"Sicher?"

"Sicher. Und du?" Sie lehnte sich gegen den Bau.

"Ich habe auf meine eigene bin jetzt auch." Er sich gegen das Gebäude mit seiner Hand abgestützt.

Megan starrte.

"Freut mich zu hören, dass Du bist... unattached." Seine Augen glühten in das Licht der Straßenlaternen.

"Oh?" Sie zog eine Augenbraue hoch.

"Ich möchte mit den Frauen in mein Leben zu kommen."

"Jetzt bin ich eine Frau in Ihrem Leben?" Sie stand gerade.

"Natürlich. Du bist mein Finanzberater ... und eine Frau".

"Sie konnten nicht glauben, dass so Über mich nachdem ich durch Gehen über Ihre Ausgaben Gewohnheiten." Megan bedeckt ein Lächeln mit Ihrer Hand.

"Du wirst, das zu tun, was?" Chaz seine Augenbrauen angehoben.

"Ich mache Empfehlungen auf, wie sie wieder auf ihre Kosten senken können und sparen Sie mehr Geld... Vielleicht loswerden Ihr Chauffeur."

"Bobby und ich zusammen aufgewachsen. Bobby hat meinen Rücken. Ich habe Seine. Er richtete mich aus, wenn ich ihn brauchte. Wenn ich nicht hier, verwendet er das Auto seinem eigenen Auto Service laufen zu lassen. Er unterstützt seine Frau und Kind. Sie können ihn auch, wenn Sie ein Auto benötigen."

"Bobby bleibt. Habe sie."

"Werden Sie über alle Kosten zu schauen, jeden überprüfen? Ich fühle mich ein wenig nackt."

"Hiding hooker Aufwendungen wollen Sie nicht, mich zu sehen?" Megan hob eine Augenbraue.

Chaz drehte sich leuchtend rot. "Nein... aber es scheint... aufdringlich - am besten."

"Alle Teil von Dillon und Unkraut. Ich analysieren Sie, wie Sie Ihr Geld ausgeben, weisen entweder gekürzt oder klüger zu verbringen."

"Hmm. Wusste nicht, dass war Teil des Abkommens."

Megan legte ihre Hand auf seinen Arm. "Hey, wenn sie unbequem sind, dann werde ich es überspringen. Dieses ist nicht ein Arzt aufzusuchen. Sie müssen zustimmen... sie verantwortlich sind."

"Gut." Ein Blick auf die Chaz verfügt über entspannt.

"Kein Problem. Nur wollen sie, vernünftig zu werden."

"Sind sie jemals ...*Nicht* sinnvoll?" Er zog eine Augenbraue hoch.

"Selten", gestand sie.

"Ich werde sehen, ob ich nicht ein paar weniger sinnvolle Dinge gönnen sollte." Seine Augen funkelten, als er ein warmes Lächeln ihren Weg gedreht.

Megan versuchte, weg zu schauen, aber sein Gesichtsausdruck war so sexy, so verlockend. Seine dunklen Augen waren Schaumwein, der Schatten auf seiner Wange lädt Sie berühren, und seine Lippen so verlockend, sie konnte sich nicht ziehen Sie weg Blick; oder sich selbst, entweder. Sie blieb vor dem Königlichen, zu ihren Füßen dann bis an die Sterne, überall aber in Chaz Duncans Augen anstarrte.

"Kann ich Ihnen im Obergeschoss nehmen?" Chaz nahm ihren Ellbogen.

"Ich bin sicher hier auf..."

"Ich möchte, um zu sehen, wo Sie leben. Vielleicht möchte ich einen Platz in Manhattan..." zu erhalten,

Megan forderte ihn auf, ihr zu folgen. Er an dem Tag, als sie durch die Tür ging.

"Hi, Briny, "Megan der kräftige Portier, der Holding der Schmiedeeisen und Glas Tür geöffnet wurde begrüßt.

Er nickte ihr zu, bevor sie in ein riesiges Lächeln zu brechen.

"Ja, das ist Chaz Duncan. Chaz, Briny".

Chaz schüttelte die Hand des Menschen. Ein Mops stieg von einem schlafenden Position neben den Schreibtisch der Portier und streckte seinen vorderen Beine.

"Kann nicht glauben, dass Grady Spencer ist hier in meinem Haus." Briny seinen Hut gekippt.

"Vorwärts, Lieutenant!" Chaz die Salute verwendete er spielen Grady Spencer in seinen Filmen gab. Briny grüßte zurück.

"Was ist Baxter hier?" Megan gefragt, bückte sich kratzen den pudgy pug hinter die Ohren zu.

"Mrs. Bender ist im Krankenhaus, so dass ich ihn, bis Sie zurück bekommt."

"Nichts ernst, hoffe ich."

"Die Familie mir nicht gesagt hat, "Briny erläuterte.

Die Aufzugstür öffnete. Megan hat Chaz durch den Arm, während Sie die Taste für den vierzehnten Stock geschlagen.

"Fans überall, huh?" Megan gegen die Rückseite des Elevatorgehäuses lehnte.

"Es wird nie alt." Chaz lächelte sie an.

Sie öffnete die Tür, Drehen auf einem Licht als Chaz folgte ihr. Fallen Ihre Schlüssel in der silberne Schale auf der Anrichte, Megan toed ihre Schuhe aus und bewegte ihre Zehen.

Das geräumige Apartment hatte eine kleine Empfangshalle mit einer großen Wohnzimmer.

"Die Küche ist durch es," sagte sie, und weist auf einen Torbogen auf der linken Seite.

"Ihr Schlafzimmer?" fragte er mit einem Kichern.

"Den Flur runter, mit dem anderen Schlafzimmer," Meg deutete nach rechts, ohne seinen Unterstellung.

Das Wohnzimmer hatte Windows 10 Fuß hoch. Ein großes, schwarzes Leder Schnitt - übersät mit roten, orangefarbenen und weißen Kissen - eine Wand umarmten sich. Eine beeindruckende Flachbildfernseher vor das Sofa. Chrom und Glas Couchtisch passen perfekt in den rechten Winkel des Behandlungstisches. In der gegenüberliegenden Ecke sass ein runder, Glas Tisch und vier Stühle aus Chrom und Ebenholz in modernem Design. Ein paar Rauchig schwarz Plexiglas buch Cubes wurden kunstvoll gestapelt, mit Büchern und Kunstwerken gefüllt. Fünf große, moderne Ölgemälde auf die hellen, weißen Wänden und bringen Wärme plus einen Spritzer Farbe in die Zimmer... den letzten Schliff.

"Wow, hast du dieses Zimmer dekorieren?"

"Mit Penny, Mark's Frau."

"Es ist schön".

Ein paar Meter über dem Foyer saß ein schwarzes Klavier mit einem schwarzen Klavierbank unter der Tastatur versteckt. Chaz ging und hob das Keyboard Protector. Er lief, Miniatur über die Tasten. Megan sprang so den Sound durch die leere Wohnung HALLTE.

"Wer spielt?" Chaz drehte sich zu ihr um.

"Penny und Ich."

"Spielen".

Megan öffnete die Musik buchen Sie verlassen hatte. Chaz verschoben hinter ihr zu stehen. Sie wählte das Lied "Wenn ich Dich geliebt." Hinter ihr stand, fing er an zu singen. Seine schönen Bariton Stimme war perfekt für den Song. Er legte ihr die Hand auf die Schulter. Die Wärme aus seinem Körper erwärmt. Als er sang, die Worte in Ihrem Kopf nachhallte, die beschreiben, wie Sie anfing, über ihn zu fühlen. Wenn Sie liebte ihn würde sie in der Lage sein, es zuzugeben, oder würde sie schüchtern fühlen, wie das Lied gesagt? Würde er sie einfach ein anderes Groupie, eine andere Frau, die in sich Ruhm zu sonnen?

Wenn der Song vorbei war, Megan blies einen tiefen Atemzug und schließen das liederbuch. *Er kann nicht wissen, was ich denke. Cool down, Mädchen. Ihr kennt ihn nicht gut ... denken Sie daran, er ist ein Client.*

"Ich gehe besser." Chaz entfernt seine Hand von ihrer Schulter.

Sie folgte ihm die Tür zu.

Er drehte sich zu ihr. "Kann ich Ihnen einen Gefallen?"

"Nichts", antwortete sie.

"Alles?" Er bekam einen sexy Schimmer in den Augen, als er seine Augenbrauen angehoben. Seine kissable Lippen kräuselten sich in einem einladenden Lächeln.

Megan schlug ihm spielerisch auf die Schulter. "Fast alles... wissen Sie, was ich meine. Was?"

"Sie spielen so gut... ich Vorspielen für ein Broadway Musical..."

"Broadway?"

"Ich habe für die Audition zu singen und ich brauchen einen Platz zum Üben..."

"Sie wollen hier zu üben? Mit mir spielen?" Sie faltete die Hände vor der Brust.

"Es würde ein hartes Stück Arbeit werden. Ich habe Gesangsunterricht zu nehmen, aber ich bin weit von Broadway Qualität. Das bedeutet endlose Wiederholung..."

"Ja!" Megan klatschte in die Hände zusammen. *Okay, jetzt bist du offiziell ein Groupie.*

"Ich habe mein Geschäft, weg von Dillon & Unkraut wenn sie *nein sagen* . Dieses ist streng persönlich... es ist in Ordnung,..."

"Ich würde gerne! Wie spannend... die Schulung ein Broadway Sterne!" Sie klatschte in die Hände zusammen.

"Ich spiele das nicht," lachte er.

"Sie werden."

"Vielen Dank. Können wir in ein paar Wochen beginnen, sobald ich Ende dieses *PBS* Reihe?"

"Natürlich. Übrigens, wann haben Sie das letzte Mal ein Haus - gekochte Mahlzeit hatte?"

"Ich weiß nicht ... vielleicht vor zehn Jahren wissen."

"Oh mein Gott. Erste Session, ich mache Sie Abendessen."

"Nicht warten können." Er trat näher an sie heran. Chaz strich eine Haarsträhne aus den Augen. Er beugte sich über ihr zärtlich zu küssen.

"Gute Nacht, Meg." sein Atem ihr gekitzelt.

"Gute Nacht." Sie für einen Moment seine Wange berührte.

Megan sah, wie er durch den Flur laufen. Der Aufzug kam schnell. Sie lächelte, um zu sehen, dass es leer war, bevor er in erhielt. *Niemand ihm unbequem zu machen.* Mit einer schnellen Handbewegung, war er verschwunden. Die Halle schien zu schrumpfen Nach dem Aufzug Türen geschlossen. Die Lichter in der Wohnung erschienen Dimmer Wenn Sie nach innen ging. Der Mangel an seine Gegenwart, die Wohnung leer fühlen.

Meg zog sich aus und schob ins Bett. Auch nach mehreren Getränke, sie fühlte sich nicht müde. Ihr Kopf drehte sich. *Ich habe zu üben. Wie kann ich gut genug mit Chaz Duncan zu proben? Erhielt, das Klavier gestimmt.* Als sie begann eine mentale To-Do-Liste, schlafen Sie überholte zu machen.

MAI WAR EIN SCHÖNER Monat in New York City, sondern Chaz nicht die Sonne sehen, weil er seine Tage im Studio verbracht. Nehmen zwölf Episoden der amerikanischen Geschichte Programm ging bis 9 Uhr nachts. Die komprimierte Zeitplan war notwendig, da die Show geplant wurde zu Beginn der Ausstrahlung am 4. Bobby hatte die Limo im Studio Tür an der Generalprobe Ende, wartet Chaz zur Wellington

WENN ICH DICH GELIEBT HABE

Arms zu fahren, Quinn Roberts "posh Gebäude am Central Park West at Seventy-Fourth Straße.

Quinn - stehend über sechs Meter hoch, mit braunen Haaren und blauen Augen - wurde zwischen Filmen und Faulenzen zu Hause. Bei seinem Film Serie *Die Abenteuer von Joe Martin* auf Lücke war, Quinn entspannt in seinem geräumige Wohnung. Er begrüßte die Chaz Chaz gespeichert, und Geld für ein Hotel durch den Aufenthalt bei Quinn. Dabei genoss er mit seinen alten Freund. Chaz trusted Quinn... Sie durch Abenteuer zusammen gewesen war.

"Bier?" fragte Quinn Chaz, als er die Tür geschlossen.

"Hast du etwas stärker?"

"*Absolut*?"

"Perfekt. Felsen?"

Quinn gab ihm Daumen hoch vor, verschwindet in der Küche. Chaz lehnte sich gegen die vordere Tür für einen Moment, dann seinen Weg in die Schokolade braun Leder Sofa gemacht. Er plumpste. Quinn kehrte mit einem Glas Wodka auf den Felsen in der einen Hand und einer Flasche Bier in der anderen.

"Harter Tag?"

Chaz nickte, als er nahm einen großen Schluck von seinem Drink. "'Mrs. Jefferson" nicht ihre Linien kennen." Chaz aus Toed seine Schuhe.

"Wer ist es?" Quinn die Bierflasche an seine Lippen hob.

Chaz legte seine Füße auf der Eiche Couchtisch. "Anna Jason." Er seufzte.

"Ich weiß, ihr. Hey, es ist ihr Verdammten job. Es ist frickin' ärgerlich," Quinn sagte, während er die Flasche auf eine Achterbahn auf dem Couchtisch.

"Eine Achterbahn? Haben Sie noch einen dick oder haben Sie sich in eine Frau verwandeln?"

"Ich habe diese Tabelle selbst geschnitzt. Die nicht gehen lassen ein dummer Esel Bier Flasche fuck it up".

"Rechts, Rechts. Dass vergessen."
"Mir über Ihre neue Küken weiterempfehlen." Ein grinsen stahl über Quinn's Gesicht.
"Sie ist nicht eine neue Küken, sie ist meine finanziellen Berater. Sollten Sie mit ihr gehen, auch."
"Ist sie heiß?"
"Ja, smart, auch."
"Sie hat ihre neue Mädchen, Chaz, auf. Es ist mir hier." Quinn nahm noch einen Schluck Bier.
"Nein, wirklich, Geschäft. Ausschließlich Geschäft."
"Sie noch küssen?"
Hitze stieg ihm ins Gesicht.
Quinn lachte kurz. "Das ist das, was ich dachte. Ihre neue Mädchen."
"Ich gehe die nächsten *Westlich der Sonne* flick zu tun, etwa zwei Wochen, nachdem ich diese Aufnahme beenden. Also, es kann nicht weit gehen, kann es?" Chaz schluckte den Rest seines Wodka dann fuhr sich mit der Hand durch seine Haare.
"Eine andere kurzfristige Küken? Nicht sie müde von all den umwirbt vor Betten?"
"Die Betten lohnt sich immer." Ein Cheshire Cat Grinsen sein Gesicht gekreuzt.
"Beim letzten Mal nicht."
"Okay, okay, Rhonda war eine schlechte Idee." Chaz zuckte mit den Schultern.
Quinn gelacht.
"Katastrophe ist mehr wie er."
Chaz warf einen bösen Blick auf Quinn. "Dies ist bei dieser Anlage anders."
"Oh?" Quinn hob eine Augenbraue. "Habe ich nicht habe feststellen können, daß vor?"
"Sie ist nicht in der Branche. Sie ist intelligent und lustig."

WENN ICH DICH GELIEBT HABE 61

"Ich dachte, Sie haben gesagt, Sie nie jemand ' *nicht* in Filmen." Quinn versuchte ein Lächeln zu verbergen.

"Meg ist... sie mich sieht wie ein normaler Kerl. Sie ist nicht Star getroffen. Ihr Bruder ist Mark Davis..." Chaz saß auf dem Sofa.

"Mark Davis der Delaware Dämonen?" Quinn setzte sich auf.

"Ja."

"Die Hölle, haben sie Eintrittskarten bekommen? Wenn wir ein Spiel?"

Okay, Meg. Ich verstehe schon. Muss haltbar sein, seine Schwester zu sein. " Sie würden mich töten. Jeder Kerl, den Sie jemals datiert hat über ihren Bruder gebeten. Sie ist krank. Erinnert mich an uns."

"Sie meinen, "Wie ist es mit Chaz Duncan zu arbeiten?" "Quinn die Stimme einer Frau, die nachgeahmt beim Schlagen seine Wimpern.

Chaz schnaubte und gleichzeitig lachte. "Wir Tickets kaufen können, wenn Sie zu gehen so schlecht wollen."

"Sie heißen?" Quinn nahm einen Schluck Bier.

"Sie ist heiß und es nicht wissen."

"Die heisse es immer wissen, "Quinn spottete.

"Dieses nicht. Ehrlich. Meg hat keine Ahnung, wie warm sie ist. Sie trägt diese low cut Pullover zu arbeiten und dann beugt sich über den Schreibtisch vor mir - und nicht auf Zweck, wie sie vergessen was sie trägt. Große Racks. Sie weiß nicht einmal, dass sie mich zu blinken."

"Ein heisses babe, der es nicht wissen? Wie können Sie diese Frauen finden, Chaz?"

"Stummes Glück."

"Hat sie einen Freund?"

"Was ist mit Selena passiert?"

"Hat nicht geklappt."

"Es tut uns Leid. Sie war heiß... ein Stick von Feuer."

"Stange Dynamit ist mehr wie es. Was für ein Schmerz im Arsch. Sie war gefordert und immer Aufmerksamkeit benötigen... ständig. Geez." Er schüttelte den Kopf.

"Meg's unabhängig. Vielleicht zu unabhängig."

"Ich dachte, sie war nur ein Finanzberater." Quinn drehte ein Antasten der Blick auf seinen Freund.

"Es waren mehr."

"Wann bekomme ich diese perfekte Frau zu treffen?"

"Warum sollte ich sie Ihnen vorstellen?" Chaz zog eine Augenbraue hoch zu seinem Freund.

"Ich dachte, du wolltest, dass ich ihre Dienste zu verwenden?"

"Nicht die Art von Service, Bonehead!"

"Angst vor ein wenig Wettbewerb?" Quinn, richtete er sich auf.

"Nicht ist dumm."

"Nicht die Dinge mit der "Liebe ihres Lebens" hier zu schrauben." Quinn platziert die Flasche wieder auf den coaster.

"Halt die Klappe, Quinn." Chaz rifled ein Kissen mit seinem Freund werfen.

Quinn zurück das Kissen. Innerhalb von Sekunden, eine vollwertige Kissenschlacht im Wohnzimmer geblüht.

"MEGAN DAVIS." MEG BEANTWORTETE das Telefon mit Ihrem Business Voice.

"Sie klingen so... also offiziell."

"Ja. Business Office, erinnern." Megan am Klang seiner Stimme lächelte.

Er gluckste.

"Was kann ich für Sie tun, Herr Duncan?"

"Sie haben ein Abendessen mit mir heute Abend. Ich muss morgen ab... Sie schießen eine andere Szene mit einem Schauspieler, der andere Verpflichtungen hat. So, da bin ich frei ich Morgen bis spät am Abend bleiben können."

"Zu spät? Was haben Sie im Auge?" Meg hob eine Augenbraue.

"Abendessen. Nur Abendessen."

"Wirklich?", gluckste sie.

"Tage Ich habe ich im Studio um fünf, also gehe ich sehr früh schlafen. Da ich nicht bis neun in der Nacht gemacht, bin ich in der Regel holen Sie sich schnell etwas, de-Stress ein wenig, dann zu Bett gehen. Aber heute Abend kann Ich...äh... soziale."

"In diesem Fall... sicher. Welche Zeit?"

"Hmm, wie etwa neun fünfzehn?"

Megan lachte. "Abendessen nach neun?" Sie legte ihren Kaffee nach unten.

"Oh, ich vergaß. Normale Leute hier."

"Vielleicht Nachtisch?"

"Super! Nachtisch! Jeans tragen. Bobby und ich Sie vor Ihrem Gebäude in neun 15."

"Ist das Geschäft?"

"Äh... nicht wirklich. Muss es sein?"

"Nun... Du bist ein Client ... und ..."

"Ich will wissen, warum Sie die Gregory Unternehmen bestand in Colorado Bergbau abgeholt. Bedeutet das Qualifizieren?"

"Perfekt... äh... okay. Wir sehen uns später."

Sie hängte das Telefon, legte ihr Kinn auf ihre Hand. *Ein Datum.* Sie lächelte.

"Verträumten Augen... muss etwas mit Chaz Duncan." Brielle gegen den Türrahmen lehnte sich zu tun haben, ihr blondes Haar glänzend und ihre Lippen rouged in Perfektion.

Zorn verursacht Wärme in Megan's Wangen. Sie hasste Brielle zweite - schätzen Sie. Brielle ihre Eifersucht auf Megan offensichtlich, es sei denn, Harvey Dillon oder Carleton Unkraut herum war. Dann, sie hatte singen Megan's lobt. Darüber hinaus in Brielle's Büro direkt gegenüber der Halle machte es unmöglich, unbeobachtet zu arbeiten.

Megan blickte auf Ihrem Bildschirm. "Wenn Sie nennen es verträumt-eyed, glücklich zu sein, ist die Börse bis, dann schätze ich, daß ich es bin.

Brielle's Gesicht nahm einen säuerlichen Blick. "So, was ist mit Ihnen und Duncan?"

"Ich bin sein Portfolio Management. Periode. Ich muss wieder an die Arbeit zu bekommen."

Hoffen Brielle verlassen würde, Megan wieder senkte den Blick auf Ihrem Bildschirm. Die blonde geölt ihren Weg über den Flur, und stoppen Sie zu lächeln, betörend bei Andy. Sie spannte ihn unter dem Kinn, bevor sie ihre eigene Domain. Mit zusammengekniffenen Augen, Megan sah durch die Glaswand. Es machte sie nervös zu sehen Brielle, bis zu Andy. *Was will sie mit ihm?*

Kapitel Fünf

Um sieben Uhr, Megan nach Hause zurück und erwärmt Reste. Änderte sie in Jeans und Pullover, die Sie mit Penny, dieses einen low-cut Pullover in Coral gekauft. Während sie aßen, Megan konzentrierte sich Ihre Aufmerksamkeit auf Jahresberichte und Börse Charts.

Bei neun 15, sie bestiegen den Aufzug für die schnelle Fahrt in die Lobby. Spionierte Baxter schlafend auf einem kleinen Teppich im Rücken. Sie blickte ihn an und dann in Salzwasser.

"Mrs. Bender immer noch krank ist, "Briny erläutert.

"Baxter ist glücklich, sie zu haben." Megan beugte sich zu kratzen den Sleeping pug hinter seinen Ohren.

Briny nickte, seinen Hut zu ihr Trinkgeld, und öffnete die Tür.

Chaz lehnte sich gegen die Stadt Auto, wenn Sie das Gebäude verlassen. Er ergriff einen kleinen Korb, als er trat vor und nahm ihre Hand.

"Central Park." Er nahm sie bei der Hand und führt sie in Richtung Süden.

"Aber es ist schon fast dunkel."

"Je dunkler, desto besser." Sie flüchtig einen Schimmer in seinen dunklen Augen, als sie zusammen.

"Was in den Korb?"

"Moscato, ein süßer Wein, Kunststoff Weingläser und in Schokolade getauchten Erdbeeren."

Megan's Mund gewässert.

"Wohin gehen wir?".

"Der Ramble." Er entlang der Central Park West mit Megan an seiner Seite ging.

"Die Wanderung? Es ist dunkel und einsam ... Leute hängen dort aus allen möglichen Gründen."

"Hast du Angst?"

Sie zitterte.

"Du bist bei mir. Niemand wird Sie stören. Nichts zu fürchten. Ich habe zwei Taschenlampen auch." Chaz zog seinen Griff auf ihre Hand und zog sie näher an sich.

"Kennen Sie den Steinbogen in der Ramble?"

"Ich versuche aus der ramble zu bleiben. Ich bekomme immer dort verloren", gestand sie.

"Keine Sorge, ich weiß, meine Weise um. Der Bogen ist mein glücklicher Ort."

"Glück?" Sie hob ihre Augenbrauen.

"Ich habe den Bogen besucht haben vor jeder Lucky Break hatte ich habe."

"Und du hast es für Glück mit Ihrem Broadway vorspielen?" Sie hob ihr Tempo seinen langen Fortschritt zu entsprechen.

Er lachte.

"Warum?", fragte sie und blickte ihn an, als Sie sich verlangsamt.

"Mein Geheimnis." Er pflanzte einen schnellen Kuss auf die Nasenspitze.

Wenn Sie erreichten Eighty-First Straße, Chaz gelenkt, auf der linken Seite und sie duckte sich in den Park, vorbei an der Stille, leere Diana Ross Spielplatz. Sie Wended ihren Weg immer tiefer in den schattigen Park tiefer, mit Bänken und Frühling Blumen in voller Blüte.

"Es ist immer noch hell genug, um die Tulpen und Iris zu sehen." Megan's Augen auf die bunten Blumen beleuchtet.

"Lass uns zum Shakespeare Garten." Chaz ihr führte entlang der asphaltierten Straße, die Shakespeare Theater gehen dann nach rechts abgekommen. Die geteilte Schiene Zaun erinnerte sie an Ferien auf dem Land, als sie ein Kind war. Kleine bunte Blumen, hell im schwindenden Tageslicht, mit dem Schein der Straßenlaternen gekoppelt, gesäumt von den Zaun. Blumensträuße rosa und weißen Rosen blühen auf dem Spaziergang waren ein Genuss für die Augen. Die Rosen, die bis zum Bersten mit süßen Duft, duftende Luft, verführen ihre Nasen.

"Dies ist eines meiner Lieblingshotels, "Chaz sagte, sein Gang verlangsamte zu flanieren.

"Ich habe noch nie gesehen, so viele Rosen in einem Punkt."

Er drapierte seinen Arm um ihre Schultern. Sie verwunden Um im Labyrinth der Parkwege. Habt ihr hier kennen, nicht wahr?

"Sagte sie." Er ihr nach links gelenkt.

"Viele Mädchen zum Arch?" Megan an ihm im schwindenden Licht blickte.

"Du bist der erste."

Sie glitt ihren Arm um seine Hüfte und zog an seiner Seite.

Er plötzlich gestoppt. Megan hob ihren Blick. "Wie die Steine zusammen bleiben?" Sie trat näher, starrte auf die Struktur.

Er zuckte mit den Schultern. "Keine Ahnung."

"Es ist ein Kunstwerk."

Chaz führte sie zu einer Bank mit Blick auf den Arch, wo Sie essen gehen kann. Er öffnete den Korb und knallten die Korken auf den Wein vor dem Gießen zwei Gläser. Megan nahm einen Schluck. "Mmm... lecker."

Er reichte ihr ein Kunststoffbehälter auf. Sie öffnete sie ein Dutzend riesige Erdbeeren Hälfte beschichtet in dunkler Schokolade zu offenbaren. Unter Berücksichtigung der zwischen den Fingern, Sie Langsam hob es an die Lippen. Ihre Blicke gesperrt, als seine Lippen die saftige Beere umgeben. Ein Biss gesendet reichlich Saft, das Kinn. Megan lehnte sich leicht nach vorne, aber fing sich bevor sie sein

Gesicht sauber leckte. Stattdessen hat sie gerupft eine Serviette aus dem Korb.

"Waren Sie ...?"

Sie nickte, bevor sie ihre Finger über seine Lippen, als Sie den Saft abgewischt. Aufnehmen einer Beere, er spiegelt ihre Bewegungen, außer dieser Zeit, Chaz leckte die Erdbeere Saft aus ihr Kinn. Seine Lippen glitt über Ihr mühelos. Sie beendete das Kauen und Schlucken, als seine Zunge über die Unterlippe gefegt, eine in Ihren Bauch und Ihre Leidenschaft zündenden Funken.

Er zog sie näher, bis ihre Truhen kaum berührte und küsste sie in ernsthaftem seine Lippen ihre Arbeiten, bis Sie für ihn geöffnet. Megan legte ihre Hände auf seine breiten Schultern, Gefühl der gespannten Muskeln seines Oberen zurück durch den dünnen Stoff seiner Windjacke. Der Geschmack der Erdbeere mit dem Gefühl seiner Zunge gleiten über ihrs Ihr aufgeregt gemischt. Ihre Brustwarzen verhärteten, schmerzende nach seiner Berührung.

Bewegte seine Hände auf den Rücken, er schloss die Lücke zwischen ihnen, so dass ihre Brüste Brust berührten. Er bewegte seine Hände und seine Finger spielten mit den Enden der ihr Haar. Sie wehrte sich nicht, auf Ihren Wunsch, ihm nahe zu sein.

Er gewinkelt seinen Kopf und nahm den Kuss tiefer. Meg schwebte, ihr Verstand ausgeschaltet. Alles was sie tun konnte, war, seine Hände fühlen sich auf ihr, seine Lippen auf ihre, weich und dennoch anspruchsvolle fühlen. Sie atmete in seiner berauschenden Duft mit seinem gemischten nach dem Rasieren. Der Schmerz in ihr entfacht das Feuer so heiß, es schien ihr Innenleben zu versengen. Sie ihre Oberschenkel zusammen geklemmt, aber das machte sie nur Verlangen. Bevor sie sich stoppen könnte, sie schnurrte in seinen Mund.

Durch ihre Antwort ermutigt, Chaz riss seinen Mund von ihr und zog sie an ihrem Hals. Seine Lippen und Zunge brannte ein Weg durch die Säule. Er geschickt entpackt ihre Jacke und schlüpfte er aus der Schulter, so dass seine Lippen auf ihre Schulter, um fortzufahren. Seine

Hände waren auf ihre Taille, hielt sie fest. Ihre Nippel gestochen, dass berührt zu werden. Als ob er ihre Gedanken lesen, Chaz glitt seine Hand ihren Brustkorb, bis sie ihre Brust bedeckt. Sie keuchte auf die scharfen Klingen, die gerade zu ihrem Kern als seine Finger auf ihre Brustwarze geschlossen.

Chaz hob den Kopf.

"Es tut uns Leid. Ich weg."

Ihre Augen waren breit, dunkelgrün mit Leidenschaft. Zwei Worte stolperten aus ihrem Mund ohne Wissen ihres Gehirns.

"Hör nicht auf." Es war fast ein Stöhnen.

Ihre Blicke trafen sich. Megan erreicht und verfolgt die Kante seines sinnlichen Unterlippe. Er fuhr an ihr zu starren, bis sie ihre Hand auf seine Brust, schob ihre Finger um den Hals zu locken. Ihre sanfte Tauziehen brachte seine Lippen auf ihre. Ein kleiner Seufzer entkam, als sie seinen Kuss kapituliert.

Ohne Knochen, sie geschmolzen gegen ihn, das Gefühl des harten Muskeln der Brust gegen ihre. Sie wollte ihn, daß er wollte mit jeder Faser ihres Seins. Gefangen in Leidenschaft, sie wollte nicht aufhören zu denken... über alles. Chaz hob seine Hand langsam, als ob er kämpften, um seinen Wunsch, sie zu berühren und zu verlieren. Einmal mehr seine Hand ihre Brust gefangen und er drückte sie sanft, während seine Lippen zarte Küsse auf den Hals gelegt.

"Lass mich dich berühren.", flüsterte er, während seine Finger die freiliegenden oben auf Ihrer Brust streichelte.

"Ja," murmelte sie in seinen Hals, ihre Augen schließen.

Chaz zog sich zurück, senkte seine Hand und etwas von ihr getrennt. "Nicht hier." Er ließ einen Atemzug.

Sie zog sich von ihm ab, ihre Hand aus seiner Brust. Ihre Haut Kiesstrand mit kühler Luft. Meg schaute hinunter und sah die beiden oberen Knöpfe ihrer Bluse wurden rückgängig gemacht, die Teil einer rosa spitzen-bh und vieles mehr Spaltung. *Wow, er ist glatt. Es fühlte sich nicht eine Sache, während er mich ausziehen.*

Als Wärme zu Ihrem Gesicht stieg, erreichte sie für die Tasten wieder befestigen. Chaz lehnte sich über eine Haarsträhne hinter Ihr Ohr zu verstauen. "Du bist wunderschön." Seine Augen mit Emotion verdunkelt.

Sie blickte auf ihre Hände in Ihrem Schoß ruht. *Mir, schön? Das ist ein Lachen.* " Nicht ganz..."

Chaz griff nach ihrem Kinn. Er ihr Gesicht zuckte zusammen, um innerhalb der Zoll von seinem. "Wenn ich sage, Du bist wunderschön, Du bist wunderschön." Seine schwelende, gemischt mit dem Mondschein, bestätigte seine Ehrlichkeit.

Sie nickte, ein kleines Lächeln auf ihren Lippen.

"Ein Kuss im Bogen, dann lass uns gehen." Sagte er ihre Lippen starrt.

Sie stand auf und trat die Hände. Chaz erleichtert ihr nahe zu ihm, seine Hände glitten zu ihrem Boden, und drückte. Megan Jaulte. Seine Lippen fanden Ihre. Sie waren so nah beieinander, auch ein Stück Papier nicht dazwischen schieben. Sie schlang die Arme um seinen Hals und entspannt gegen ihn. Als er seine Leidenschaft, Aufregung begann in ihr zu bauen. Er näher gedrückt wird. Gefühl seine wachsende Erektion machte sie nur Ihn will mehr.

Keuchend ein bisschen, Chaz legte seine Hände auf ihre Hüften ihr weg von seinen Körper zu bewegen. Meg bewegt ihre Hände über seine Brust langsam, sich vorzustellen, es sah und fühlte sich wie unter seinem Hemd. *Hat er seine Brusthaare rasieren, die für die Filme? Hoffe nicht.* Neugier ate Weg an ihr, doch sie konnte nicht aufbringen, den Nerv zu bitten. Bevor er bemerkte, hatte sein Hemd aufknöpfte zwei Tasten und glitt ihre Hand nach innen. *Oh, Gott!*

Sie stöhnte auf, als ihre Finger ihn durch ein paar Brocken der feines Haar streichelte. Sein Mund fiel hart auf Ihre, seine Hände ihre Hüften nach oben ziehen gegen seine. Wunsch bahnten den Weg zu ihren Bauch. Instinktiv, sie Boden ihre Hüften gegen seine. Ihre Finger erkannt, das erhöhte Tempo seiner Atmung.

Er nahm sie an der Taille und sanft drückte sie mit dem Rücken gegen die Arch, weg von ihm. "Zu schnell", keuchte er.

Megan legte ihren Kopf zurück gegen den Stein des Bogens, hofft, seine kühle Chill ihr Wunsch, würde aber ohne Erfolg. Seine Gegenwart so nah zu ihr setzte ihr Feuer zu schüren.

"Zu viel", hauchte sie und versucht, sich selbst davon zu überzeugen.

Die Breeze abgeholt und die Temperatur fiel. In ein paar Sekunden, Sie zitterte.

"Zeit zu nehmen, um sie nach Hause." Chaz seine Jacke um sie herum gewickelt. Die feinen Stoff war noch warm aus seinem Körper. Er führte sie weg, nach links, Sie winden sich um und aus dem Park. Einmal auf der Avenue, Meg wieder ihre Fassung. Über die Straße von Ihrem Gebäude, stoppte sie, ein Taschentuch zu zeichnen. Sie wischte seine Lippen, bevor er sein Hemd zuzuknöpfen.

"Salonfähig?" Fragte er zurück.

"Sehr." Sie seine Haare mit den Fingern gekämmt.

Sie überquerten die Straße. Chaz küßte ihre Hand, bieten sie gute Nacht, machte den Gruß an Briny, und dann verschwand, wie ein Zauberer in die Dunkelheit des Abends.

MEGAN'S HANDY KLINGELTE, weil Sie die vordere Tür der Wohnung geschlossen und ihre Schlüssel warf in die Schüssel. Ein Blick in den Spiegel sagte ihr, sie hatte gut geküsst worden. Ihre Lippen waren leicht geschwollen. Eine attraktive bündig in den Wangen machte sie hübsch. Sie beantwortete die Telefon, und starrte auf ihr Bild.

"Ich bin es!" Penny zwitscherten in das Telefon.

Megan schleppte sie Aufmerksamkeit weg vom Spiegel. Flanieren auf dem Sofa, Sie Plumpste unten, die Füße auf dem Tisch aufliegt.

"Also... wie sieht es mit Chaz?"

"Entlang bewegen. Es ist Business, "Megan gelogen einen dritten Grades über Chaz zu vermeiden, ehrt seinen Wunsch nach Privatsphäre.

"Wie kannst du ihm widerstehen?"

Das kann ich nicht. " Es war ein langer Tag und ich muss ins Bett zu bekommen." Meg ihre Beine auf den Tisch geschoben.

"Allein?"

"Sehr witzig!" Meg wirbelte ein paar Haarsträhnen. *Ich wünsche!*

Penny gluckste. "Das dachte ich mir."

"Er ist sehr... schön und alle... aber nicht mein Typ."

Ein lautes Lachen von Penny, Meg oben sitzen. "Er ist jeder Frau Typ, "Penny sagte.

"Und was ist mit Mark?" Meg lehnte sich über die Schmerzenden arch ihr Fuß zu reiben.

"Niemand schlagen können. Ich bin nur Sayin'..."

"Wann werden Sie wieder kommen?" Megan das Thema.

"Ausbildung ist für eine Weile. Wir kommen wieder nach New York bald. Vielleicht werden wir Zeuge etwas ... intim?"

"Penny!"

Lautes Gelächter am anderen Ende des Telefons gemacht Meg Lächeln. "Es tut uns Leid. Konnte nicht widerstehen. Ich möchte, dass du glücklich bist, Sis. Das ist alles."

"Ich weiß. Bis bald. Die große Nase eine Umarmung geben für mich." Meg lächelte.

"Werde ich. Nacht."

Ich bin nicht für ihn. Das ist lächerlich. Nicht mehr Berühmtheiten. Keine weitere Termine.

Megan gepolstert in ihr Schlafzimmer zu entkleiden. Sie starrte ihr Queen size Bett, Projektbeschreibung Chaz es auf Sie wartet. Das Bild gab ihr eine Gänsehaut. *Stop, Meg! Er ist unerreichbar. Ein Kerl wie er würde nie für jemanden wie Sie fallen. Geben Sie es auf. Sie werden nur* am Ende unglücklich. *Das ist es, was Mama sagen würde. Und sie hatte Recht. Immer noch, er ist so... so kissable... so schön ist.*

Sie seufzte und zog die Abdeckungen. Im Bett, rollte sie auf starren heraus Ihr Fenster zu Vollmond. Sie erinnerte sich an das Gefühl seiner Lippen auf ihre, seine Hände sie zu berühren. Sie zitterte. *Wenn ich denke, ich werde die ganze Nacht oben zu sein.*

Meg riß das Licht an und nahm sich ein Buch.

MORGEN KAM ZU FRÜH. Eine müde Megan schleppte sich aus dem Bett und unter die Dusche. Nur etwas perkier als vorher, verließ sie ihr Apartment für das Büro, wollen Sie wieder ins Bett gehen könnte.

Meg musterte die zwei große Tassen Kaffee auf Ihrem Schreibtisch gehockt, in der Hoffnung, dass das Koffein würde ihre Schläfrigkeit zu kurieren. Das starke Bier schlürfen, wechselte sie auf Ihrem Computer, Ihrer e-Mail zeitnah überprüft, und rieb sich die Augen. *Hundert neue Nachrichten! Was die Hölle?*

Sie öffnete sie eine nach der anderen, nur begrüßt zu werden, von Menschen, die sie entweder in eine lange Zeit nicht gesehen hatte oder gar nicht kannten. Jeder der e-Mails hatte die gleiche Frage - "Was ist also Chaz Duncan?"

Heilige Hölle, jemanden, der es an die Medien durchgesickert, dass ich seine Finanzen Handling. Jetzt plötzlich alle Freunde und Bekannten von elementaren, Middle und High School ist mein bester Freund.

Geben Sie mir die echten Schmiere auf Chaz. Wie sieht er aus?

Er ist so sexy in Person?

Er ist gross? Gerücht sagt er Fahrstuhl Schuhe trägt.

Hat er einen Pass auf dich machen?

Sind sie dating ihn? Wenn nicht, können Sie mir Sie, um dieses Problem zu beheben?

Haben sie sein Haus gesehen?

Können Sie einige candids auf Ihrem Telefon und Sie mir senden?

Sind sie auf der Post pix von ihm auf Facebook geht?

Sobald Sie ein paar e-Mails gelöscht, mehr sprang auf, um ihren Platz einzunehmen. Dann stand heraus. Es war Alan Fader, ihrem Freund aus Graduate School.

Meg, ich bin so froh, dass ich Sie gefunden habe. Sie haben Ihre E-Mail geändert. Lasst uns wieder online. Ich bin immer noch tun, Investment Banking, hier im sonnigen Kalifornien. Aber das ist nichts im Vergleich zu dem Handling Chaz Duncan's Konto. Ein großes Lob an dich, Baby. Bleiben Sie in Kontakt.

Meg lächelte und Alan's e-mail geantwortet. Sie war glücklich mit ihm zu verbinden. Obwohl, wenn sie vereinbart hatte, ihre eigenen Wege zu gehen, ließ sie ein wenig verletzt worden war, er hat sie nicht bitten, Kalifornien, mit ihm zu gehen. Nun, sie war erleichtert wollte er ohne sie zu bewegen. Alan war eine schöne, stabile, wenig aufregende Freund. Ein Business Dinner mit Chaz hatte ihr mehr Riled als eine Woche im Bett mit Alan. Sie lachte in sich hinein. *Er kann eine 'A'-Student in Grad Schule gewesen, aber er hatte ein "D" in Liebemachen.*

Als Sie über das Löschen der E-Mails, nun in Höhe von zweihundert ging, ein Schmerz eingeengt ihr Herz. *Schlechte Chaz! Er war nicht ein Scherz über die Neugier der Menschen. Also, das ist das Interesse der Öffentlichkeit auf sich hat? Es ist gruselig. Der Mann hat keine Privatsphäre, funktioniert er?*

Jetzt verstand sie, wie die Geschichte seiner Vergangenheit im Internet verbreitet werden könnte und fast sofort virale gehen. *Ich, warum er Angst hat jemand über sein Leben zu erzählen.* Sein Mangel an Privatsphäre wurde für Sie vertiefen ihr Gefühl für ihn. *Kein Wunder, er ist allein.*

Auf dem Weg zu konfrontieren Brielle, die Megan überzeugt war, das Wort an Sie und Chaz, Harvey Dillon in Ihr Büro gegangen. "Gut, gut, gut... Ich wette, Ihre e-mail brummt heute Morgen." Harvey's Lächeln streckte von Ohr zu Ohr.

"Wie Sie wissen?"

"Wir schickten sie eine Pressemitteilung! Meine e-mail ist durch das Dach, auch. Ich denke, jeder hier wird immer Fragen aus allen ihren Freunden über Chaz."

"Das ist genau das, was er nicht will, Harvey. Warum hast du das getan?"

"Zur Hölle, ich nicht eine Berühmtheit Division ca aufbauen, wenn es ein gut gehütetes Geheimnis haben wir eine große Fische wie Chaz Duncan, kann ich? Bald andere wohlhabende Berühmtheiten, Beflockung, uns für die finanzielle Beratung." Er rieb die Hände zusammen.

Megan könnte schwören Sie sah Dollarzeichen in seinen wässrigen blauen Augen.

"Jetzt haben wir auf doppelte Sicherheit... Niemand kennt sein Geschäft halten. Niemand kann wissen, welche Aktien er ist oder wie viel Geld er hat mit uns investiert... alles. Er ist eine sehr private Person."

"Natürlich, Megan, natürlich. Vertraulichkeit ist wichtig."

Ihr Telefon klingelte.

"Eine bessere Antwort. Kann die Presse sein!" Harvey praktisch in die Luft sprang.

Megan Taube für Ihr Festnetz. "Megan Davis."

"Hi, gibt. Ich bin Tiffany Cowles von *Celebs R Us* Magazin. Sie haben eine Minute, mit mir zu sprechen?"

"Es tut mir Leid, Frau Cowles, ich habe nichts zu sagen." Megan aufgehängt, das Telefon, als wäre sie eine Kobra bereit zu streiken. Sie ihr Kaffee, sie legte in ihrem bequemen Sessel und wirbelte um das große Fenster zu Gesicht. Ihr Telefon klingelte wieder, aber sie ignorierte es. Sie nippte an ihrem Kaffee, in die große Stadt, die vor ihr. *Warum komme ich zu Dillon & Unkraut? Was habe ich getan?*

Während sie die Seele fortgesetzt - die Suche, ihr Handy klingelte. Sie schaute auf das Display. Es war Chaz.

"Ist das Telefon abgeschaltet, das Klingeln der Haken?" Es war eine Spur von Ärger in der Stimme.

"Zwei hundert E-Mails... das Telefon noch klingelt..."

"Haben einige dieser rag Magazine rufen Sie?"

"*Celebs R Uns* getan hat." Sie ihren Kaffee auf Ihren Schreibtisch.

"Was hast du ihnen sagen?" Reizung mit Besorgnis in der Stimme gemischt.

"Nichts. Ich praktisch hing an ihr. Ich hatte keine Idee, Harvey im Begriff war, eine Pressemitteilung herauszugeben."

"Wirklich? Ich finde, dass schwer zu glauben. Sind Sie nicht mit diesem 'Celebrity' Division? Wissen Sie nicht, dass *alles, was* sich in ihrem Geschäftsbereich?"

"Das tue ich nicht. Ich bin neu. Er hat mich nicht fragen. Ich sagte "Nein." Ich erzählte ihm, dass ich nicht wie die Idee, aber er scheint zu anderen wohlhabenden Menschen zu uns kommen, denken, weil Du hier bist."

"Und so können Sie. scharfe Kerl, alte Harvey. Gotta Give ihm Gutschrift für diese. Durch die Art und Weise, nicht zu unhöflich gegenüber der Presse. Sie haben ein langes Gedächtnis."

"Ich weiß nicht, was Sie denken. Ich egal, was Sie denken. Sie müssen mir glauben..."

"Brauche ich? Warum?"

"Denn ich sage euch die Wahrheit ... denn sie haben die Macht zu demütigen, mein Bruder... meine Beziehung zu ihm mit einem Anruf zerstören." Perlen von Schweiß brach auf ihrer Stirn.

"Stimmt." Seine Stimme mit selbstgefälliger Zufriedenheit tropfte. "Würde ich euch geben, Munition, wenn ich sie zu verraten?" Sie biss sich auf die Unterlippe.

"Guter Punkt. Wahrscheinlich nicht. Außerdem, wenn die Hitze zu heiß wird, Harvey Weinen wird der Blues wenn ich mein Konto auf ein anderes Management Unternehmen."

"Ich würde dir nicht die Schuld, wenn sie tat. Ich hatte keine Ahnung, was ich in das Erhalten mit diesem Auftrag war. Ich bin nicht für diese schneiden."

"Sie haben alle richtigen Antworten. Wir halten Sie fest... für jetzt." Sein Ton abgeschwächt.

"Chaz, es tut mir so leid... ich niemals..." Emotion erstickten Meg. Worten gefangen in ihrer Kehle.

Sie war mit Schweigen. *Ich hasse es dies tun über das Telefon.* Meg wollte ihm in die Augen zu schauen, zu wissen, wie er sich fühlte und reagieren. "Chaz, ich Sie nicht für die Welt verletzen würde," flüsterte sie.

"Wir werden sehen." Er hing oben das Telefon.

Megan starrte ihr Handy für eine Minute, bis die beharrliche Klingeln Ihres Festnetz sie aus ihrer Träumerei aufgeschreckt. Die ständige Unterbrechung wütend, sie marschierten an der Rezeption. "Nicht durch irgendwelche Anrufe, es sei denn, sie sind von meiner Familie oder Chaz Duncan."

Eine lächerlich kam über das Gesicht der Empfangsdame. "Gott, du hast sie zum Abendessen mit ihm. Was meinte er damit?" Megan stürmte. *Ist nicht jeder hier professionelle außer mir?*

Ein Blick auf Ihr e-Mail hatte Megan in Seenot; zwei weitere hundert Nachrichten. Sie alle von Ihnen gelöscht, außer einem von Alan.

Also, wie ist es mit Chaz Duncan zu schlafen? Ist er so gut im Bett, wie ich bin?

Megan die e-Mail gelöscht. Ihre Kehle bis geschlossen, Tränen bedroht. Sie wollte nicht vor ihren Kollegen zu weinen, so dass Sie eine übereilte Rückzug auf der Damentoilette.

Sicher in einer mit der Tür stall geschlossen, ihre Hand zitterte, Sie die Taste auf Ihrem Mobiltelefon ihre Schwester zu Dial-in-Gesetz gedrückt. Kaum festhalten, Meg brach in Tränen am Klang der Stimme Penny.

"Meg? Alles in Ordnung? Was ist passiert?" Penny ihr in Frage gestellt.

Mit ihrer Stimme zitterte, Megan antwortete, "Alles ruiniert wird."

"Was? Warum?"

Megan schluchzte, ihren Kopf nach unten auf Ihren Schoß.

"Wir kommen. Mark und ich werde es morgen sein. Wir werden den frühen Zug nehmen."

Megan nahm einen tiefen Atemzug, wie Ihre Brust schauderte. "Davis, ist, dass Sie in dort?" brielle's Stimme erklang laut und deutlich.

Kapitel Sechs

"Was wollen Sie, Brielle?"
"Ich möchte wissen, warum Sie bawlin' Ihre Augen aus. Du bist ein Star. Sie sind berühmt. Nicht, dass sie es sich verdient..."
"Halt die Klappe." Megan war die Geduld. Sie wischte ihre Augen mit dem Rücken ihrer Hände.
"Wenn du willst, dass ....".
"Wirklich, ich." Megan trat aus dem Stall.
Am Waschbecken, sie spritzte Wasser auf ihr Gesicht dann getrocknet mit einem kratzigen Papiertuch. Drehen zu lassen, stieß sie Vergangenheit Brielle, während Sie der Chef gewählt.
"Harvey? Ich bin nicht sehr gut fühlte. Nichts Ernstes. Ich gehe nach Hause. Ich kann Arbeit von dort. Sie haben meine Nummer für den Fall, dass Sie, um mich zu erreichen."
Sie hängte das Telefon, nahm ihre Handtasche, und ging zum Lift. Durch die frische Luft am Morgen möglicherweise aktualisiert, Meg ging nach Hause. Nach einem Stop im Deli für ein Sandwich plus eine Schokolade, runden Sie die Ecke bei Eighty-First Straße bei etwa zwölf Dreißig und stoppte. Es war ein Mann gegen die Gebäude an der Ecke lehnend, starrt sie an. Sie beachtete ihn Blick auf etwas in der Hand und dann wieder auf Sie.
"Sind sie Megan Davis?"
"Wer wissen will?"
"Ich bin Stan von *Celebs R Us* . Ich würde gerne eine Erklärung ab, die Sie über Ihre neuen Kunden zu erhalten, Chaz Duncan."
"Kein Kommentar", sagte Meg, als sie ihr Tempo erhöht.

"Ach, komm schon! Ich bin der Arbeit steif, genau wie Sie." Stan folgte ihr zu ihrer Tür.

Briny gekippt sein Hut und öffnete die Tür für Megan. Es dauerte nur einen Moment zu realisieren Stan war nicht willkommen. Er blockiert die Tür, bevor Sie ihn sperren, Stan außerhalb verlassen.

Meg warf ein Lächeln zu Briny auf dem Weg zum Aufzug. Auf der 14. Etage, dankte sie Gott ihre Wohnung Telefonnummer wurde nicht aufgeführte. Einmal drinnen, sie trat ihre Schuhe aus, entfernt Ihre Jacke und nahm sie Essen in die Küche. Megan versuchte, zu entscheiden, was zu tun ist, als Sie am runden Tisch, die spektakulären deckenhohen Fenstern gegenüber saß.

Über Mittag, sie zog ihren Laptop und studierte die Markt- und Chaz Investitionen. Sie gestaltete ein einfaches Update Form zu behalten Sie den Überblick über den Fortschritt seiner Aktien und Fonds. Die Arbeit machte sie sich besser fühlen. Geduldig, Sie geklickt haben hin und her aus der aktuellen Informationen an die Einkaufspreise. Sie berechnet seine Gewinne und Verluste. *Es gibt etwas, Sicher - Zuverlässig - über eine Tabellenkalkulation.*

Die Arbeit beruhigte sich, bis ihr Handy klingelte. Es war Chaz. "Ich dachte, sie gefilmt wurden."

"Wir sind in die Pause. Wollte sehen, wie es dir geht. Telefon noch klingelt der Haken?" Seine Stimme klang ein wenig wärmer als ihr letztes Gespräch.

"Ich übersprungen früh heraus. Ich bin zu Hause zu arbeiten. Ich werde einen kurzen Bericht für Sie an diesem Abend." Meg nahm einen sachlichen Ton.

"Einen Bericht? Für Mich?"

"Das ist mein Job. Auf ihr Geld verwalten und halten Sie auf dem Laufenden. Ich werde es per E-Mail senden".

"Wie wäre es mit einer Video Konferenz? Falls ich Fragen haben."

"Ich weiß nicht, wie das zu tun ist."

"Ich werde Ihnen helfen Sie es eingerichtet haben. Wir können hin und her reden, einander zu sehen. Viel einfacher als alles, was Sie zu tippen."

"Perfekt. 15 Minuten bei 10 heute Abend?" Die Steifigkeit in ihrer Stimme widerlegt ihre Gefühle.

"Für mich funktioniert. Sie scheinen so... so...." Es war Wunder in seiner Stimme.

"Du bist mein Client, Chaz. Ich mache meinen Job. Sollten Sie nicht so überrascht sein." Sie am Telefon hing. *Das in Ihr Rohr und Rauch, Mister! Ich bin ein professioneller.*

Nachdem sie fertig zusammen zieht, die Informationen für den Bericht, sie werfen ihre Arbeit Kleidung vor dem Anziehen ein wenig Jersey shift. Sie streckte sich auf den großen, bequemen Sofa und öffnete das Buch, das Sie lesen möchten. Innerhalb von einer halben Stunde, das Buch aus der Meg's Hände glitt wie sie erlag, um zu schlafen.

CHAZ ZOG EIN FRISCHES t-shirt für sein Video mit Megan chat. *Es ist nicht wie ein Datum oder nichts. Ich habe nicht bis gekleidet zu sein. Aber ich möchte nicht grungy entweder zu betrachten. Sie ist nur mein Finanzberater. Sie arbeitet für mich. Ich kann ihr jederzeit Feuer. Es ist nur eine 15-minütige aktualisieren. Immer noch, wie gut aussehen. Sie wird... es ist meine Schuld verbrannt. Gott, warum habe ich mich engagieren ... und Sie in Mein verrücktes Leben ziehen?*

An zehn Scharfe, Chaz mit Megan verbunden. Wie das Bild geschärft, sein Blick auf ihrem Gesicht. *Sie ist ein wenig blass.* Er runzelte die Stirn. *Was sie trägt? Hmm.* " Keine Klage heute Abend, Frau Davis?"

Megan errötete. "Oh Gott! Natürlich. Dies ist eine geschäftliche Besprechung. Ich bin gleich wieder da." Sie auf die Füße geschoben.

"Warte! Warten! Ich war nur ein Scherz. Ich bevorzuge dieses kleine... was auch immer - sie - Anruf - es ... ein Kleid?" Er seine Hand winkte, wenn Worte ihn fehlgeschlagen.

Megan zupfte an der Rock und ihre Wangen Pinked. "Es ist ein Jersey Kleid... Art."

"Attraktiv. Blätter nichts der Fantasie. Ich bin zu müde eine Phantasie jetzt sowieso zu haben. Ich mag es."

Sie nickte und blickte auf ihre Papiere dann oben auf den Bildschirm. "Bereit?"

Chaz saß zurück; Inhalt ihr zu sehen, den Blick auf ihre Brust. "Feuer".

Megan ihren Bericht zu lesen, in Anbetracht der Gewinn und Verlust von jedem seiner Bestände. Nächste, bedeckte sie jedes Fonds. "Sie hatten heute ein guter Tag. Insgesamt, ihr Portfolio durch zehn tausend Dollar erhöht."

"Super!" Chaz seine Finger hinter seinem Kopf geschnürt.

"Ich habe es behoben, so dass ihre Aktien Dividenden reinvestiert werden. Sie tun einen anderen Film bald, oder?"

"Etwa zwei Wochen nach der Aufnahme das *PBS* Serie."

"Ich bin nicht neugierig, aber wieviel werden Sie erhalten den Film?"

"Drei Millionen." Sein Blick auf ihrem Gesicht konzentriert. *Sie ist nicht sehr beeindruckt. Gut.*

"Dann brauchen Sie die kleinen Einkommen aus der Dividenden. Wenn wir Sie reinvestieren, Sie machen Ihr Portfolio zu wachsen. Dann, wenn Sie die ... haben eine Lücke oder etwas... wir die Dividenden haben können Sie kommen als die direkten Erträge."

"Sie können dies unter Kontrolle haben, nicht wahr?" *Sie ist gut...sie ist erstaunlich.*

Sie nickte, ein besorgtes Lächeln breitete sich auf ihrem Gesicht. "Das klingt doch gut."

"Dann sind Sie mit unserem Service zufrieden?"
Er lachte. "Zufrieden ist kaum das Wort, das ich benutzen würde. Aber wenn Sie hier waren, in Person, könnten wir einen Weg finden, um mich zu befriedigen die nichts mit Dillon & Unkraut." *Eine Nacht mit ihr würde Himmel sein zu tun.*
Megan errötete und er dachte, dass die Rosa in ihre Wangen.
"Chaz!"
"Sie fragte." Er hob die Augenbrauen.
"Ernst sein. Sie... Sie... Sie klingen wie *Celebs R Uns* ..., dass Tiffany Person."
"Sie haben einen Anruf von Tiffany Cowles selbst? Ich bin beeindruckt. Sie ist der Editor bei *Celebs R Us*. Sie verfolgt mich seit Jahren. Sie nicht unterschätzen. Wenn Sie auf ihre Feinde Liste erhalten, Sie können brutal sein."
"Ich bin eine Ameise... völlig in der Welt der Celebrities unwichtig."
"Nicht mehr, kleine Küken." Er schüttelte den Kopf.
"Little chick?" ein Runzeln auf der Stirn Falten und ihre grünen Augen blickte beunruhigt.
"Einen liebevollen Spitznamen " ... *weich, warm und süß wie ein Fuzzy kleine Küken.* " Schauen Sie, es tut mir leid, das ist meine Schuld."
"Nein, ist es nicht. Ich nahm den Auftrag an. Ich vorbereitet."
"Wir brauchen einander für eine kleine Weile zu vermeiden."
Sie fidgeted mit den Papieren in ihren Schoß. "Du bist irgendwie beschäftigt." Sie ließ ihren Blick auf den Boden.
"Wir werden den gestrigen Nachrichten in ein oder zwei Tagen. Vertrauen Sie mir." Chaz nahm einen Schluck Kaffee aus seiner Tasse.
"Kann ich?" Ihr seinen met Blick.
"Natürlich." Er seinen Becher aus der Hand legen kann. *Ich habe dich nie verletzen würde.*
"Warum? Weil Sie mit mir zu schlafen?"
"Es nicht übertreiben, indem ein wenig harmlos Flirten." Sein Ton war scharf.

"Das ist alles, was es war?"

Dunc, sie Lügner. Schade, füllte seine Brust. Ihre schnelle Genesung ihn nicht ab, den Blick der verletzt, dass über ihr Gesicht blitzten verhindern. *Sie will mich mit ihr zu schlafen? Hmm.* Er wandte sich vom Bildschirm entfernt. "Es ist schon spät. Ich habe einen frühen Anruf morgen. Zeit gute Nacht zu sagen."

In dem Bestreben, den Anruf zu beenden, Chaz zu verlassen, bevor seine Lügen noch schlimmer. Megan nickte, aber nicht lächeln. "Vielen Dank für den Bericht. Sie machen einen tollen Job."

"Ich bin froh, dass Sie zufrieden", bekam sie nervös, "Ich meine, zufrieden mit dem Bericht."

"Süße Träume, kleine Küken."

"Sie".

Der Bildschirm war leer und Chaz smacked seine Stirn mit seinen Palm. *Idiot! Arschloch! Sie verletzen Sie, beleidigt Sie, und gelogen zu ihr. Es nicht unschuldig war Flirten, Sie wollen mit ihr zu schlafen.*

Chaz trat den Müll kann, es zu knacken. Dann warf er seinen Becher quer durch den Raum, und zerbarst es gegen die Wand. Vereidigung unter seinem Atem, er gereinigt das Durcheinander und ging zu Bett.

BIS FREITAG, DAS LEBEN hatte sich wieder beruhigt. Megan arbeitete in Ihrem Büro, Kontrolle auf Mark's Investitionen und Chaz. Sie neue Bestände erforscht und erkundet andere Investmentfonds. Das Telefon klingelte ein paar Mal als Jolie an der Rezeption Rezeption durch lassen. Man wurde Tiffany Cowles. Sie haben sich nicht verstanden Editor bei *Celebs R Us,* indem Sie einen ihrer Rezeption zu stoppen zu sein.

"Megan Davis."

"Es ist wirklich Sie, nicht wahr?"

"Wer ist das?" Meg's Brauen zusammen.

"Tiffany Cowles. Sie haben mich nicht daran?".

"Es tut mir Leid, sollte ich?"

"Autsch! Sie beißt. Hey, können Sie mich schnell von mir, was ich wissen will."

"Das wäre?"

" Alles über Chaz Duncan."

"Es gibt nichts zu sagen, Ms Cowles. Ich bin sein Finanzberater. Unsere Beziehung ist strikt professionell." *Besonders nach dem, was er sagte, letzte Nacht.* Sie nahm einen tiefen Atemzug.

"Haben Sie nicht hatte Abendessen mit ihm noch?"

"Schauen Sie, ich bin nicht zu Euch zu sprechen, so vergeuden Sie nicht Ihre Zeit und meine..." Meg verschoben, um das Telefon zu hängen.

"Nicht auflegen!" Tiffany schrie in das Telefon.

"Was wollen Sie?" Meg's Ton war ungeduldig. *Hölle, ich habe zu tun. Keine Zeit für diesen Mist.*

"Ich habe etwas zu bieten."

"Wie?".

" Geld. Zwanzig tausend Dollar für einige saftige Informationen über Chaz Duncan... wie wo er wirklich aus. Ich seine Yale Drama School Mist nicht kaufen."

"Auf Wiedersehen, Frau Cowles." Megan, das Telefon aufgelegt. *Wow! Ich kann sehen, wie einige Groupie auslaufen würden, was auch immer Sie hatte auf Chaz für so viel Geld. Cowles weiß nicht, mit wem Sie's zu tun haben.*

Das Telefon klingelte wieder. Meg hob es auf.

"Nicht überhaupt auf mich wieder auflegen, Megan Davis." Tiffany Cowles bellte in das Telefon.

"Schauen Sie, ich bin nicht in ihre Systeme interessiert, ihr Geld, oder Sie. Sie mich nicht wieder anrufen."

"Aber was ist mit ihrem Bruder Mark?"

"Was ist mit ihm?" Megan's Palmen fing an zu schwitzen.

"Wollen Sie mir in seinem Hintergrund zu graben? Es muss etwas sein, das keiner von Ihnen will in unserer Zeitschrift zu lesen, eh? Alle Geheimnisse hat, Frau Davis."

Der Schweiß brach auf Megan's Stirn. "Ich will nicht nachgeben zu erpressen, entweder, Frau Cowles. Ich wiederhole mich nicht immer wieder anrufen."

Meg schlug sie das Telefon. Ein Zittern der Angst schoss durch ihren Körper. *Böse Frau. Was, wenn Sie sich über Papa? Markieren wird damit zu beschäftigen, weil ich nie Chaz den Fluss hinunter verkaufen.*

Mit zitternder Hand, Meg hob ihren Kaffee Tasse der Letzte der lauwarmen Flüssigkeit zu entleeren. *Ich war bis zu Immobilienfonds, denke ich.* Die junge Frau lehnte sich vor, auf Ihrem Bildschirm wie Ihr Fokus zu Ihrem Job zurück.

EINE WOCHE SPÄTER, Meg klemmt Ihr Schlüssel in der Wohnungstür es nur zu finden bereits entsperrt. Angst gepulste durch ihren Körper, als sie vorsichtig die Tür in die offene Stellung geschoben wird.

"Hey sprizen!" Ihr Bruder Mark heraus an Ihre sprangen, lachend, wenn Sie einen Fuß auf den Boden sprang.

"Mark! Sie hat mich erschreckt!"

"Was hat Angst vor, hier zu sein? Briny hat die Tür."

"Ich habe von allen verfolgt, seit sie auf Chaz Duncans wurden."

"Huh, das richtig? Dachte Dunc wäre gut für Sie sein. Holen Sie sich ein wenig."

"Ich bin die ganze Zeit jetzt verstecken. Es gab sogar einen Kerl wartet an der Ecke letzte Woche."

Penny Davis gepolsterte aus der Küche Megan, eine Umarmung geben. "Es ist nicht genau, Vorderseite, aber Du hast den ersten Drittel des Buches, Meg, "Penny sagte nach dem Einpflanzen einen schnellen Kuss auf die Lippen ihres Mannes. Sie ließ sich auf das Sofa.

"Was meinst du?"

"Nicht ein schlechtes Foto." Penny ihr brandneues Kopie von *Celebs R Uns* auf Seite sieben eröffnet.

"Oh mein Gott." Meg sich auf das Sofa sank neben Penny. Mark schnappte die Zeitschrift von Megan, Hände. Seine Schwester saß zurück, fassungslos. "Stan. Die Ratte. Er war in der Wartezeit für mich, da ich um die Ecke kam."

"'Hot Harvard Honig Griffe Chaz Duncan." Einige Schlagzeile sprizen." Mark nach dem Lesen der Überschrift laut festgestellt.

"Was habe ich getan? Was bin ich?" Meg ihr Gesicht in ihren Händen verbarg. Ihr Handy klingelte. Sie spähte am Display. Chaz.

"Es tut mir *so* Leid, Meg...", begann er.

"Ich habe dir gesagt, es ist nicht deine Schuld. Sie leben mit diesem jeden Tag."

"Man gewöhnt sich dran. Halte durch. Sie ruft mich. Muss gehen. Gute Nacht, kleine Küken."

Meg steckte ihr Telefon. "Dieser Berühmtheit division Sache ist nicht für mich. Ich hasse die Aufmerksamkeit der Medien."

"Er hat, es zu beschäftigen. Werbung Tickets verkauft", so Mark.

"Ich weiß. Aber ich bin nicht für diesen Schnitt." Megan in ihr Zimmer zurückgezogen. *Die gleichen alten Berühmtheit Mist. Ich will es nicht. Chaz, du bist erstaunlich, aber auf Wiedersehen.*

Sie fuhr fort zu arbeiten hart, Verwaltung von Chaz Geld, meldet jede Nacht über den Computer zu Chaz. Als Harvey vorhergesagt, Dillon & Unkraut erhalten ein halbes Dutzend Anrufe von anderen Berühmtheiten über die Finanzverwaltung erkundigen. Harvey nahm Megan zum Mittagessen, Sie auf einen guten Start für die neue Abteilung zu gratulieren. Sie stöhnte innerlich bei dem Gedanken an mehr Zeit im Rampenlicht, sondern konfrontiert die Termine Harvey mit Entschlossenheit. In Mark und Pfennig zu Hause ihr half, ihre wachsende Unbehagen mit ihren Job vergessen zu kommen. Sie trat mit ihnen zurück in die Nacht. Ankunft zu Hause hatte das beste Teil ihres Tages geworden.

Eines Abends, als der Aufzug öffnete, das herrliche Aroma der hausgemachte Lasagne, wehte der Halle, Megan verlockend an der Tür. *Penny's Kochen!*

Meg ging auf und trat aus ihren Schuhen. Ein Lächeln brach über ihr Gesicht als sie nahm einen tiefen Atemzug, genießen Sie die köstlichen Duft. Sie gepolsterte in die Küche nur ein intimer Moment zu unterbrechen. Penny konfrontiert den Zähler, tränenfluss Salat für einen Salat mit Mark gegen Ihr zurück zu spülen. Er hatte seine Arme um sie, sein Gesicht in ihrem Nacken begraben. Megan konnte seine Hände sehen, aber Penny's ließen keinen Zweifel an ihrer Tätigkeit Stöhnen. Sie schlich zurück, öffnete die Tür, und dann knallte es abgeschaltet.

"Ich Lasagne Geruch!" Rief sie aus, ihre Handtasche auf die Anrichte.

"Timing... nie Ihre starke Klage sprizen, "Mark out aus der Küche.

Meg hängte ihre Jacke, ihr Bruder und Penny Zeit zu trennen. Nach ein paar Augenblicken, Penny Meg in der Tabelle genannt. Lasagne, Salat, Bier und erwartete sie.

"Wir haben einige Nachrichten, "Mark begann, zog einen Stuhl für seine Frau.

"Du bist schwanger?" Meg sprang auf, starrte auf den Bauch Penny.

Penny lachte. "Noch nicht. Verlangsamen, Meg."

"Ja. Sie werden eine Tante werden eines Tages... nur nicht heute. Wir fahren nach Paris." Mark legen Sie die Serviette in seinen Schoß.

"Paris!" Meg's Augen weiteten sich.

"Es war ein Jubiläum überraschung von Mark. Zwei Wochen in Paris. Ich kann nicht warten."

"So romantisch. Wie wunderbar!" Meg gurrte.

"Denken Sie, ohne uns verwalten können, Spritzen?" Mark nahm einen Schluck von seinem Bier.

"Sie haben Chaz ihre Firma zu halten." Penny wackelten ihre Augenbrauen.

"Sie gehen mit Dunc? Ich dachte, es war?" fragte.

"Es ist... aber... Nun, wir haben heraus gewesen... vielleicht einmal?"

"Bleiben Sie weg von ihm. Er hat Schwierigkeiten." Sein Gesicht verdunkelte sich.

"Warum sagen Sie das?" Meg-Salat mit ihrer Gabel aufgespießt.

"Er ist berühmt. Wahrscheinlich jeder Schauspielerin der Welt geschraubt. Er wird Sie nutzen, dann verlassen. Diese Kerle... berühmte dudes ... Sie nicht in die Verpflichtung."

"Was ist mit dir?" Megan gebeten.

"Ich bin anders. Und Penny... Gut..." Mark in seinem Sitz verschoben

"Willst du damit sagen, dass er mich nicht lieben?" Tränen verschwommen die Augen.

"Nein, nein, SIS, ich würde nie sagen, daß "seine Stimme aufgeweicht.

"Das ist genau das, was Sie sagen." Schnelle blinken nicht, könnten den Flow.

"Ich wollte nicht... es ist nur... er ist wahrscheinlich eine 'Liebe' em und lassen Sie 'em' Art der Kerl. Nicht gut genug für Sie."

"Er ist nicht so. Es ist nicht fair, ihn zu beurteilen, wenn sie ihn nicht kennen."

"Und du?" Ihr Bruder zog eine Augenbraue hoch.

"Besser als Sie." Sie nahm einen Schluck von ihrem Bier.

"Hey, ich bin nur versuchen für Sie... schauen Sie aber, wenn Sie ein Idiot zu sein, voran gehen." Mark's Augenbrauen zusammen als wütende Ausdruck auf seinem Gesicht gewaschen. Er drückte auf die Füße.

"Mark! Sie müssen nicht Papa werden. Sie haben nicht mich aus, alles zu schützen."

"Jemand hat ihn seit er ist nicht hier. Bastard", murmelte er auf dem Weg aus der Küche.

Megan folgte ihm heraus. Markieren marschierte auf das Bild Fenster im Wohnzimmer. Megan kam leise hinter ihn und legte ihre Hand auf seinen Arm. "Ich weiß, Sie versuchen nur, sich um mich zu kümmern. Aber ich bin achtundzwanzig Jahre alt jetzt Markieren."

"Duh! Also bin ich!" Er zuckte sie die Hand von seinem Arm.

"Du kannst mir nicht alles schützen. Neben der, wie Sie wissen, Chaz mein Herz brechen?"

"Ich will nicht, dass du bis zu Ende... ein anderes groupie. Du bist zu gut dafür."

Megan küsste ihn auf die Wange, bevor er sich zurückzog. "Danke, lug. Und was wissen Sie über Groupies, sowieso?"

"Genug. Ich habe mit Pro Teams lange genug. Eine Nacht in Miami..."

"Oh?" Sie hob eine Augenbraue.

Vergiss es." Er zu den Wurzeln seiner blonden Haare errötete. "Ich weiß nur, okay. Ich weiß, wie Kerle werden können."

"Nicht Chaz. Sie haben ihn nicht gut kennen."

"Das ist wahr. Aber er ist ein Kerl. Eine gute - lookin' Kerl. Mädchen gehen für ihn. Ich bin mir sicher als Hölle wissen, was das bedeutet." Er nicht helfen könnte, aber lachen.

"Erzähle, Mark." Penny's Stimme hinter ihnen zu springen. Die Zwillinge drehte sich um Ihr stehend, die Arme über der Brust gekreuzt, um zu sehen, ihre Haltung breit, und ihr Mund in einem grimmigen Linie.

"Oh, Hölle, nein. Ich bin dort nicht hin. Da Sie, Baby, niemand... Ehrlich." Markieren Sie an sich gezogen. Nuzzling ihren Hals, murmelte er Worte, die Megan nicht machen könnte. Plötzlich, sie war der Odd Man Out.

"Sie zwei wollen, allein zu sein, also werde ich..."

Marke erreicht, und ergriff ihren Arm, als sie weitergegeben. Er hielt sie an Ort und Stelle. "Bevor Sie gehen. Vorsicht, Meg. Dunc scheint okay, aber er würde es besser beobachten. Wenn er sie tut weh..."

WENN ICH DICH GELIEBT HABE

"Ich weiß... Sie ihn erschlagen. Liebe dich, große Nase." Sie streichelte seine Hand.

"Ich liebe dich auch, sprizen." Er umarmte sie ihn kurz. *Ich frage mich, was Mark unternommen hat, bevor er Penny met. Hmm. Vielleicht würde ich lieber nicht wissen.* Sie lachte leise zu sich selbst und ging in das Schlafzimmer.

DER REPORTER HATTE aufgehört, Hängen um außerhalb ihrer Gebäude da Chaz nicht durch mehr kommen. So am folgenden Tag, Mark, Penny, und Megan links das Gebäude ohne verfolgt zu speisen. Sie aßen ohne Unterbrechung, mit Ausnahme von ein paar Dutzend Leuten, die Fragen für Mark's Autograph, das typisch war. Er jeder Fan mit einer Unterschrift von einem schüchternen Lächeln begleitet untergebracht. *Unter seine dumme männlich Bravado, Mark ist noch immer ein bescheidener Kerl.*

Nach Mark und Pfennig, die Tag Links, die Wohnung schien größer zu wachsen. Megan wälzte sich in den höhlenartigen Raum wie eine einsame Marmor in einem Schuhkarton, alleine essen, während Sie Notizen für Ihren Anruf zu Chaz. Einfache Anpassung an Ihr laut Bruder, der Mangel an Lärm machte sie nervös. In der Zeit vor Ihrem Bericht Chaz, nahm sie ein Bad vor dem Anziehen ihr rosa Terry Robe und prüfen ihre Uhr. *Neun 45. Zeit zum Umziehen.*

Die Türklingel ertönte. Alarmiert, weil sie nicht bekommen hatte vom Portier gesummt, Megan zog eine Keule, die sie in der Anrichte, die von der Tür gehalten. Sie kroch bis zu der Tür durch den Türspion Recht wie die Türklingel ertönte erneut. Über Glauben durch das laute Geräusch erschrocken, sie sprang in die Luft. Es war Chaz. Öffnen Sie die Tür geknackt. "Was machst du hier?"

"Ich habe hier für meine nächtlichen Bericht bin."

"Aber warum..."

"Die Aufnahme ist beendet. Ich bin frei. Haben nicht bis morgen zu bekommen. Kann ich reinkommen?"

Megan öffnete die Tür. "Natürlich. Natürlich." Ihre freie Hand gesichert Die Revers ihrer Robe zusammen.

Als Chaz in schlenderten, bemerkte seinen Blick sofort Ihren Körper scannen. Seine Wind geworfen Haar nichts die Wirkung sein schönes Gesicht zu ruinieren, hatte auf ihr. Seine schlanken Körper tat Wunder für Jeans und ein T-Shirt. *Er ist wunderschön.*

"Nicht gekleidet, und doch nicht mich sogar erwartet. Jemand anderes erwarten, oder hat er gerade verlassen?"

"Brauche ich einen Hinweis von Eifersucht erkennen?" Sie ihre Augenbrauen angehoben.

"Warum sollte ich neidisch sein? Du bist nur mein Finanzberater... Als sie mich wieder und wieder erzählt hast." Er trat näher an sie heran.

Megan verschärft die Schärpe auf ihre Robe. Ein prickelndes Gefühl gestohlen hat, um den Hals, als sie merkte, dass sie fast nackt war. Chaz bewegte noch näher, "Nun?"

Megan geschluckt, den Blick auf seine Augen, dass Tanzen mit Schelmischen glee waren genietet. Obwohl sie gesichert, setzte er seinen Ansatz, bis die Rückenlehne des Sofas ihr Zufluchtsort blockiert. Er wollte nicht aufhören, bis seine Hände auf ihre Taille. Umhüllen Sie in seine Arme, küsste er sie leidenschaftlich. Seine Hände glitten nach oben und unten den Rücken dann unten, um Ihre Hüften. Weich und warm, seine Lippen überredet ihn auseinander, sodass seine Zunge zu verwirren mit Ihrem. Wärme breitete sich in ihrem ganzen Körper als seine harte Brust gegen sie sanft gepresst. Abrupt zog er zurück, etwas zu bewegen.

"Heilige Hölle, sie nicht alles tragen!"

"Ich nahm nur eine Badewanne. Nicht auf Besucher zu dieser Stunde Plan," sie plapperte, Hitze, die sich ihren Hals.

"Kann ich mich nicht beschweren. Weit gefehlt." Er lehnte sich über ihren Nacken zu liebkosen. "Sie Duft. Was ist das?"

"Es heißt 'Luscious Lilac'... Badesalz und Blasen".
"Ein schaumbad? Ich wünschte, ich hätte mit Ihnen hier üppig zu sein." "Was lässt Sie glauben, dass Sie eingeladen worden, hätte mich zu begleiten?" Ein stirnrunzeln Falten der Stirn.
"Ich kann sehr... äh... überzeugend." Seine Lippen eingefangen ihrs wieder. Obwohl sie zögerte, legte er seine Hände in ihr Haar, um Sie als er den Kuss vertieft. Sie erstarrte. Durch seine tiefe Stimme hypnotisiert, dunkel, lachende Augen, und maskuline Duft mit Kiefern vermischt, Meg gab, Schmelzen gegen ihn. Langsam, seine Hände nach links ihr Haar, wie seine Arme um ihre Wunde, hielt sie fest gegen ihn. Er schmeckte der Kaffee als seine Zunge sanft streichelte ihrs, während seine Hände nach unten zu Ihren Griff hinter gerutscht. Ihre Hand glitt nach unten um seinen Bizeps und einen kleinen Schauer zinged durch ihren Körper. Als sie dachte, sie atmen aufhören würde, trat er zurück und sie schlug sanft auf den Hintern.

"Etwas werfen. Ich habe einen Gefallen zu bitten."

Ihre Augen auf die Vertrautheit der seine Geste verbreitert. Er steckte seine Handflächen vor der Brust. "Bitte, kleine Küken?" Seine dunklen Augen sie angefleht.

Megan zog sich in ihr Zimmer. Sie zog einen elastischen, Jersey Kleid in Türkis, die garantiert eng mit ihren Kurven zu klammern. Das Kleid hat sie genug Unterstützung für Unterwäsche überflüssig machen. Chaz geöffnet oben auf der Klavierbank. Er schlurfte durch die Musik. "Hoffe, es stört dich nicht."

Meg schüttelte den Kopf. "Was soll das bitte?"

Kapitel Sieben

"Erinnern Sie sich, als ich fragte, ob sie für mich spielen würdest, damit ich üben könnte singen vor meinem Broadway vorspielen? Gut, die Audition wurde für zwei Wochen von heute geplant. Ich arrangierte *Westlich der Sonne* Produktion recht danach zu verbinden. Also, ich habe nur zwei Wochen wirklich an eine Broadway Show tune gut zu werden. Können Sie mir helfen?"

"Natürlich. Wissen Sie, was Sie wollen, zu singen?" Meg blätterte durch Musik, auf der Suche nach dem *Karussell* Songbook.

"Ich habe *Fett* mit Quinn im Sommer Lager. Aber das ist nicht die richtige Musik für diesen. Dies ist mehr eine traditionelle Broadway Musical. Haben Sie einen Vorschlag?"

" Hier. Lassen Sie uns dieses... versuchen Sie, und dieser, auch." *South Pacific* unter *Karussell legen* .

Meg eröffnet das Karussell Buch. "Versuchen Sie diese." Sie spielte ein paar Takte von "You'll Never Walk Alone" und dann "Wenn ich Dich geliebt." Sie "Einige verzauberte Abend" und "Dies war fast Mein".

Chaz spähte über ihre Schulter auf die Musik, das leise Brummen ein paar Bars. " Wenn ich sie höre, werde ich wissen, welche zwei richtig sind."

Meg begann warm-up Übungen. Chaz saß neben ihr. Innerhalb von ein paar Minuten, ihre Finger waren Protze.

"Wenn ich singe, sie haben mit mir zu springen. Wissen Sie, diese Songs besser als ich."

"Oh, könnte ich nicht!" Schüchternheit vorübergehend ihre Finger gelähmt ist.

WENN ICH DICH GELIEBT HABE 95

"Bitte, sie für mich? Macht es einfacher für mich zu singen. "

Wie sangen sie zusammen, ihre Stimmen gut mischen, Megan's Schüchternheit gelockert.

Als sie fertig war die letzte bar Der letzte Song, er seufzte.

"Die beiden gefällt Ihnen am besten?" fragte Sie, strecken Sie Ihre Finger.

"Welche mögen Sie?"

"Das hat zu über sie, nicht ich."

"Ich mag" Wenn ich liebte sie, "aber ich bin noch unentschlossen über den Zweiten."

"Jeder weiß, dass "einige verzauberte Abend' und 'You'll Never Walk Alone" ist wirklich hart. Wie wäre es mit "Dies war fast Mine'?"

"Beide sind irgendwie traurig, oder?" Er drehte sie auf der Klavierbank zu Gesicht.

"Emotionale, vielleicht. Noch ist sie eine echte Darm - Punch".

"Können Sie mir helfen?" Ihre Schultern gebürstet.

"Natürlich. Es wird lustig werden."

"Eine Menge langweilig, harte Arbeit."

"Keine Angst vor harter Arbeit." Wärme aus seinem Schenkel bis gegen Ihres begann ein prickelndes Gefühl in ihr.

"Nur Angst vor mir," er kicherte.

"Fürchte dich nicht vor ihnen." Meg, ihr Kinn fest.

"Glauben Sie nicht." zog er näher an sie heran. Sie wich ein wenig.

"Siehst du? Sie haben Angst vor mir."

"Vielleicht Angst vor mir selbst... ein bisschen."

Chaz lachte. "Denke nicht von mir als 'Chaz Duncan." Denken Sie an mich als "UNC" - der Typ aus der South Bronx, die ist ein wenig Charme, einige gut aussieht, und die Muttern für Sie."

Meg angesaugte Luft. "Sie sind?"

"Kannst du nicht sagen?" Er nahm ihre Hand.

"Warum ich? Sie konnten jemand in Hollywood, Frauen so viel besser aus... schöne Frauen. Warum würden Sie mir?"

"Ich nehme an, Sie betrachten konnten einige von ihnen hübscher. Ich tue es nicht. Sie sind nicht halb so schön ist wie Du auf der Innenseite sind." Er sie in seine Arme nahm, daß er sie zerkleinern, wie er sie leidenschaftlich Küsste. Wunsch löste in ihren Adern, rasant hinab zu ihrem Kern. Sie verlor ihre Hände in seine glänzende, dunkle, seidigem Haar. Seine pec Muskeln in ihre Brust gedrückt, während seine Finger den Hals kitzelte. Er befreite ihre Lippen, dass er seine kleine Küsse auf ihrem Kiefer auf ihre Schulter zu pflanzen. Er schob das dehnbare Kleid auf einer Seite. Jeder Kuss gibt es links ein kleines Feuer.

Das Kleid noch weiter nach unten bewegen, Chaz ausgesetzt ihre Brust, und dann vergeudet keine Zeit es zu erkunden. Erstens, seine Hand umschloss Ihr, drückte sanft, Gefühl, das Gewicht. Dann, seine Finger ging zu arbeiten wie er leicht ihr Peak zwischen seinen Knöcheln eingeklemmt wird. Sein Mund gefolgt. Seine Hand auf ihren Oberschenkel, erleichtert ihr Rock. *Nicht stoppen.*

"Ich liebe dich", flüsterte er.

MEG RANG MIT DER ENTSCHEIDUNG mit ihm zu schlafen. Allerdings ist die zunehmende Wärme in Ihren Körper schnell verbrannt alle rationalen Gedanken aus ihrem Kopf. Ihr Herz bereits beschlossen. Sie wollte ihn, daß er wollte, wie sie nie ein Mensch zuvor gewünscht hatte. Dies war nicht einfach, seine sexuellen Fortschritte; das war ihr zu überwinden, mit Notwendigkeit, reagiert auf jede seiner berühren. Sie liebkoste seinen Hals, ihn Nibbeln mit heißen Lippen, ihre Schulter zurück, sein Zugang zu ihren Brüsten zu erleichtern. Das Kleid rutschte um ihre Taille.

"Können wir fortfahren, diese irgendwo mehr bequem?" Er zog sein T-Shirt aus und legte es sich auf den Hocker.

Ihre Augen weiteten sich beim Anblick seines herrlichen Brust. Gut entwickelt, aber nicht "Muskel-bound", in der genug dunkle Haar bedeckt männlich zu sein, es war sexy ohne zu viel wird. Ihre Hand streckte ihn zu berühren, damit Er trat näher. Sobald Ihre Finger sein Fleisch met, Strom hochgeschnellt durch sie wie der Blitz.

"Tippen Sie auf Mich... Ich will dich." Seine Lippen die Worte Zentimeter von ihrem Ohr gebildet.

Sie versuchte das Kleid, um sie zu sammeln, sondern nur ihre untere Hälfte zu decken. Sie nahm seine Hand, um ihn in Ihrem Schlafzimmer zu führen. Einmal dort, ihre Hände schob das Kleid auf den Boden. Er zog sich auf seinen Boxer, sein heißer Blick sengende ihren nackten Körper. Sie zerriß die Bettwäsche nach unten. Er fummelte für seine Brieftasche, bevor er seine Hose zu Boden.

"Du bist wunderschön." Er kühn starrte sie an, während seine Finger für, und fanden schließlich suchte, ein Kondom.

"So sind Sie." Ihr Blick von seinem perfekte Lippen auf seine fabelhafte Brust zogen. Dann kam seine abs-Unternehmen und führenden definiert in seinen schmalen Taille. Seine Boxershorts verdunkelt, der Rest von ihm, außer für seine wachsende Erektion. Sie deutete nach unten mit Ihrem Palm und er ließ die Boxer, bevor Sie beiseite treten. *Alle von ihm ist perfekt. Oh mein Gott.*

Chaz legen Sie sich hin, zog sie nach ihm. Zögern für einen Moment, sie legte ihr Knie auf dem Bett. "Du wirst jetzt zu stoppen, oder?"

Sie schüttelte den Kopf, lösen alle Reste von Zweifel, über sich selbst zu geben, ihn hatte. Sie wollte ihn, schlicht und einfach, ob Marke oder sonst jemand genehmigt oder nicht. Flammen leckte an ihren Innenseiten, die ache Betteln nach Erfüllung. Ihr Mund war trocken, als sie ihn sah lag in ihrem Bett, ihre Finger juckte ihn zu berühren.

Er setzte sich auf. "Kleine Küken, ich möchte dich mehr, als ich jemals jemanden haben wollten. Ich möchte keine Wüste. Wollen Sie mich auch?"

"Mein Gott... Machst du Witze? Wollen...", sagte sie, in seine Arme fallen.

Er lachte, als sie zurück auf das Bett fiel, zusammen verheddert. Lachen, er zog sie schließen, bevor sein Mund fiel hart auf ihre, ihr

Atem zu nehmen. Seine Hände erkundet ihr Körper, überfliegen Sie samtig weiche Haut, sie zu berühren, fühlen Sie, Ihre spannend. Er riss seinen Mund von ihr unter ihr Ohr zu küssen. Er küsste ihren Hals lang genug zu flüstern, "Ich habe Sie seit dem ersten Tag, an dem ich Sie gesehen haben wollten."

"Ich denke, ich auch."

"Denken Sie?" Er ihr in die Augen schauen gezogen.

"Oh, Gott, hör nicht auf. ... Denken ... ja. Dachte, wollte ich Chaz Duncan, entdeckte aber ich wollte wirklich Dunc, der Kerl aus der Bronx. Wir werden um sprechen zu sitzen oder gehst du mit mir Liebe machen?" Sie ihren Brauen in fiktiven Besorgnis aus Gewirken ihn an.

"Dunc, huh? Haben Sie es, L. C." Er schob sie zurück nach unten auf das Bett und küsste seinen Weg nach unten ihren Hals zu ihren Brüsten. Einerseits eingeklemmt die Brustwarze von einer Brust, während sein Mund der anderen behauptete. Meg schloss die Augen und versuchte zu atmen. Sie ließ ihre Hände auf seine Schultern nach unten über den Rücken. Die Chaz Knie gelockert zwischen Ihre. Sie breitete sie leicht, so dass er seine Hand auf ihren Bauch an der Nahtstelle zwischen ihren Schenkeln schieben könnte. Meg keuchte, als seine Finger ihr Center, wo Sie erkundet, Streicheln und Hänseleien ihr gefunden.

"Gott, du bist so... so...", murmelte er.

Meg legte ihre Lippen auf die seinen als ihre Hand über seine abs dann niedriger gereist. Sie gewelltes ihre Finger um ihn herum. Ein Schauder rippled durch seinen Körper, als sie ihren Griff angezogen. Er küsste sie ihre glatte Haut zu ihrem Bauch und kniete sich zwischen ihre Schenkel. Er sah ihr in die Augen, bevor sein Kopf verschwand. An der ersten Streiche mit seiner Zunge an ihrem Zentrum, Meg stöhnte.

"Oh, Gott... Dunc..."

Ihr Stöhnen lauter, als er seine Zunge um ihre Nässe wirbelte wuchs. Hob seinen Kopf, seine Finger, seine Zunge ersetzt, wobei der

Rhythmus. Meg gewölbten Rücken als Leidenschaft und bis in ihr geraten und drohte zu explodieren.

"Ich werde..." murmelte sie kurz vor dem Orgasmus ihren Körper beansprucht, schießen Vergnügen bis hin zu den Zehen.

Seine Hand glitt über Ihre Haut über der Brust wieder zu schließen.

"Oh mein Gott..." Sie keuchte.

Ihr Blick seine Erektion, die beeindruckend war. "Ich schätze, Sie wollen mich...", murmelte sie, ihre Finger schließen um ihn herum.

Er lachte, erreicht für das Kondom, die er zurückgelassen hatte auf dem Bett liegend.

"Keine Eile aber, Hölle, ich muss dich jetzt!" Er fast keuchend war.

Meg öffnete ihre Beine breiter. Er ging langsam, mit einem Seufzer. Sie stöhnte auf, als sie beigetreten waren. Einst war er in ihr, grub sie ihre Finger in seine Schultern. Er fing an zu langsam Schub, so dass es langsam fuhr sie verrückt. Sie bewegte ihre Hüften auf und ab.

"Schneller?"

"Gott..." Sie schloss die Augen, "ja..."

"Zu lange warten, um dies zu beeilen", murmelte er.

Sie öffnete die Augen, um zu sehen, ihn gleich wieder starrt sie an. Seine Augen waren so dunkel mit dem Wunsch, dass Sie fast schwarz waren. Sie lesen Sie seinen Hunger, seinen Bedarf an ihr. Den Kopf in den Nacken, seine Brust Haare kitzelten ihre Brüste, wie er in und aus ihr heraus bewegt. Ihr Körper war in Brand.

Leidenschaft brannte in ihrem Bauch, ausbreiten, um ihre Glieder. Sie hob ihre Knie, die es ihm erlaubt, in die Tiefe zu stürzen. Er füllte Sie vollständig. Ihr Orgasmus wuchs langsam, der Druck, die mit jedem Stoß. Sie schloss ihren Mund über seine Schulter, als ihr die Kontrolle unter seiner Hitze geschmolzen. Als sie ihren Kopf nach hinten gewölbt mit einer langen Stöhnen, er küsste ihren Hals, seine Zunge und seine engen Spalte.

Mit einem erstickten Schrei, sie erreichte Erfüllung ein zweites Mal. Ihre Muskeln verkrampften fest, bevor der Wärme in alle Teile ihres Körpers. Meg hatte nie alles so intensiv mit einem anderen Mann erlebt. Sie öffnete die Augen. Chaz setzte sich in ihr zu pumpen. Sie legte ihre Hände auf seine Keule, ihre Finger reiten auf und ab mit der Bewegung seiner Hüften.

Plötzlich hob er Geschwindigkeit, stieß in Ihr hart und schnell. Chaz stöhnte laut, als er ihn fand. Nach ein paar harten Stößen, blieb er stehen. Sie atmete schwer, ihren Schweiß gesammelt, wodurch ein weiches saugenden Geräusch zwischen ihren Mägen. Seine Finger geschnürt mit Ihrem. Er hielt ihre Hände über ihren Kopf gefangen auf dem Bett. Seine Lippen suchten ihn auf einen langsamen, sanften Kuss.

"Ich habe noch nie ..." Doch ihre Worte wurden von einem anderen Küssen ertrunken.

Ungern, Er befreite ihre Hände vor Drücken Sie auf seine Ellenbogen.

Die Stille zwischen ihnen war einfach wie zärtliche Berührungen und Küsse ausgetauscht. Meg schob das Haar aus der Stirn und dann ihn küsste. Er küsste die Nasenspitze.

Chaz herausgezogen und ging ins Badezimmer. Megan bedeckte sich mit einem Blatt an Ihre Taille. Ein paar Minuten später kam er zurück, gehen geradeaus und hoch. Sie bemerkte den Blick auf ihre Brüste, als er ins Bett schlüpfte. Meg gekuschelt, ihre Wange ruht auf seiner Brust, hören auf die gleichmäßigen, schnellen Rhythmus seines Herzens. Mit seinen Fingern durch ihr Haar gekämmt.

"Du bist schön", flüsterte er, "in jeder Hinsicht." Meg grinste zu ihm auf, und er küsste ihr Haar.

"Von morgen Samstag. Keine Arbeit. Übernachten?" Sie sah ihn an.

"Was bin ich, ein Hund? Bleiben ... ich nehme an, Sie wollen mich zu betteln und zu kommen?"

Sie lachte.

"Nein, die Sie bereits haben beide von denen!" Beide wurde komplett hysterisch. Meg lachte Ihren Weg an den Rand des Bettes und fiel fast aus, aber Chaz ergriff ihre Hand und zog sie zurück in.

"Ich habe Hunger." Megan setzte sich auf, ihre Hände auf seine Schultern.

"Was haben Sie?"

"Wie Eis und Hot fudge Sauce?"

"Let's Go!" Chaz bounded aus dem Bett und griff nach seiner Boxer.

Meg wackelten in Ihr Jersey Kleid und nahm ihn bei der Hand und ihn in die Küche. "Hmm," Summte sie beim Öffnen der Kühlschranktür, "mint Chip, Chocolate Chip, Vanille oder Plätzchenteig?"

"Sie alle haben die da?" Chaz spähte in.

"Mark liebt Eis."

"Ich mint Chip."

"Coming up. Ich nehme Chocolate Chip." Meg die beiden Eis container Chaz übergeben.

Nächste, öffnete den Schrank und um verwurzelt.

"Schüsseln?" Er fragte.

Sie wies auf einen weiteren Schrank. Die Weit in das untere Gehäuse sie fand, was sie wollte.

"Ja!", dazu ein Glas Soße fudge, rief sie, "in die Mikrowelle!"

Sie füllten kleine Schalen mit Eis und dann beträufelt das geschmolzene fudge Sauce auf die Oberseite. Jeder Zitze in ihre Konfektion, es frisst, bis Sie waren halb fertig. "Switch!" Meg begann löffelt ihr Eis in die Chaz Mund. Sie beendeten das Eis durch die Fütterung. Lecken tropft aus den jeweils anderen Kinn wurde bald lecken Hot Sauce Fudge von anderen Körperteilen.

Chaz verschmierte ein Klacks der warmen Sauce fudge auf ihre Nippel, bevor es Angriff mit seinen Mund.

Ihr Stöhnen erhielt ihn begonnen. Sie erreichte ihn schwer zu finden. "Eis als Aphrodisiakum." Meg kicherte.

"Sie sind der aphrodisiakum." Chaz vergrub sein Gesicht in ihre Brust vor ihr Schleppen über seine Schulter, "Genug. Zeit für die Liebe, Frau!" trug er ein Kichern Meg zurück ins Schlafzimmer.

Chaz warf sie sich auf das Bett nur auf sie zu stürzen, eine Sekunde später. Drohende über sie, er küsste sie hart, fordern Sie eine leidenschaftliche Antwort. Meg ihn nicht enttäuschen, der ihn wieder küssen mit gleicher Leidenschaft, während ihre Beine wickelt sich um seine Taille. Er stürzte sich in ihr, füllen. Er stieß in Ihr hart und schnell, während sie ihre Hüften im Takt bewegt mit seinem. Schweiß zwischen ihnen versammelt. Stöhnen erfüllte die Luft, ihre Körper in beheizten Leidenschaft verheddert. Sie fand schnell und zusammen.

Erschöpft, Meg schaltet das Licht aus. Chaz lag auf dem Rücken, die Arme über dem Kopf verschränkt. Sie liegt mit dem Kopf auf seine Schulter. Sofort schob er seinen Arm um sie zurück vor dem Einklappen seinen anderen Arm um sie, mit ihrem gegen ihn. Ein happy Sound entrann ihrer Kehle als sie näher.

"Ich muss sicherstellen, dass sie nicht während der Nacht verschwinden", flüsterte er, Zeichnung ihr Haar wieder einen Kuss auf ihre Stirn zu pflanzen.

Nicht in der Lage, Wörter zu bilden, Meg schloss die Augen und Schlaf schnell gefolgt.

DER WARME JUNI SONNE stach sie in den Augen um sechs Uhr am nächsten Morgen. Chaz grummelte und rollte sich, vergrub sein Gesicht in die Kissen. Meg erhielt, die Vorhänge zu schließen. Sie kroch zurück ins Bett, kuscheln an seinen warmen Körper. Nachdem er ihr enger gezogen, seine Hände begannen zu wandern.

In der Antwort, sie ließ ihre Hand auf seinem Rücken und über sein Hinterteil. Als er rollte sie zu Gesicht, Chaz offenbart er voll bereit war, Liebe zu machen.

"Was Sie sagen, ist wahr...Morgen Holz?" Megan schlang ihre Finger um seine Erektion.

"Bin ich der Erste?" Er ihre Wange legte, seine Stimme sanft und erkundigen.

"So Nicht!"

"Dann sollte das nicht Nachrichten."

"Ich habe nicht übernachten häufiger in Alans. Art der einen Quickie, dann gute Nacht. Nichts wie ich letzte Nacht hatte mit Ihnen... zweimal." Sie ihr Blick auf seinem Gesicht konzentriert. "Mit ihrem kleinen selbst zufrieden, nicht wahr?"

Sein Lächeln erreicht von Ohr zu Ohr.

"Ich will meine Frau zu befriedigen." Chaz ließ seine Hand ihr Haar.

"Oh? Und jetzt bin ich *Ihre Frau*?" Ihr Ton war necken, aber wollte sie wissen, wo Sie mit ihm standen.

Ein sheepish Blick auf seinem Gesicht gefegt. Sie lachte, als er für Sie erreicht, Kuvertierung Sie in seine starken Arme. Er begann an ihrem Hals zu knabbern. Die flammen Schlummern aus der Nacht vor sprang, als ob nur innerhalb ihres Schwelbrand. Überall wo Er berührte sie schuf er Aufregung. Seine Hände, seine Zunge, und seine Lippen gebracht heiße Wunsch in ihre Adern. Sie ließ ihre Hände nach oben und unten seine Brust, jeder Finger drücken in seine Muskeln, wie sie ihre Hüften gegen ihn. Seine Hand unter ihr Knie zog ihr Bein nächsten auf seine Seite, so dass er sich leicht zwei Finger in sie gleiten könnte.

"Oh mein Gott", rief sie und schloss die Augen.

Er pumpte seine Finger in ihr, hören Sie mit jedem Stoß stöhnte.

"Bitte... oh Gott, Dunc..." "Feuer bedroht sie als Wunsch zu einem Crescendo aufgebaut zu verbrauchen.

Er zog seine Finger um für Ihre hinter zu erreichen. Es Schröpfen, er drückte, zeichnen ihre Rechte gegen seine Felsen - harte Erektion. Er deckte sich. Sie war so feucht, er schlüpfte in ihr leicht. Megan war fast keuchend. Chaz schloss die Augen und stöhnte, vergrub sein Gesicht in ihrem Nacken.

"Du bist so... so... Unglaublich", flüsterte er.

Die Liebhaber rockten zusammen, verbunden mit Leib und Seele. Meg schalten Sie ihren Verstand, ihre Sinne übernehmen. Ihr Herz geöffnet und gestattete ihm zu fegen, in dem Spiel behaupten und. Die Worte "Ich liebe Dich", sprudelte in ihrer Kehle, aber sie weigerten sich, sie Stimme zu geben. Stattdessen werden sie aufgelöst und verschwand. Wärme schoss Ihr Körper wie eine neu gestartete Rakete. Sie versuchte zu gehen lassen aber Jahre enge Kontrolle waren schwer zu überwinden. Sie angespannt.

"Lass es geschehen, kleine Küken, "Chaz zu ihr und schließlich seine insistierende, stetigen thrusting brach ihre Abwehrkräfte murmelte. Ihr Körper bewegt in seinem Rhythmus. Der Schweiß brach auf seiner Stirn, Tropfen auf Ihrem Hals. Heben sich auf seine Ellenbogen, senkte er seinen Mund an ihrer Brust und abgesaugt. Die zing lief rechts von ihrem Gipfel zu ihrem Kern, zerstören jede Spur von Kontrolle, den sie hatte. Der Orgasmus stieg in ihr wie eine Flutwelle, Waschmaschine über ihren Körper, Beschleunigung Ströme von elektrischen Zufriedenheit auf jeden Nerv Enden. Sie schließen die Augen und schrie vor Freude.

Gefühl seiner starren, öffnete sie ihre Augen wieder seine schwarze mit Leidenschaft zu finden, da er in Ihr hart und schnell gepumpt. Dann seine Augen. Farbe von seiner Brust zu seinem Hals und er stöhnte, ihren Namen auszusprechen. Sein Haar verklumpten ein wenig auf seine Stirn in Schweiß gebadet. Er öffnete seine Augen langsam und Megan könnte schwören Sie sah den Blick der Liebe in ihnen. Aber so schnell verschwunden, wie es schien, durch ein Nachleuchten ersetzt.

Chaz weiter in ihr für ein paar Momente zu bewegen, die Verlängerung ihrer Befriedigung als auch seine eigenen. "Will nicht... stoppen will nie zu stoppen," murmelte er.

Megan hob ihre Palm an seiner Wange und streichelte seine wachsende Stoppeln. *Es ist sexy wie Hölle... Er ist sexy wie ...* seine Lippen ihre Gedanken unterbrochen, da sie leicht und süßlich gebürstet gegen ihren eigenen. "Das ist eine helluva Art aufzuwachen," sagte sie, ein Lächeln durch Hochziehen der Mundwinkel.

"Zu Ihren Diensten. Ich kann, damit sie wie jeden Morgen arrangieren."

Sobald die Worte aus seinem Mund, ein Schauer über ihr Herz niedergelassen. Er zog wieder von ihr entfernt. Etwas in ihrer Brust angezogen. *Jeden Morgen? Ich liebe Ihn hier jeden Morgen zu haben. Nie passieren.* An ihrer eigenen Reaktion überrascht, Meg's Ausdruck wurde mit Blende.

Sie ergriff ihren Bademantel von einem Stuhl neben dem Bett und rutschte er auf. "Kaffee", sagte sie, Polsterung in Richtung Küche. Chaz verschwand im Badezimmer, als sie den Raum verließ. Wenn Sie die Zähler in der Küche, Meg lehnte sich gegen ihn für einen Moment. *Es stoppen. Es stoppen. Denken Sie nicht. Er ist ein Filmstar. Sie erhalten werden ihr Herz gebrochen. Ziehen Sie sich zurück. Einfach Spaß haben. Aber ich glaube nicht, Freizeit sex tun.*

Sie ging auf die Automatische Pilot, Einrichten der Kaffee und Ziehen von frischem Obst und Joghurt zum Frühstück. Von der Zeit der Kaffee begann in den Topf zu tropfen, Chaz schien, seine Boxershorts tragen und zieht sein T-Shirt über seinen Kopf.

"Guten Morgen."

Sie kehrte sein Gruß dann bustled rund um die Küche, Vermeidung von seinen Blick, Einstellung der Tabelle, und setzen Sie das Essen.

"Hey", sagte er, Sie greifen von hinten durch die Arme. "Verlangsamen. Ich beisse nicht."

Sie versuchte seinen Blicken auszuweichen, aber konnte nicht.

"Was ist los?" Seine braunen Augen wurden Pools von Belang, da die Augenbrauen hoch gewölbt.

"Nichts. Nichts."

"Ich hatte die beste...äh... Morgen meines Lebens, und ich dachte, sie tat, auch. Jetzt werden sie nicht auf mich? Was ist geschehen?"

Er ihr zwischen dem Tisch und der Kühlschrank in die Enge getrieben. Heben ihr Kinn mit seinen Fingern, zwang er sie, ihn anzusehen.

"Megan... Es ist mir, Dunc. Was ist los?"

Sie sah in seine Augen und aufgeweicht. Ihre Hände auf seine Taille packte, wie sie näher zu ihm trat. Er schlang seine Arme um sie, ihre enge Holding. Tränen begann als eine winzige Zittern der Angst pfiff durch ihre Brust zu bilden. Sie legte ihre Wange auf seiner Brust nicht in der Lage ein paar Tränen zurück zu halten. Wischen Sie sie mit der Hand, sie hoffte, dass ihre Gefühle weg von seiner Kontrolle zu halten, aber Chaz hielt sie "at arm's length. *Kein Entkommen.* Sie hing ihren Kopf, die noch versuchen, sich zu verstecken.

"Wenn es waren Tränen der Freude, ja, ich verstehe, aber..." ein schiefes Grinsen breitete sich auf seinem Gesicht.

Sie schüttelte den Kopf. "Es war toll. Sie waren fantastisch... beste überhaupt."

"Dann, warum Niagara Falls?" er seine Hand auf ihr Haar ruhte.

"Ich will nicht, dass eine Verpflichtung." *Ich will nicht, dass du mich zu verlassen.*

Chaz riß seinen Kopf zurück, als ob er geschlagen worden war. Sein Gesicht mit Blende.

"Wer sagt nichts über ein Engagement?" Er seine Hände in die Arme gefallen.

Großartig! Schöne Arbeit, Idiot!" Das wollte ich nicht... Ich meine... ich will nicht... sie angehängt zu bekommen. Du bist ein Filmstar, Konferenz fabelhafte Frauen die ganze Zeit. Sie sind die meiste Zeit des Jahres gegangen. Ich will nicht in dich verliebt zu fallen, nur um mein Herz auf Stapfte."

"Wer sagt nichts über die Liebe?" Chaz trat zurück.

Megan hielt seinen Blick. Spionierte Eine schnelle Flimmern von Schmerz Flash und verschwinden.

"Niemand... Und das ist gut so, oder?" Meg strich ein Weg ihre Wange.

"Ein bisschen von ungezügelter Lust zwischen Freunden." Er gegen den Kühlschrank faulenzten.

Sie ergriff der Tabelle hinter ihr als seine Worte ihr schlug ein wie eine gale force Wind.

"Meinen Sie das?" Der Stachel der Tränen in ihren Augen zurück. Sie nahm einen tiefen Atemzug zu sich.

"Willst Du?" Seine Arme über der Brust gekreuzt.

"Warum fühle ich mich immer wie ich Spiele Schach, wenn ich mit Dir spreche?" Sie leicht Ihren Kopf legte.

"Vielleicht, weil wir sind. Ist das nicht die Weise, die es zwischen Männern und Frauen? Ein Schachspiel. Er bewegt sich ein Bauer, Sie opfert ein Bischof, am Ende seiner Checkmate ... für das Leben. Ist es nicht das, was die Frau will?"

"Nicht mit dem falschen Mann."

"Und wie bestimmen Sie, wer der richtige Mann ist?"

"Wenn ich wusste, dass ich jetzt verheiratet sein würde... Meine Mutter stolz zu machen."

Chaz brach in Gelächter aus. Die lauten Geräusche erschrocken Meg. "Das habe ich nicht gewollt, lustig zu sein."

"Aber war es. Eines der Dinge, die ich über sie die Liebe ist, dass Sie versehentlich, oder vielleicht absichtlich, lustig." Sein Körper sackte wie Lachen weiterhin durch seine Brust zu Ricochet.

"Eines der Dinge, die Sie über mich?" Ihre Augen weiteten sich. Ihre Hände auf ihren Hüften, es getrost ausruhen.

"Das meinte ich nicht so. Geez, kann ich nicht sagen, alles um sie herum ohne Probleme?" Er den Kaffee Topf über einem leeren Becher gehockt, "Kaffee?"

"Ja, bitte. Ich weiß nicht, was ich gesagt habe.

Chaz wandte seine Aufmerksamkeit, wenn es um die Besetzung der Becher mit Kaffee, ihre Frage zu ignorieren. "Von vorn zu beginnen... Guten Morgen." Er über zu hacken sie auf die Wange lehnte.

"Morgen." Meg ihren Becher abgeholt und nahm einen Schluck.

Stille hing schwer in der Küche, während Sie Ihren Kaffee trank. Meg starrte aus dem Fenster, Angst bei Chaz zu schauen, vor allem da Er starrt sie an. Seine starren erinnerte sie an eine Fleece Decke, die jeden Teil von ihr mit sanfter Wärme. *Nicht gewöhnen... Egal, wie gut es sich anfühlt.*

Kapitel Acht

Wenn wagte sie in seine Richtung zu schauen, ihr Blick fiel auf seine Hände. Ihr Körper tingled, wie Sie die sanfte, wecken Berührung seiner Finger auf ihr Fleisch erinnert. Eine plötzliche Sehnsucht zu fühlen, seine Hände auf ihrem Körper machte sie die Augen zu sein. *Ist es das, was Mark und Pfennig fühlen? Deshalb können sie nicht ihre Hände weg von einander?*

Wie wenn Ihr Verstand, Chaz schob seinen Stuhl näher. Er verlor seine Finger in ihre Haare.

"Lassen Sie uns nicht darüber reden morgen oder für immer. Dieses ist, wo ich jetzt sein möchten, mit Ihnen. Können wir es dabei belassen?" Seine Fingerspitzen kitzelte ihren Hals, wodurch ein Schauer den Rücken hinunter laufen.

Stoppen Sie, ein Planer - Genießen Sie den Moment.

"Das ist, wo ich sein möchte, auch."

Sie zog vorsichtig an seinem Hals und hob ihre Lippen auf seine.

NACH EINER LANGEN DUSCHE machte viel mehr durch die Liebe zu Megan unter der warmen Spray, Chaz Pläne sie für mehr Proben- und Abendessen zu treffen. Auf dem Weg zurück zu Quinn's Apartment, jeden Zentimeter von ihm leuchtete mit Energie. Er wollte zu überspringen. Er wollte laufen zu lassen. Aber er war Chaz Duncan, und er wollte die Aufmerksamkeit auf sich selbst zu nennen.

Quinn saß am Küchentisch seiner Stubbly Gesicht und Gähnen kratzen.

"Late Night?" Chaz fragte er, als er sich einen Becher Kaffee gegossen und verband seinen Freund.

"Ja. Sie auch?"

Chaz grinste.

"So *jetzt* kann ich rufe Sie deine Freundin?" Quinn seine Arme über dem Kopf ausgestreckt.

Chaz erweitert sein Grinsen aber nicht beantworten. "Wer war dein Glück Küken letzte Nacht?"

"Deandre. Ihr erinnern?" Quinn geschoben zu seinen Füßen.

"Dee? Sicher. Dachte, dass Du zwei waren nur Freunde".

"Freunde können Binden auf, oder etwa nicht?"

"Hell Yeah." Chaz gluckste. "Wann werden Sie zwei Gonna..."

Quinn legte seine Hand.

"Niemals passieren. Wir würden einander innerhalb einer Woche töten."

"Beste Freunde in der High School nicht aber Freunde-mit-Vorteile jetzt?" Chaz hob die Augenbrauen, als er den Kühlschrank öffnete.

"Nein. Das ist Mist, ya wissen. Freunde mit Nutzen. Entweder Sie heiraten oder Sie die Freundschaft Wrack. Zurück zu heute Abend der Freundin?"

"Sie" nicht mein ..."

"Es Aufgeben, Dunc!" Quinn unterbrochen, seine Stimme.

Chaz nahm eine Schüssel mit Salsa aus dem Kühlschrank und die Schränke für Chips gesucht. "Okay, also vielleicht ist sie. Sie spielt auch Klavier. Ich werde heute Abend zu proben."

"Denken... ja, richtig. Für was... Ein porn flick Proben?" Quinn oben an seiner eigenen Witz gerissen.

"Broadway".

"Keine Scheiße?" Quinn hörte auf zu lachen und setzte sich auf.

"Ja."

"Sie haben eine Audition für *verregnete Sonntage* ?"

"Ich habe. Ich bin Rusty als Hölle. Meg hat einige großartige Show Musik. Ich bin üben an ihren Platz."

"Üben? Ich dachte, dass Sie bereits wusste, wie man..." Chaz packte seinen Freund in einem headlock, Schneiden weitere Anmerkung. Quinn lachte, als Chaz ihn zu Boden gezogen.

"Ich bin nicht rostig, ... obwohl *Sie* wahrscheinlich sind. Wie lange ist es gewesen, Quinn? Sechs Monate?"

"Nicht so lange wie es war für dich Upstate, wenn wir an *diese Seite des Himmels gespielt.*"

"Danke, dass das oben. Was über die Cleveland, wenn Sie auf das Küken mit Doppel-D? Jemand hatte ihre Träume wahr werden zu lassen!" Chaz grinste.

Quinn's Gesicht errötete als er kämpfte, sich zu befreien. Die beiden Männer kämpften, Ringen auf dem Boden, bis Sie sich erschöpft.

"Waffenstillstand?" Chaz genannt.

"Waffenstillstand." Quinn vereinbart.

Die Männer zu ihren Füßen dann gedrückt gebürstet selbst aus.

"Viel Glück mit den *regnerischen Sonntag* vorsingen. Wann werden Sie hören?"

"Audition ist nicht für zwei Wochen. Ich soll innerhalb einer Woche zu hören, aber Sie wissen ... Zweifel, dass geschehen wird."

Quinn nahm die Salsa und Chips in die Wohnzimmer und schaltete eine Mets Spiel. Chaz hob sein Telefon. Er öffnete seine Kontaktliste, scrollen nach unten, bis er den richtigen Namen gefunden, und dann berührt das Zifferblatt. "Hey, Evan, Chaz. Ich habe einen Auftrag für Sie. Nicht groß, aber ich brauche es heute Abend geliefert, um sechs Uhr. Können Sie das? Toll... Hier ist, was ich möchte...".

"Coming home Tonight?" fragte Quinn, ein Hauch von Eifersucht in seiner Stimme.

"Nicht warten", Chaz gluckste, als die Tür hinter ihm geschlossen.

DAS TRAGEN EINES GEFÄLSCHTEN Schnurrbart und eine Baseballmütze, Chaz kamen im Royal Apartments. Briny stoppte ihn, "Was apartment, Sir?"

"Briny, hast Du mich nicht erkennt?"

Briny ihn ausgebildet mit einem durchdringenden Blick, bevor sie schüttelte den Kopf.

"Grady Spencer!"

"Oh! Herr Duncan?" briny's Mund in einem Grinsen wurde breiter.

"Shhh. Es ist ein Geheimnis." Chaz seine Finger an die Lippen.

"Sicher, sicher. Ich habe die Papiere. Ich verstehe schon. Nur eine Minute." Briny genannt im Obergeschoss vor ihm die Erlaubnis zu geben.

Chaz schoß die Grady Spencer salute an der Türsteher auf dem Weg zum Aufzug.

Er trug einen Blumenstrauß von Apricot-farbenen Rosen, zwei Blumensträuße, in der Tat, in der anderen Hand. Im Vorgriff auf seine Fingerspitzen berühren Megan's weiche Haut tingled. Er leckte sich die Lippen abwesend, über sie denken. *Diese Schraube nicht, Dunc.* Ein wenig Schweiß benetzt seine Handfläche. Sein Herz begann zu rennen. *Frage mich, was sie trägt? Etwas einfach zu rippen? Spitze Höschen? Welche Farbe? Kein Höschen?* Er lachte leise zu sich selbst, als er in den leeren Aufzug trat und lächelte, als Bilder von ihren nackten Körper durch seinen Verstand blitzte.

Die leisen Töne des Klavierspiels driftete in den Aufzug, wie es den vierzehnten Stock angefahren. Die rhythmische , PLUNK der Finger schlagen jede Note in Synkopischen Abfolge zu Vocal's Chaz Akkorde genannt. Er begann, Skalen in der Lift auf seine Stimme zu warm. Hinunter die Halle, sangen jede Note zusammen mit dem Klavier webte, um eine neue Verbindung zu Meg. Sein Herzschlag erhöht, je näher er an ihre Tür.

Er klingelte, halten die riesigen Blumenstrauß vor der Brust als wartete er auf ihr die Tür zu öffnen.

WENN ICH DICH GELIEBT HABE

MEG SPRANG EIN WENIG zurück, wenn Chaz die riesigen Blumenstrauß aus Rosen an ihr Schub. Sie war atemberaubend, die jeweils mehr als je zuvor. Die zart apricot Farbe war immer ihr Liebling gewesen. Ihre Augen, als sie an der seltsame Mann in den Schnurrbart trägt einen Baseball Cap starrte.

"Muss ich Sie kennen?"

Chaz lachte, als er aus dem Schnurrbart geschält. Dann den Deckel entfernt. Meg geknackt. "Ein Meister der Tarnung... werden Sie jemals aufhören, mich überraschend?"

"Ich hoffe nicht", antwortete er, indem die pelzigen Stück in seiner Gesäßtasche. Er ließ die Kappe auf der Anrichte.

Megan blickte auf die Blumen.

"Wie haben sie das gewusst? Das sind meine Favoriten?"

"Sie sind zarte Schönheiten, wie Sie."

Ein Grinsen breitete sich auf ihr Gesicht, als sie ihn sah. "Wasser", sagte sie und ging in die Küche, während Chaz zurück blieben die Tür zu schließen.

Die nächsten zwei Stunden wurden mit den Proben verbracht. Sie nahmen eine 20-minütige Pause über, wo er am schwächsten war und was Bedarf ändern zu sprechen.

Um sechs Uhr Briny gesummt, senden die Deliverymen von zabar bis zu Megan's Apartment.

"Ah, das Abendessen ist angekommen", Chaz sagte, sich die Hände reiben. "Ich bin hungrig."

"Abendessen?" Meg sah ihn an.

"Natürlich. Nicht bitten, für mich zu kochen, spielen nur für mich. Das Abendessen ist das Mindeste, was ich tun kann."

Bevor Sie etwas mehr stellen konnte, klingelte. Chaz beantwortet die Tür für sie und nahm die Platten von Essen. Er spitzte die deliveryman 20 vor dem Schließen der Tür. Meg half ihm das Essen zu dem kleinen, Ebenholz Esstisch führen in eine Ecke auf der rechten Seite des massiven Wohnzimmer versteckt. Sie zog die Tabelle ein bisschen. Chaz gewinkelt zwei Stühle, so dass Sie die Aussicht auf den Central Park genießen konnten. "Setz dich! Ich werde Dir dienen."

Sie lachte. "Was wissen Sie über das Essen wissen?" Ihre Hände ruhten auf ihren Hüften.

"Sie Witz, aber ich bin erlebt. Ich nahm meine Mutter während ihrer schlimmsten Kämpfe mit Drogen. Ich lernte einige grundlegende Lebensmittel zu kochen. Ich war immer derjenige, der die Tabelle für die Mahlzeiten ein und das Essen."

"Es tut mir Leid." Megan legte ihre Hand auf seinen Arm.

"Nicht werden. Es ist gut, autark zu sein", sagte er, als er eine Platte mit Fleisch ausgepackt.

"Sieht lecker. Was ist es?"

"Kalte Abendessen. Mal sehen... Dies ist kalt Filet Mignon, warmes Medium... Die andere Seite der Platte, die so perfekt, sind Tomaten mit einer Scheibe Mozzarella und Basilikum Blätter gekrönt. In der Mitte ist deutschen Kartoffelsalat. Keine mayo, weniger Mast... nicht für Sie. Aber ich habe mein Gewicht zu beobachten."

Megan's Mund Gewässert als Chaz die Große platte mit kunstvoll arrangierten Speisen nach unten platziert sanft. Er reichte ihr eine Serviette. Dann packte er eine gekühlte Flasche Sekt Martinelli's Apfelwein.

"Kein Alkohol, wenn ich singe", erklärte er.

Einer anderen Schüssel enthaltenen kalte grüne Bohnen.

"Oh mein Gott, ich die Vorspeise vergessen!" Chaz zeitnah aufgedeckt eine Schüssel der größten kalte Gekochte Garnelen, die sie je gesehen hatte. Eine kleinere Schüssel enthaltenen cocktail Sauce.

Megan erreichte, nahm eine Garnele, tauchte sie in der Soße und nahm einen Bissen. Es war perfekt.

"Das ist absolut köstlich! Oh Chaz! Was für eine Mahlzeit. Es muss Ihnen ein Vermögen kosten."

WENN ICH DICH GELIEBT HABE 115

"Nun, nun... lady Money Manager ist für das Wochenende gegangen. Nur das Beste für die reizende Dame Klavier spielen für mich... wer mich in ihr Bett lassen."

Für eine Weile, sie waren still, als sie tauchte in die üppige kulinarische Genüsse. Megan war viel hungriger als sie dachte, Schaufeln in der Lebensmittel eifrig. Sie wischte ein Dribbling von Tomaten aus seinem Kinn dann leckte sich die Finger und starrten ihn an. Er Bit das Ende einer Garnele, die aus ihrem Mund stecken, die Vernetzung ihrer Lippen kurz. Megan konnte ihr Blut fühlen beginnen zu erwärmen, als sie an seinem Körper blickte in einem engen T-Shirt und Jeans gekleidet. Wissen, was war unter die Kleidung eine angenehme Empfindung zu bestimmten Orten auf ihrem Körper gebracht.

Wenn das Fest war durch, sie drehte sich zu ihm um und fragte. "Kaffee?"

"Sicher. Wach zu bleiben müssen und haben etwas mit Dessert zu gehen haben."

"Dessert? Ich glaube nicht." Megan klopfte ihr Magen.

"Aber das Tiramisu."

"Tiramisu! Mein Lieblingsnachtisch! Wie haben Sie?"

"Glücklich schätzen."

Sie verbrachte die nächste halbe Stunde Kaffee trinken und langsam die Fütterung der reichhaltige, cremige Konfektion miteinander gemeinsam auf einem Löffel. Wenn das Essen fertig war, Meg lesen Lust in seinen Augen, bevor sie ihre Teller in die Küche geschleppt.

"Disziplin", murmelte Chaz.

"Huh?" Sie blickte ihn an, während Sie die Speisen vor dem Laden in der Spülmaschine gespült.

"Disziplin... Pflicht vor dem ... Freude." Chaz bis das übrig gebliebene Lebensmittel verpackt und legen Sie es in den Kühlschrank.

"Und das bedeutet?"

"Also, ich habe noch eine weitere Stunde zu singen, bevor ich Ihre Kleider zerreißen und Sie leidenschaftliche Liebe machen." Hinter ihr kamen, und wickeln sie seine Arme um ihre Taille, vergrub sein Gesicht in ihrem Nacken, seine Lippen verlassen eine Spur bis die empfindlichen Spalte und unten.

"Arbeit... Piano... "Megan schaffte es, Quietschen, bevor seine Hände ihre Brüste erreicht.

"Richtig." Chaz ließ seine Hände und trat zurück. "Ich kann nicht widerstehen, sie, Meg."

Sie spielte die zwei Lieder über und über eine Stunde lang, während Chaz sang. Er stoppte alle halbe Stunde oder so Bars zu wiederholen, wo er weg ging.

Nach dem Gurgeln mit Salzwasser, er flüsterte ihr zu: "Nein, für mich jetzt. Muss meine Stimme. Ich habe andere Sachen mit meinem Mund zu tun."

Nahm sie bei der Hand und er führte sie ins Schlafzimmer.

ZWEI WOCHEN FLOG DURCH für Meg. Tage damit verbracht, die Investitionen für Mark und Chaz dann Treffen mit potenziellen prominenten Kunden. Zwei Schauspielerinnen und einem berühmten Politiker met mit Harvey Dillon und Meg. Sie schienen beeindruckt.

Die Nächte waren verbracht, Essen essen Chaz hatte von einer Auswahl an Restaurants, vom Griechischen ins Französische von Gourmet Chinesisch zu den besten deli Essen überall nach Sie spielte Klavier für Chaz. Als die Tage verstrichen, Meg bemerkt eine deutliche Verbesserung in seinem Gesang sowie seine Leistung. Er zeigte Emotion in seiner Lieferung. Der Perfektionist in Megan zuerst, aber nach ihm die Beobachtung der Arbeit Tag für Tag skeptisch gewesen war, glaubte sie, er hatte die Chance das Teil zu gewinnen. Nach jeder Musik session, Chaz würde, dann hätten Sie gurgeln Rückzug in das Schlafzimmer, die Blätter mit Ihren wachsenden Leidenschaft.

Meg erwartet Chaz zu reifen. Sie wartete mit nervösen Vorfreude auf seine Leidenschaft zu sterben. Stattdessen schien es zu erhöhen. Sie wollte ihn mehr und mehr jeden Tag auch.

Wurde das Halten ihr Herz separate, sichere und geschützte unmöglich. Die Chaz Charme schlüpfte unter Ihre Haut. Zum ersten Mal in ihrem Leben, ein anderer Mann neben ihr Bruder sorgte für sie. Es Begeisterung ihr fast so viel, wie es ihre Angst.

Im Bett liegend nach Liebe machen die Nacht vor seinem Audition, Megan wurde gesprächig. "Wenn sie lassen für die nächsten *Westlich der Sonne* schießen?"

"Samstag. Gibt mir ein Tag vor dem Armaturen und blockieren beginnen zu regeln."

"Das ist zwei Tage entfernt." Sie biss sich auf die Lippe.

"Ich werde unsere Zeit zusammen zu verpassen." Er auf die Seite gerollt, mit seinen Fingern durch ihr Haar gekämmt.

"Chaz... Ich will nicht eine Berühmtheit Investment Advisor zu sein."

"Warum nicht?" Seine Hand angehalten.

"Ich bin nicht für das Rampenlicht. Ich weiß nicht, was mit Reportern zu sagen."

"Nicht, mich zu sehen?" Er setzte sich.

Sie zögerte.

"Nun?" Das Blatt Langsam glitt zu seiner Taille.

"Nicht genau, aber ich habe nicht die Aufmerksamkeit wollen, Sie... Sie gedeihen auf..." Sie warf den Blick weg von ihm.

"Ich weiß, wie man damit umgeht, aber es bedeutet nicht, dass es mir gefällt. Ich bin nett zu jedermann. Ich sprechen, ohne etwas zu sagen. Sie werden sich daran gewöhnen. Es ist nicht so schrecklich, wenn Sie die Belohnungen des Ruhmes, wie Geld-"

"Ich brauche nicht so viel Geld. Ich will nicht berühmt...'*Harvard Honig*" ... Ugh! Ich, dass Hass." Sie verzog das Gesicht.

"Werden sie kommen und mich für ein Wochenende besuchen?" Er das Thema geändert, Schnürung seine Finger mit Ihrem.

"Fliegen... Wo sind Sie?"

"Arizona".

"Nach Arizona für ein Wochenende fliegen?" Ihre Augenbrauen rose.

"Die Leute die ganze Zeit. Und ich werde verrückt, ohne dass sie für zwei Monate, vielleicht auch drei."

"Vielleicht drei!" sah, setzte sie sich in seinen Augen.

"Drei Monate ohne ... ohne Sie." Er legte seine Hand auf ihre Brust, seinen Kopf biegen Sie zu küssen.

"Drei Monate... Gut, wir sind nicht in der Liebe oder so." Ihr Gesicht wurde eine Maske, verstecken ihre Gefühle.

Seinen Kopf oben gerissen, seine Augen suchten ihre.

"Ich meine, dass die Art der Trennung, wenn Sie wütend in der Liebe, Folter, Recht sein?" ein wenig Schweiß auf ihrer Oberlippe brach.

Chaz bewegte seine Hand von ihr weg und setzte sich wieder. "Rechts, Rechts... natürlich. Wenn ich dich liebe, würde ich gehen... hey... Die lyrics Zu dem Song." Er lächelte.

Sie gluckste. "Wenn ich dich liebe, würde ich nie in der Lage sein, zu stehen, von ihnen weg für drei Monate."

"Vielleicht wird es nur noch zwei sein. Und sie besuchen kommen. Manchmal habe ich einen Tag frei. Wir könnten zusammen. Ich werde das Ticket kaufen."

"Ich habe genug Geld, um ein Ticket nach Arizona zu kaufen," Sie Schniefte.

"Das meinte ich nicht, aber... Ich nicht erwarten würde, sie zu bezahlen." Er ihre Hand an seine Lippen gebracht.

Sie hob bei einer kutikula. *Drei Monate!* Schmerz versengte ihr Herz.

"Wir jeden Tag auf dem Computer sehen können. Werden Sie weiterhin mit meinen täglichen Berichte?"

"Wenn ich ein paar neue Kunden bekomme... ich vielleicht gar nicht Zeit haben."

"Oh, natürlich." Seine Stirn runzelte, "nicht so gut wie die Idee des Teilens Sie."

"Was ist mit mir? Sie gehen auf die mit einer Tonne von schönen Frauen... Sie mich nicht verpassen." Meg biss sich auf die Lippe.

"Ja, ich will."

"Aber Sie dating sein..."

"Ich arbeiten, nicht zurückgehen, "Chaz ihr unterbrochen mit finsterem Gesicht. "Du hier, in New York, mit ein gazillion reichen, schönen Männern... zurückgehen."

Meg schüttelte den Kopf.

"Ja, sie wird", betonte er.

"Ich werde nicht. Wer könnte ich Datum, nachdem sie mit ihr?"

Er lachte. "Hah! Viele Kerle. Alle diejenigen Persönlichkeiten, deren Geld Sie Handhabung. Sie werden reich, berühmt... Du vergisst Dunc, der Kerl aus der Bronx." Er drehte sich weg von ihr.

Megan legte ihre Hände auf seine Schultern. "Ich nie vergessen konnte Sie ... Nie."

"Sie sagen, dass jetzt ... aber wenn wohlhabende Wally von Wall Street kommt a-Callin', Sie ohnmächtig in die Arme. Ich werde nichts als eine Erinnerung, vielleicht eine süße Erinnerung, aber immer noch ein Gedächtnis."

"Was sagt man nicht! Ich bin der, der das Gedächtnis sein." Tränen die Augen getrübt, als sie weg war.

Chaz saß Vorrat noch, Stille im Zimmer. Er hob seine Hand auf der Rückseite des Megans Kopf strich ihr Haar sanft.

"Oh nein, Meg, sie könnte nie nur eine Erinnerung für mich. Werde es nie ... Werden Sie unersetzlich."

Langsam drehte sie ihren Tränen Überströmten Gesicht seine zu erfüllen. Er legte einen zärtlichen Kuss auf ihre Lippen vor und zog sie in seine Arme. Mit ihr Gesicht an seiner nackten Brust begraben, schrie sie. "Ich will nicht", jammerte sie.

"Also lasst uns nicht." Er verschärft seine Arme um sie.

Sie entspannte sich in seiner Umarmung für einen Moment vor dem Löschen ihre Augen mit der Hand.

"Für mich ist in Phoenix, Meg kommen. Ich brauche dich..."

Sie nickte und er gab ihr ein kleines Lächeln, "Das ist dann erledigt."

Meg spähte auf die Uhr. "Oh! Es ist elf Uhr. Was Zeit ist Ihr vorspielen?"

"Elf 30. Reichlich Zeit." Er küsste ihr Haar.

"Ich habe mir morgen aus. Ich kann Ihnen ein schönes Frühstück."

"Keine Milch, schafft Schleim auf die Stimmbänder." Er seinen Palm angehoben.

"Ich hab's. Sollten wir einige schlafen." Meg brach aus ihm und legte sich flach auf das Bett.

"Richtig." Chaz nach unten rutschte neben ihr, nahm es in seine Arme. Sie drehte sich auf die Seite, damit er sie Löffel könnte, umhüllen einen Arm um sie, seine Hand auf ihre Brust. Ein Gefühl der Zufriedenheit über Meg gewaschen. *Wie werde ich jemals wieder schlafen ohne ihn neben mir?*

MEG ERWACHTE MIT EINEM start Freitag Morgen. Sie würde der Alarm ausgeschaltet und schlief bis acht Uhr. Kurzzeitig vergessend, dass sie hatte den Tag aus, sie sprang aus dem Bett. Chaz ein Auge geöffnet geknackt. "Hmm, schöne Website, auch in dieser Stunde." Sein Blick die Länge ihrer nackten Körper gereist.

"Zurück zu schlafen," Sie warf dann das Blatt, ihre Robe Grabbing, wie sie für die Küche geleitet.

WENN ICH DICH GELIEBT HABE 121

Es dauerte nicht lange und der herrliche Duft von Kaffee brühen die Küche gefüllt. Der Klang der Speck Knistern in der Pfanne alarmiert Meg unten die Hitze zu drehen. Sie schüttete ihren ersten Tasse Kaffee und setzte sich für einen Moment, der heißen Flüssigkeit während Sie den Blick des Fensters. *Meine erste wirkliche Liebe.* Sie lächelte. *Es ist wundervoll. Er ist wunderbar.*

Der Duft von Braten Speck ihre Nase gehänselt, brechen ihre Träumerei. *Oh mein Gott!!! Der Speck!* Sie machte eine Beeline für den Herd der Speck und senken Sie die Hitze zu drehen. Kochen Frühstück besetzten ihren Verstand, sondern ihr Herz war singen und konnte nicht aufhören zu lächeln.

"Riecht toll hier." Der Chaz tiefe Stimme ihr aufgeschreckt. Sie blickte auf, als er seine Lippen senkte den Hals zu bürsten.

"Frühstück ist fast fertig," sagte sie.

"Kann mich nicht erinnern, das letzte Mal jemand warmes Frühstück für mich." Er umarmte sie von hinten.

Meg fertig kochen der Eier und der Gehäuften das Essen auf zwei Platten. Chaz Sie den Zähler entführt sie und gab sie in die Küche, während Meg herausgezogen Besteck. Sie aßen in der Stille für einen Augenblick. "Dies ist ein großer Tag für Sie." Sie wagte.

"Meine erste Broadway Audition."

"Bist Du nervös?"

"Entsetzt", gestand er, bevor Sie ein Forkful der Eier in den Mund.

"Sie werden gross sein. Sie vorbereitet." Meg nahm einen Streifen Speck und kaute sie das Ende.

"Dank an Sie, ich bin so gut vorbereitet wie ich vielleicht sein könnte."

"Damit Sie nicht nervös dann sein sollte."

"Nicht funktioniert", gluckste er. "Außerdem, ein paar Nerven sind gut. Hält sie scharf."

"Ich weiß, dass Sie grossartig sein." erreichte sie über seinen Arm zu quetschen.

Nachdem sie mit dem Essen fertig und Reinigung, Chaz eine Augenbraue angehoben", Dusche wärmen Sie sich dann die Akkorde?" Er hob eine Augenbraue.

"Sie besser allein Dusche hatte. Es ist schon neun Uhr."

Er nahm ihre Hand und führte sie in Richtung Bad. "Haben Sie die beste Kur für Nerven wissen?", rief er über die Schulter.

"Äh..."

"Duschen mit meiner Freundin, "Chaz grinste.

Sie lachte, als er die Tür hinter ihr geschlossen.

Um zehn Uhr, Chaz stand an ihrem vorderen Tür fertig zu verlassen. "Ich habe bei Quinn's zu ändern, dann wieder nach der Audition zu packen."

"Können Sie hier von fünf? Ich mache Abendessen für einen Wechsel." Sie seine Wange legte.

"Ich bin neugierig, Ihre Küche zu versuchen. Sie sehen an fünf."

Sie umarmten sich. Chaz gab ihr einen langen Kuss.

"Viel Glück", Meg aus der Tür, auf ihn hören, Waagen, Aufwärmphase seine Stimme, bis der Fahrstuhl kam.

Kapitel Neun

Sie warf ihren Kleidung auf und leitete für den Store. *Heute Abend wird eine Nacht zu erinnern.* Durch vier 30, Meg war hektisch, auf Make-up. Ihre Hände zitterten, als sie versuchte, ihr Mascara anzuwenden, also stoppte sie, einen tiefen Atemzug zu nehmen. *Beruhigen Sie sich. Alles fertig ist. Entspannen!* Sie rutschte auf einem sexy kleinen sundress mit nichts aber Höschen auf der Unterseite. Die kleine Blume Muster in Grün und Türkis auf weißem Hintergrund die tiefgrünen Augen betont und, natürlich, Chaz war sich sicher, dass der Low Cut Ausschnitt zu bemerken.

CHAZ GRÜSSTE BRINY, wie er für die Türsteher zu Meg Kontakt wartete. Das Gewicht seiner Audition von seinen Schultern machten Chaz fühlen zehn Pfund leichter. Er zog den großen Blumenstrauß aus Rosen, die er von Hand zu Hand.

Unsere letzte gemeinsame Nacht für ... Monate. Ein nervöses Gefühl zurück. *Können Sie es Hack? Wird sie bei mir bleiben? Ist Es Dunc oder Chaz sie für gefallen? Ich muss Ihr... Wie... wie Essen.*

"Sie können gehen", Briny gespitzt, seinen Hut.

Chaz schossen ihm die Grady Spencer begrüssen.

"Aye, aye. Wie sie waren." Briny gluckste, als Chaz für den Aufzug geleitet.

Er konnte es sich vorstellen, aber er dachte, das Aroma einer Hausgekochte Mahlzeit selbst, während er im Fahrstuhl riechen konnte. *Ist diese von Meg's Place zu kommen?*

Wenn die Wohnungstür öffnete, Chaz wurde mit einem schönen Blick, Meg trägt ein sexy sundress, zur gleichen Zeit wie das Aroma einer köstlichen Mahlzeit ihn begrüßt. Trat er, bevor Sie sprechen konnte und nahm sie in seine Arme. Nach einer amourösen Kiss, trat er zurück.

"So?" fragte sie.

Er hob eine Augenbraue.

"Die vorspielen? Wie ist es gelaufen?" Sie legte ihre Hände auf ihren Hüften.

"Oh! Es war in Ordnung." Er grinste.

"Haben Sie etwas sagen?"

"Sie nie tun. Ich werde in ein paar Wochen hören. Ich habe mein Bestes gegeben und kann nur hoffen. What's Cooking?"

Meg reichte ihm eine Flasche *Piper Hiedsieck* Champagner.

"Zu feiern. Sie öffnen, ich Gläser erhalten."

"Liebe Champagner. Was sind Sie kochen?"

"Nichts Besonderes - meiner Mutter Hackbraten. Es ist als Favoriten markieren," sie aus der Küche.

Chaz gestoppt Verdrehen der Korken auf der Champagne. Er wanderte über den Tisch für Zwei mit guter China und echtem Silber. Eine pauschale Rose in seiner Kehle. Er setzte die Flasche nach unten und schnell blinzelte. *Hackbraten. Niemand hat Hackbraten für mich seit... Mama gemacht.*

Megan prallte in die Zimmer mit zwei sektgläser in der Hand.

"Warum haben sie nicht..." begann sie, bis sie sein Gesicht sah.

"Was ist das?"

Er hob seinen Palm zu ihr, noch blinkt, während er einen tiefen Atemzug eingeatmet.

"Bist du okay?" Ihre Brauen zusammen und legte eine Hand auf seinen Arm.

Er swiped die Rückseite seiner Hand über seine Augen und drehte sich von ihr weg.

"Habe ich etwas tun..." ihre Stimme brach ab.

WENN ICH DICH GELIEBT HABE

Seine zurück zu ihr, er schüttelte den Kopf, nicht sprechen. Meg kam hinter ihm und Schlängelte ihre Arme um seine Mitte, ihn zu umarmen.

"Was auch immer es ist ... ich liebe dich, also nicht..." Meg angehalten, ihre Hand flog zu ihrem Mund, und sie trat zurück.

Chaz um Gepeitscht, dass ihr Gesicht zu sehen war Rosa. Sie vermied seinen Blick.

"Was?" Er zu quietschen.

"Das Vergessen. Es von ihrem Gedächtnis... Freunde mit Nutzen "Löschen..."

"Hast du gesagt was ich dachte?" *Sie hatte.*

Meg führte ihn zurück auf den Tisch. "Der Champagner, "Sie dazu aufgefordert werden, die Überschrift ändern.

Chaz griff nach der Flasche und knallten die Korken während noch starrt sie an.

"Meg... hast du gerade sagen...?" *Sie sagte, daß sie mich liebte.*

"Sie es nicht wiederholen. Wir beide hörte es. Es Jetzt vergessen." Sie beschäftigte sich richt Gabeln hat, das nicht zu glätten.

Chaz goß den Champagner in den Flöten, heimlich einen Blick auf Meg.

"Ich werde den Hackbraten."

Er nahm einen großen Schluck von den feinen Champagner, wenn Sie das Zimmer verlassen. Dann, er saugte in einem grossen Atem, bevor es langsam heraus zu lassen. *Beruhigen Sie sich. Hackbraten und "Ich liebe Dich." Kann das nicht verarbeiten.*

Megan näherte sich der Esstisch mit einer Platte mit hackbraten in eine stückige Tomatensoße mit gerösteten Kartoffeln bedeckt, auf der einen Seite und grüne Bohnen auf der anderen Seite gesäumt.

"Es ist... Es ist wunderschön", Chaz gelungen, seine Augen mit der Beregnung.

Meg stellen Sie die Schüssel auf den Tisch. Als er Tupfte ein Taschentuch in die Augen, sie trat auf und umarmte ihn. "Was ist los?

Gefällt Ihnen nicht Hackbraten? Es war das einfachste Rezept Ich hatte. Mark liebt es, also stellte ich sie auch."

"Es ist mein Liebling." Seine Worte waren kaum zu hören.

"Dann, warum sie umgekippt sind?"

Statt zu antworten, er erleichtert die Arme weg von ihm, ergriff seine Champagner, und fertigen Sie vor dem Auffüllen des Glases. Er setzte sich, wo Sie angezeigt.

Megan begann den Laib in eins zu schneiden - Zoll dicke Scheiben.

"Also, geben."

Sein Mund gewässert, als er beobachtete sie die perfekt gebräunt Fleisch schneiden.

"Gott, es sieht toll aus. An Feiertagen, wenn meine Mama war okay ... zwischen ihre Kämpfe mit Drogen... Sie hatte einen Hackbraten. Wir hatten nichts, kein Geld, und so aßen wir Pasta die meiste Zeit. Essensmarken ergänzt Ihr Wohlergehen überprüft. Hackbraten war das billigste, spezielle Nahrung konnte sie machen."

"So wurde es Ihren Favoriten."

Er nickte.

"Sie hat eine tolle Hackbraten. Ich habe es geliebt. Ihr hackbraten war das Einzige, was Reisen für mich aus. Sie haben immer ein kleines Geschenk für mich zusammen mit hackbraten an Weihnachten aber auf Thanksgiving und Ostern zu haben, haben wir nur Hackbraten hatte. Ich freue mich darauf, für Tage. Nachdem sie starb, keiner meiner Pflegefamilien gemacht Hackbraten. Es war zurück zu Pasta. Auf Thanksgiving hatten wir der Türkei, Füllung, und Kartoffelpüree, aber es war nicht eine ganze Menge um zu gehen."

"Haben Sie die Türkei auch lieben?"

"Ich liebe alles, was über eine normale Thanksgiving Tag... gerade die Parade, Fußball Spiele, essen zu viel..."

"Aber sie haben nicht viel, oder?" Megan gefragt, verwirrt.

"Wenn man nicht zu große Portionen verwendet, ein normaler Teil fühlt man sich gefüllt. Aber hatte nie viel Hackbraten nach Mama."

"Selbst in dem Haus des Gold?"

"Der Gold Haus ein Palast war im Vergleich zu anderen Pflegefamilien. Aber sie waren älter, ihr Gewicht und Cholesterin zu beobachten. Wir hatten eine Tonne Huhn... und einen schönen Truthahn für Thanksgiving. Ich krank mein erstes Thanksgiving es aus Essen zu viel. Es gab keine Begrenzung auf Essen im Haus." Chaz sehen konnte Megan zurück Tränen blinken. Er nahm ihre Hand.

"Weine nicht, kleine Küken. Es war vor langer Zeit und nur für ein paar Jahre. Ich hatte Urlaub, Geschenke und tolles Essen in dem Haus des Gold."

Ein paar Tränen über ihre Wangen glitt, als er ihr Palm geküsst.

"Ich kann mir nicht vorstellen, was das war. Wie haben Sie sich, so... so... geben, danach?"

Chaz gluckste. "Die Golds waren sehr großzügige Menschen. Das waren einige der glücklichsten Jahre meines Lebens. Emily würde Klavier spielen für mich, damit ich üben könnte singen... wie Sie es getan haben."

Megan lächelte ihn an. "Also ich erinnere Sie an Emily Gold?" Megan zog eine Augenbraue hoch.

"Kaum!" Er lachte. "Lässt du mich, dass Geschmack? Kannst du nicht sehen, ich bin sabbern über hier... nicht nur für Sie."

Meg hob eine gesunde Slice mit Spachtel und legte es auf seinen Teller. Sie arrangierte die Kartoffeln und grüne Bohnen, bevor Sie ein wenig Sauce über das Fleisch. Seinen knurrenden Magen zu besänftigen, Chaz geschaufelt in einem Forkful Sobald Sie ihren Teller gefüllt. Er schloss die Augen für einen Moment, während er kaute. Obwohl der Geschmack nicht genau das Gleiche war, es war nah genug. Er schwor er seine schöne Mutter beobachten ihn essen sehen konnte, einen besorgten Ausdruck auf ihrem Gesicht. "So Chaz, wie ist es?" Sie fragen würde.

"Es ist toll, Mama, wie Sie immer, "er antworten würde, es hinunter riesigen forkfuls der schmackhafte Mahlzeit, bevor er verschwand.

"Mädchen, die Sie bisher nicht für Sie kochen?"

"Sie erwarten von mir, sie heraus zu nehmen." Er ein weiteres Stück aufgespießt.

"Aber manchmal Erwidern ... nein?" Meg ihr Hackbraten mit ihrer Gabel schneiden.

Er schüttelte den Kopf. "Manche Frauen wollen nicht zu kochen, bis es einen Ring am Finger. Eine Frau, die gerne Kochen ist eine ... Schatz."

"Sie haben dating die falsche Art von Mädchen gewesen", murmelte sie, bevor sie ein Stück des herzhaften Fleisch.

"Das ist der Himmel. Wie haben Sie das gemacht? Es...es ist Magie. Ich liebe es." Er hob einen anderen Forkful und setzen Sie ihn in den Mund.

"Und ich dachte, die big deal Dessert sein würde."

"Nachtisch?"

"Ich baked Apple Pie".

Chaz verschluckte sich an seinem Essen, Husten und Sputtern. Megan lief in die Küche und kehrte mit einem Glas Wasser. Er stoppte, Husten und nahm einen Drink, bevor Sie sprechen. "Sie haben mir einen Apfelkuchen gebacken?"

"Was ist das Problem?" Sie zuckte mit den Schultern.

"Ich habe nie hausgemachten Apfelkuchen vor gehabt habe."

"Oh mein Gott." Ihre Augen mit Schädelechten Tränen glitzerten. Sie küsste ihn. "Du bist so eine Überraschung für mich." lehnte sich zurück, Meg sein Gesicht untersucht.

"Warum?".

"Weil Sie diesem reichen, berühmten Filmstar noch so viele Dinge, die ich für selbstverständlich nie in Ihrem Leben gab."

"Ah, das ist der Punkt. Für die Öffentlichkeit halten von Wissen über Dunc, die Bronx Kerl, der immer noch versucht, mit Leben zu fangen."

"Ich verstehe jetzt." Megan in ihr Essen gegraben. Chaz beendete seine helfende dann aufgefordert, Sekunden, die er als auch fertig.

Als Megan brachte das Pie, Chaz beugte sich über die warme Einrichtung zu schnüffeln. Der Duft seine Geschmacksnerven die Art und Weise, wie ein sexy Centerfold seinen Körper neckte geneckt. "Diese fantastische riecht. Sie hat sich das alles für mich?"

Megan schnitten die Torte. "Warum nicht? Es ist eine Feier... Ich hoffe, sie bekommen das Teil... am Broadway ...".

"Dann können wir die ganze Zeit zusammen sein." Er ihren Satz beendet.

Nach dem Essen, Chaz geladen die Spülmaschine und bereinigt, beharrt Megan entspannen. Als er ins Wohnzimmer zurück, Trocknung, seine Hände an einem Handtuch ab, stoppte er kurz nach ihr zu sehen. Offensichtlich hatte sie sich verändert. Jetzt trägt einen sehr kurzen Nachthemd mit Spaghetti-Trägern und einem kleinen Rüschen an der Unterseite, sie versucht, seine anderen Appetit.

"Ah... jetzt kann ich sehen, was die echten Dessert ist, eh?" Sein Blick auf ihre Brüste gestoppt.

Sie kicherte und näherte sich ihm. "Da müssen Sie morgen zu verlassen, ich wollte keine Zeit verlieren."

"Kleine Küken, die Sie reizen mich über Ausdauer... wieder." Chaz führte sie zurück in ihr Schlafzimmer.

MEGAN FLACH AUF DEM Bett, während ihre Finger spielten mit seiner Brust Haare. *Jedes Mal... nie das Gefühl, so etwas Liebe machen vor. Alan konnte Unterricht nehmen von Chaz.* Als sie ihm in die Augen blickte, sah sie eine sanfte, liebevolle Blick über sie, ihre Schilde schützen wie ein Haus aus Schnee und Regen. Mit seinen Fingern durch ihr Haar gekämmt, seine Lippen trug ein sanftes Lächeln.

"Ich habe noch nie ein Mann... mir Liebe machen Wie vor, "Meg zugelassen, ihr Blick fällt auf seine Brust.

"Das ist eine Schande. Sie verdienen gut... jeden Tag geliebt zu werden."

Die Uhr in der Höhle läutete zehn Uhr. "Zeit für ein weiteres Stück der Torte." Chaz küsste die Oberseite der Meg's Kopf.

"Hungrig?"

Megan schob ihren Fuß als Chaz rutschte aus dem Bett. Dann plötzlich, packte er sie von der Taille und warf sie zurück auf das Bett, bevor sie aufprallen neben ihr. "Ich weiß nicht, was ich will mehr... ein Stück Kuchen oder ein Stück von euch... wieder." Sein Mund bedeckt Ihre in einem harten Kuss.

"Jetzt muss ich mit Pie konkurrieren?" Sie zog eine Augenbraue hoch, die versuchen, von Lächeln zu halten.

"Kann ich ein Stück Kuchen essen, während ich sie Liebe machen?", grinste er.

"Einige nerven!" Megan aus dem Bett sprang, schnappte sich ein Kissen.

Chaz legte ihm seine Hände in eine defensive Position. "Jetzt Meg... Nur Scherz"

Sie zog ihm mit dem Kissen dann in ein Lachen Sitz fiel. Chaz schnappte die anderen Kissen aus dem Bett zu smack Ihr unten. Er lachte, als sie ihre Augen weiteten sich empört.

"Bash mich mit einem Kissen?"

Chaz, läuft nackt durch den Flur mit Megan - auch nackt - ihn jagen. Als er das Wohnzimmer erreicht, warf sie ihr Kissen ihn an. Er klopfte ihn aus dem Gleichgewicht und er fiel auf den Boden. Springen auf ihn, sie sich rittlings auf seinen Hüften. Er ergriff ihre Hand mit einem Seiner, ihrer pummeling mit dem Kissen in der anderen. Beide lachten so hart sie kaum atmen konnte. Megan beugte sich hinunter eine Himbeere am Hals in die Luft zu sprengen. Als er in Gelächter aufgelöst, sie nutzte die Zeit für Ihr Kissen zu erreichen. Er hob die ihr wieder zu schlagen, aber sie blockiert. Er umarmte sie ihn mit einem Arm und prallte das Kissen weg hinter sich.

Sie gedrückt bis ein paar Zentimeter. Als er dabei war, sie zu küssen, es war ein Knarren. Ihre Köpfe drehen Sie die vordere Tür in der Zeit von Angesicht zu Angesicht zu sehen, einem erstaunten Mark und Pfennig, in der Tür stehend, ihre Koffer fallen.

Megan schrie. Penny zog Mark in die Halle und die Tür schließen, während die nackten Liebhaber einen schnellen Rückzug in das Schlafzimmer, Beat. Meg geschlossen ihr Schlafzimmer Tür und gegen ihn lehnte. Die vordere Tür knallte, Penny und Markieren in der Wohnung waren.

"Oh mein Gott", Meg atmete.

Chaz bedeckte sein Gesicht mit der Hand.

"Scheiße! Mark wird mich töten."

Meg nickte langsam, "erst Sie, dann ich."

"Ich gehe besser." Chaz für seine Boxer erreicht.

Megan legte ihre Hand auf seinen Arm. "Nein!".

Er stoppte.

"Das ist unsere letzte gemeinsame Nacht für ... vielleicht drei Monate. Ich bin berechtigt, mit Ihnen ein 'sleep' haben... ich bin eine Frau, kein Kind."

"Sie haben nicht mich zu erzählen", sagte er und seine Augen leuchten.

Megan abgerufen ihre Robe vom Haken hinter der Tür.

"Das wird für Sie unbeholfen ist, Meg. Ich sollte gehen."

Sie griff nach seinem Arm. "Bitte bleiben. Sie sind müde und cranky nach einem langen Flug. Wir können in meinem Zimmer bleiben und mit ihnen über das Frühstück. Bitte... Dunc?"

Er rückte näher an sie und schloss seine Hände auf ihre Schultern. Sie hob ihr Kinn seinen Kuss, die schnell leidenschaftlich gedreht zu akzeptieren. Als er sie zu Ihm zerdrückt, fühlte sie sich ohne Knochen in seine Arme. Chaz gelockert, sie unten auf dem Bett, über ihr Auftauchen. Ihre Hände über seine Schultern geglättet, ihre Finger in sein Fleisch leicht gegraben. Ein sanftes Stöhnen entrann ihrer Kehle.

"Ich möchte mit Euch zu sein heute Abend." Mit der Zungenspitze, Er kitzelte ihren Höhepunkt, so dass es hart.

"Love Me", flüsterte sie, indem sie ihre Hände auf seinem Rücken.

"Mein Vergnügen", murmelte er.

Megan verengten sich ihre Augen, seine perfekte Gesicht studieren. *Möchten Sie ihn schließen erinnern.*

Chaz seine Finger mit ihrs geschnürt und hielt ihre Hände als Geisel, während er und küsste ihren Nacken und Brust knabberte. Als er sie losgelassen, verlor sie ihre Finger in seine dicke Haare, als sein Mund sie auf Feuer beleuchtet.

"Ihre Haut... so weich," murmelte er. Seine Hände glitten über ihre Brüste und Bauch, dann auf ihre Oberschenkel und dann wieder ein.

Megan berührte seine Brust. *Mein lieblings Teil... nein... Naja... vielleicht fast....*

"Ich liebe deinen Körper." Er küsste sie auf ihren Bauch.

"Kein Scherz." Sie lachte und lehnte sich, indem Sie Ihr Palm flach auf seine Brust und küsste seinen Hals. Ein Stöhnen kam über seine Lippen die ihren Küssen zu halten, ihre Art zu arbeiten, um die empfindlichen hohlen seiner Kehle, wo Sie konnte spüren, wie sein Herz schlug schneller und schneller. Ihn sanft schieben über auf seinem Rücken, lief sie beide Hände über seine Brust, bevor ihre Lippen folgte, Pflanzung Küsse. Sein Stöhnen wurde lauter, wenn ihre Hand etwas weiter nach unten geschoben und ihre hand ergriff ihn. Er warf den Kopf zurück und schloss die Augen.

"Gott, Meg." Ihre touch ihn härter zu wachsen.

Sie grinste auf das Aussehen der Leidenschaft auf seinem Gesicht. Chaz bewegte seine Hand über den Rücken und über ihrem Hinterteil. Er drückte ihr unten und zwei Finger zwischen ihre Beine schlich. Sie keuchte überrascht auf, als sie ihre eingegeben. Er setzte sich - Augen hot mit Notwendigkeit - und schob sie zurück nach unten auf das Bett. Seine Lippen auf den ihren geklemmt, und seine Zunge forderte Eingang, während seine Finger Schub in und aus ihrer heißen, feuchten

WENN ICH DICH GELIEBT HABE 133

Center. Einen kleinen Schrei, in ihrer Kehle gefangen, drängte ihn auf. Er brachte seinen Kopf bis zu ihr in die Augen zu starren, während sie ihre Hüften rhythmisch mit seiner Hand bewegt.

"Dunc, oh Gott, Dunc", stöhnte sie, ihre Augen schließen. Seinen Kopf Ducking, er erstickt ihr Peak leicht vor Lecken und Lutschen. Seine Finger glitt aus ihr aber weiterhin Ihre empfindliche Fleisch zu streicheln.

"Ich will dich, Meg.", flüsterte er.
"Nimm mich", hauchte sie.
"Mir."
"Ich bin... bitte..."

Mit beiden Händen, schied er ihre Beine und hielt einen Moment den Blick auf sie. Zu aufgeregt in Verlegenheit gebracht zu werden, sie keuchte und öffnete ihre Arme. Seine Hand ergriff ein Knie, es Heben, als er ihr eingetragen, zunächst sanft. Dann, mit einem harten Stoß, er ging tiefer.

Leidenschaft verdunkelte seine Funktionen, seine Haare leuchteten in dem gedämpften Licht aus dem Nachttisch Lampe. Seine Augen glühten, und seine sexy Mund lächelte sie an. Auf ihn schaut erhöht ihr Wunsch. Hitze flog durch ihre Adern, funkende jeden Nerv Enden. Feuer leckte an ihrer Muskeln, ihr Innenleben verbrannt, als er in und aus Ihrem Besitzergreifend bewegt, ihr Körper, ihr Geist und ihre Herzen. Megan überwunden wurde mit seiner Leidenschaft für Sie und Ihn zusammen mischen zu erstellen ein Grollen von möchten. Sie brauchte ihn körperlich, emotional und geistig.

Da ihre Körper schaukelte, Meg verlagert ihren Kopf zur Seite, ihr Gesicht in seinen Nacken und Schulter zu begraben. Schließen Sie die Augen ihr erlaubte, auf die Empfindungen, die er in ihren Körper zu konzentrieren. Druck begann zu bauen. Ihr Wunsch verstärkt, verdoppeln und verdreifachen. Bis sie es kaum ertragen konnte.

"Dunc!" Sie weinte, als Ihr Körper mit Release schauderte, Genuss Gießen bis hin zu den Zehen. Ihre Finger packte seine Schultern schwer. Wenn Sie erleichtert, ihr Atem uneben, er verlangsamt und gestoppt.

Aufgestützt auf seine Ellenbogen, Chaz beugte sich vor und küsste ihre Nase. "Ladies first." Eine sexy Lächeln auf seine Lippen.

Ihr Mund behauptete seinen, und Sie ihn geküsst mit allen, den sie hatte. Erhöhte er sein Tempo. Ihre Finger Begriffen seinen Rücken durch eine dünne Glanz von Schweiß. Die Hitze zwischen ihre Körper weiterhin zu wachsen, wie er stieß härter und schneller.

"Oh, ja", murmelte sie, wie Ihr Körper reagiert.

Fuhr er härter und härter, schneller und schneller. Megan's zweiten Orgasmus gewaschen über ihr Recht, bevor er die Kontrolle verloren, in ihr zu explodieren. Für einen Moment, das einzige Geräusch war das Zerlumpte Atmen der zwei erschöpfte Liebhaber.

Die letzte Zeit für Monate. Meg nicht mehr abwehren, die verheerenden Realisierung. Tränen die Augen getrübt, als sie ihre Wange auf seiner Schulter ruhte.

Chaz linke Komforttaste Küsse unter ihrem Ohr und in den Hals, als er in der Zufriedenheit seufzte. "Ich möchte mich mit euch morgen kommen könnte", sagte er, als er aus ihr erleichtert und rollte auf seiner Seite.

"Bitte halten Sie mich," flüsterte sie, ihre Stimme zitterte.

Er hüllte sie in seine starken Arme und legte sein Kinn auf den Kopf. Sie wechselte das Licht auf dem Nachttisch. *Nächste beste Teil... Schlafen neben ihm die ganze Nacht.*

Sie manövriert in einen Löffelt Position und Chaz seinen Arm um sie angezogen, zeichnen Sie näher an sich gegen ihn. "Wie soll ich ohne dich schlafen?" murmelte er in ihr Haar.

"Nur drei Monate..."

"Vielleicht zwei. Beten Sie für Zwei".

Bevor sie antworten konnte, war sie eingeschlafen.

WENN ICH DICH GELIEBT HABE 135

CHAZ UND MEG WAREN ruhig wie Mäuse um sieben Uhr am nächsten Morgen, in der Hoffnung, nicht in Mark und Pfennig stören. Sie geduscht zusammen, jeweils anderen Einrichtungen ein letztes Mal genießen, bevor Bobby zurückzuführen war. Chaz bis zu neun 15 abholen.

Megan gekleidet in ihrem Unternehmen passen, bevor Sie sich für die Küche, um Kaffee zu machen. *Das Aroma wird Sie wahrscheinlich.* Sie biss sich auf die Unterlippe, in dem Bestreben, eine Konfrontation mit ihrem Bruder zu vermeiden.

Meg ein paar Eier Risse in einer heißen Pfanne zugehört Sizzle, drücken Gedanken über das, was in ihrem Leben geschehen war, ihr Herz, ihren Verstand und. *Sie wusste von seinen Lebensstil, bevor Sie beteiligt.* Sie sprang, wenn CHAZ sie hinter sich gebracht und seine Hände auf ihre Taille. Ein Lächeln fegte über ihr Gesicht, als er sich entschlossen, ihren Hals zu knabbern.

"Kann ich Sie zum Frühstück?" Seine Hände kamen, um ihre Mitte und fuhren ihre Brüste Cup.

"Dachten sie bereits getan hat." Sie kicherte, als sein Daumen ihre Brustwarzen gefunden und kreiste.

"Nie genug", murmelte er in ihr Haar.

"Hände weg von meiner Schwester."

Chaz sprang zurück von Megan. Eine müde Mark seine stubbly Kiefer mit einer Hand gekratzt, während er mit der anderen Hand durch seine widerspenstiges Haar lief. Seine Boxershorts hingen niedrig auf seine Hüften. Er riss sie ein wenig, als er gemustert Chaz und Megan.

"Guten Morgen. Kaffee?" Megan versuchte, ihr Ton Licht zu halten.

"Was tust du hier, Dunc?"

"Ich habe zu sehen, Meg... für eine Weile jetzt."

"Wie lange? Kann doch nicht so lang sein."

"Mark, dies nicht betreffen." Die Hitze der Wut stieg in ihr Gesicht.

"Sie meine Schwester schlagen. Behandeln Sie wie ein Groupie." Mark ballte seine Hand zu einer Faust und machte einen Schritt in Richtung Chaz.

"Es ist ja nicht so, dass Mark. Ich sorge für Sie. Dieses ist nicht anschließen." Chaz hielt seine Hände zu markieren.

"Was zur Hölle tust du?" Megan gebrüllt, einen Schritt in Richtung ihres Bruders.

"Was sie getan haben sollte. Dieser Kerl braucht Grenzen."

"Was Dunc und ich tun, geht dich nichts an."

"Oh? Also, es ist "UNC" jetzt auch für Sie? Wann ist das geschehen? Wenn Sie Ihre geschraubt?" Mit Bedrohung in seinen Augen, Mark wandte sich Chaz.

Chaz gefärbt. "Bringt es auf, Davis." Chaz fisted seine Hände und brachte sie vor seinem Gesicht.

"Sie mich nicht in Versuchung..."

"Mark, wieder aus. Das alles ist nicht irgendein Interesse von Euch. Wenn wir nicht zusammen leben, sie würden nicht wissen Mist über mein ... uh...."

"Verdammt richtig. Aber wir tun, sprizen. Ich möchte wissen, welches Spiel Sie spielen mit Meg."

Mark starrte Chaz.

"Das ist zwischen Meg und ich. Ich sehe niemanden. Sie ist nicht ein Groupie ... sie ist mein Mädchen. Mine und mir allein - wenn jedes Unternehmen von Ihnen. Im Gegensatz zu den Schotten, ich habe kein Problem die Treue zu einer Frau, "Chaz zurück geschossen, Schnürung seine Finger mit Meg's.

Brandgeruch, durch ein lautes Kreischen aus dem Rauchmelder folgte, zog ihre Aufmerksamkeit.

"Verdammt! Die Eier!" rief Meg, packte die Pan und schieben Sie sie von der Flamme, bevor Sie den Brenner.

"Nicht alle Schotten um sind Schrauben," sagte Mark, wie er in der Küche das Fenster weit geöffnet.

"Sie scherzen Sie Recht?" Chaz lassen eine mirthless Lachen.

"Ich meine es ernst. Ich nicht, und es gibt andere..."

"Zählen Sie auf die Finger einer Hand, Mark." Ärger in der Chaz Augen flackerten, "ich nicht in Groupies bin. Dort gewesen. Ich habe keine Schraube um... und ich weiß nicht, wie Sie mir vorwirft, dass vor Meg."

"Jungs... Jungs. Zurück zu ihren Ecken." Meg legte die Hände. "Ich verstehe, sie ist deine Schwester, Mark, aber sie ist nicht ein Baby. Sie ist berechtigt, eine erwachsene Beziehung mit mir zu haben. Ich sehe nicht, wie das, was wir tun, geht Sie an."

"Ich muss meine kleine Schwester zu schützen. Nicht sie haben einen kleinen Bruder oder Schwester?"

"Ich bin nur ein Kind."

"Sie ist meine kleine Schwester und ich bin oben stehen für Sie. Immer und immer wird. Niemand Verwirrungen mit Meg."

"Ich bin nicht mit ihr. Ich ... Ich ..." Chaz gestoppt.

"Schau! Ich bin hier, wissen Sie. Im Zimmer. Sie sprechen, als wenn ich nicht hier bin. Ich kümmert sich um mich. Vielen Dank, Mark, aber ich denke, dass ich es bewältigen kann. Und Chaz, Mark bedeutet auch, aber ich kann für mich selbst sprechen. Vielen Dank für den Schutz, die Jungs."

"Es ist an der Zeit, sie zu Meg gewöhnt, in einem Leben in ihrer eigenen, Mark," Penny, geleitet von dem Torbogen in die Küche.

Sie gehen für die Kaffeekanne. Marke erreicht auf und nahm sich eine Tasse für Sie. Sie schenkte Kaffee, Milch und Zucker, und nahm einen Schluck, bevor sie ihre Hand ruht auf Mark's Arm.

"Eines Tages, Meg werde heiraten, Mark. Sie setzen einen anderen Mann vor Ihnen. Sie müssen das akzeptieren."

"Ich will, Ich will. Aber ein Filmstar? Sie denken, dass Er zu ihr verpflichtet? Ich glaube, er ist ein Spieler."

Mark, Penny und Meg drehte sich Chaz zu suchen. *Gut sind Sie? Denke nicht so, aber vielleicht irre ich mich auch.*

"Warte!" Chaz hielt seine Handfläche. "Ich bin kein Spieler, ich bin nicht verwirren mit Meg. Sie ist ... sie ist spezielle, nicht wie der Rest." Er warf einen Blick auf seine Uhr.

Sie fuhr mit ihm zu starren. *Sagen Sie nicht, ich hätte Sie ihm Liebe... nicht.*

"Meine Gefühle für Meg, sind privat. Ich habe zu gehen, "Chaz aus dem Zimmer.

Meg legen sie ihre Tasse und für die vordere Tür voran, stoppen in den Torbogen gegenüber ihrem Bruder zu drehen. "Vielen Dank, Mark. Art, wie mein Freund einzuschüchtern."

Als er die Haustür erreicht, Chaz drehte sich um und zog sie in für einen letzten Kuss. Meg geschmolzen gegen ihn.

"Ich habe zu gehen. Ich habe Sie heute Abend anrufen."

Sie konnte einen Blick Zweifel vor ihm verbergen. *Diese Worte sind der Kuss des Todes.*

"Ich meine es. Die Zeit wird schnell gehen bald wieder... Dann werden wir zusammen sein."

Ihr Blick folgte ihm, als er aus der Tür ging. *Werde ich jemals wieder von Ihnen zu hören, oder ist das einfach eine tolle Erinnerung zu werden?*

Kapitel Zehn

Später in der Nacht, Megan haben einen Text von Chaz erklären, er hatte hundert Details zu erledigen, bevor man für Phoenix und würde Ihr Anruf von dort. *Ja, richtig, sicher. Das ist in Ordnung. Es hat Spaß gemacht. Ich rufe - die berühmten letzten Worte von einem Mann.*

Sie stoppte im Gespräch mit Mark als Weg, von einem Aufenthalt in den Themen ihrer Affäre mit Chaz. Die Konzentration auf ihre Arbeit, Megan, Charts, analysiert Aktien und Investmentfonds, und machte ein paar Termine mit potenziellen neuen Kunden. Einige der Leute, die ihr online Wenn es kam war sie Handhabung Chaz Duncans Konto kontaktiert waren freundlich. Sie plauderte mit Ihnen zum Mittag- und vor oder nach der Arbeit.

Am Samstag war sie müde und versteckte aus der Welt unter den Abdeckungen. Ein Klopfen an der Tür geweckt. "Es ist mir, "Penny von hinter der geschlossenen Tür genannt.

Megan zog ihren Bademantel und öffnete die Tür. Penny reichte ihr eine Tasse Kaffee, um die Art und Weise, wie Sie es mochte. "Sie können nicht für immer verstecken. Mark's Sorry, Meg. Bitte ... Sprechen Sie uns an. Er macht Speck und Eier."

"Mark? Haben Sie alarmieren die Feuerwehr?" Meg nippte an ihrem Kaffee, während sie ihre Schwägerin gefolgt. Das verlockende Aroma hatte sie aus ihrer Shell gelockt.

"Er ist zu üben, und er ist ziemlich gut jetzt. Sie sehen."

Es war zehn Uhr, wenn Meg am Tisch saß. Das Aroma der Pfanne Speck funkte Hunger sie abgrundtief zu nagen. Mark's Speck war frisch, aber nicht spröde, nur die Art und Weise, wie sie mochte es, und die Eier waren gut, ohne übertrieben gekocht. Sie scarfed hinunter die Nahrung, als wenn sie in einer Woche nicht gegessen hatte. "Köstlich, Mark. Bravo!"

Ihr Bruder grinste und beugte sich von der Taille. Von ihm von ihrem Telefon abgelenkt, Megan gestoppt Klatschen zu beantworten. Es war Chaz. "Hey, kleine Küken, wie sind Sie?

"Chaz?" Sie die Küche verlassen, auf der Suche nach einem eigenen Ort, um ihren Geliebten zu sprechen.

"Klingen nicht so überrascht. Habe dir gesagt, dass ich "Anrufen".

"Ich schätze, ich habe nicht recht glauben Sie."

"Was muss ich tun, um Sie zu überzeugen, ich bin nicht nur um mit Ihnen zu spielen... meine unsterbliche Liebe erklären?"

"Würde auch nicht schaden."

Chaz lachte und Megan fand sich grinsend.

"Ich dachte, wir beschlossen, nicht zu verlieben?"

"Yep. Natürlich. "Wenn ich dich geliebt' ... sorry, habe ich vergessen." *Autsch. Nicht das, was ich hören wollte.*

"Wir sind auf der gleichen Seite." Er sprach langsam. Sie entdeckte ein Hinweis auf Zurückhaltung.

"Wie war die Reise?"

"Phoenix ist heiß und trocken. Perfektes Wetter für Dreharbeiten außerhalb Schüsse, auch."

"Alle Frauen, die in der Besetzung, die ich über? gesorgt werden soll"

"Niemand, der kochen kann ein Hackbraten, wie Sie können."

Sie lachte.

"Wenn du Bilder von mir sehen, mit den Frauen in der Besetzung, ignorieren Sie sie. Ein paar Abendessen Termine mit der Frau, die ihre Liebe Interesse zwingend erforderlich ist. Es ist nur Werbung. Ich will nicht, dass Sie denken ich bin dating Anna Jason oder sonst jemand. Es ist nur Werbung. Okay?"

"Okay. Noch nie hatte ein Kerl mich sagen, seine Termine mit anderen Frauen zu ignorieren." "Es ist mein Job, Meg."

"Ich nehme an".

"Kleine Küken ... mir etwas lasch. Erfüllen Sie alle Kerle über Abendessen, versuchen, ihr Geschäft zu gewinnen?"

"Vielleicht...". *Nur eine weibliche Opernsängerin und eine Dame Thema.*

"Oh?" Die unverwechselbare Anflug von Eifersucht in seiner Stimme setzte ein Lächeln auf Megans Gesicht. *Gotcha!*

"Nichts für Sie, sich ungefähr zu sorgen, Herr Duncan. Es ist nur das Geschäft."

"Touché. Fallen Sie nicht in der Liebe mit jemand, Meg. Mir versprechen." Die flehenden Ton in seiner Stimme beruhigte sie.

" Wie kann ich das Versprechen?" *Mark sagte immer, sie nicht zu einfach klingen. Ein Kerl, oder er wird das Interesse verlieren.*

"Versuchen".

"In Ordnung. Ich verspreche es." *Wie könnte ich fallen für jedermann sonst, wenn ich Hals über Kopf in dich verliebt bin?* " Das gleiche gilt für Sie." Meg ihre Lippe gekaut.

"Kein Problem. Du bist einzigartig."

Meg sank auf dem Sofa und legte die Füße auf den Couchtisch. "Sie sagen, der süßeste Dinge."

"Wenn ich dort war, würde ich nicht mehr tun, als sprechen."

"Über das Denken." Erinnerungen an seine Küsse geschickt Schüttelfrost, ihre Wirbelsäule.

"Ich muss gehen. Sprechen Sie uns bald wieder. Ich... lo... sie sehen." Und das Telefon ging. *Fast hätte er es gesagt. Mindestens er genannt.*

MEG ZUSAMMEN MIT MARK und Pfennig an einem 3-tägigen Urlaub Schlagwörter am Strand für den Juli vierter Urlaub. Jeder schien der gepaarten Offline-Bildprüfung, außer Ihr. Sogar so, das Meer auf Fire Island war schön, wenn kalt, und wenn Sie war nicht Sehnsucht nach Chaz, las sie zwei Bücher. Ein paar Männer versuchten, Sie am Strand abzuholen, aber wenn man Champagner, sie nicht gehen für Bier. Niemand konnte im Vergleich zu Chaz. Ob *er* wollte eine Beziehung mit ihr oder nicht, Ihr Herz gehörte ihm. Also, sie lächelte die süßen Jungs am Strand, doch ging zurück zu ihrem Zimmer allein.

Wenn Sie in die Stadt zurück, Megan war überrascht, einen Aufgeregten Briny an der Tür mit der Arbeit an seinem freien Tag zu finden. Baxter lungerten auf der Bodenmatte hinter ihm. "Kann ich mit Ihnen sprechen, Miss Davis, Privat?"

Sie nickte und Briny nahm sie in der Rückseite der Lobby während Penny und Mark-down mit Gepäck beladen - ihren Weg nach oben gemacht. "Was ist los, Briny?" Megan schloss ihre Finger um seinen Unterarm.

"Mrs. Bender gestern gestorben."

"Oh mein Gott, es tut mir so Leid."

"Sie war 99, also ist es nicht ganz so schlecht war. Aber ich habe ein Problem."

"Was?"

"Baxter. Die Familie sagt, daß sie ihn nicht und mein Vermieter sagte, er machte eine Ausnahme, während Frau Bender war krank, aber Hunde sind nicht in meinem Gebäude erlaubt. Ich möchte Ihn nicht das Pfund zu geben. Sie werden ihn töten. Er ist nur drei. Was soll ich tun?" Seine Hand zitterte, als er in seinen Hosen für ein Taschentuch die Stirn zu wischen. "Hunde sind hier erlaubt, sind Sie nicht?"

Er nickte.

"Warum ich ihn nicht, bis Sie ihn finden kann ein dauerhaftes Zuhause?"

"Ich bin so dankbar sein würde. Ich werde ihn für Sie zu Fuß, während Sie bei der Arbeit... keine Kosten."

Megan lächelte ihn an.

"Es ist ein Angebot."
Briny zog Baxter's Leine, Nahrung und Wasser Schalen, plus seine nur Spielzeug. Als Megan das etwas pudgy pug näherte, er wedelte mit seinem Schwanz und keuchte, sein rosa Zunge hing aus seinem Mund.
"Er ist süß."
"Er ist ein guter Hund, Miss Davis. Nicht nichts tun" im Haus. Die Möbel nicht kauen. Aber er ist ein bischen einsam. Ich glaube, er vermisst Frau Bender".
Megan riss die Leine an ihn und ging mit ihm zum Aufzug. *Vielleicht sollte ich Mark zuerst gefragt haben. Es ist seine Wohnung. Vielleicht sollte ich aus.*
Als sie den Aufzug fuhr sie gestreichelt Baxter, der wag sein Schwanz fort. *Ich hoffe Mark Hunde mag. Er verwendet. Hmm.* Sie begann zu schwitzen, als sie den Gang hinunter ging. Baxter rasten in ihre Wohnung, sobald Sie die Tür öffnete. Meg-toed ihre Schuhe aus und legte ihre Schlüssel in die Silver Bowl. Sie gepolsterte ins Wohnzimmer zu finden Penny auf dem Boden sitzend, petting Baxter und Lachen.
"Sie erschrocken die Hölle aus mir heraus... oder sollte ich sagen: Dieser Hund hat. Wer ist er?"
"Sein Name ist Baxter und ich werde ihn bis Briny ihm finden können ein Zuhause."
"Er ist liebenswert."
Wenn die Markierung den Raum betrat, Baxter rannte auf ihn zu und sprang in seine Arme. Mark fiel zurück auf das Sofa und Baxter auf seiner Brust lecken sein Gesicht stand. Mark lachte.
"Er ist wundervoll." Penny grinste.
"Ich weiß. Er ist so freundlich. Sein Besitzer gestorben, und er hat seine Heimat verloren. Ich denke über seinen Namen zu ändern."
"Was für eine Art von Hund ist Er?" Seine Schwester gefragt.
"Er ist ein Mops." Megan auf dem Sofa plumpste.
"Sicher ist ein freundlicher Kerl. Was werden Sie die pudgy pug hinter den Ohren, ihn zu rufen?" Mark verkratzt.

"Ich dachte, der Grady," sagte sie mit einem verschmitzten Lächeln. "Wo habe ich gehört, dass vor?"

"Das ist die Chaz Charakter in seinen Filmen."

"Es zahlen." Markieren Sie den Hund gestreichelt, die auf dem Versuchen, sein Gesicht bei jeder Gelegenheit zu lecken.

"So ist es okay für uns, ihn zu halten?"

"Ich dachte, Sie haben gesagt, es vorübergehend war?" Er zog eine Augenbraue hoch, seine Schwester.

"Ja, also, ich mag ihn. Und sie sind die meiste Zeit gegangen. Chaz werden für drei Monate gegangen werden. Also dachte ich, Grady, hier wäre gut unternehmen."

Mark sah seine Schwester, reichte ihr die Leine, und lächelte. "Sicher. Er sieht aus wie ein lustiger Kerl. Selbst Knock out."

Megan stand auf und umarmte ihn und grinste Grady.

"Grady ist ihr neuer Name, Buddy, okay? Let's go kaufen Sie einige Hundefutter."

Penny kam Mark auf das Sofa und kuschelte sich in seine Schulter. Megan verließ die Wohnung.

NACH DEM ABENDESSEN, Megan ausgestreckt auf dem Bett zu lesen. Grady sprang auf sie zu verbinden. Er umkreist in einem kleinen Gebiet am Fuße des Bettes, dann ließ sich und fing an zu schnarchen. *Ich schätze, er ist mit mir heute Abend schlafen.* Sie lächelte. *Nehme an, wenn ich nicht mit Dunc Schlafen, Grady ist die nächste beste Sache.*

Sie fing an zu lachen. Grady's Augen geknallt zu öffnen, und er fing an zu bellen. Ihr Telefon klingelte. Chaz.

"Hey, kleine Küken."

"Hi, Chaz. Wie ist der Film?".

"Okay. Bestimmte Menge Bullshit, aber das ist zu erwarten. Nach mir?" Seine Stimme klang entspannt.

"Ich habe eine neue Mann mir Gesellschaft zu halten haben."

"Oh?" Der plötzliche Enge in seiner Stimme war offensichtlich.
"Ja. Er ist jetzt hier. In der Tat, Er wird, verbringen die Nacht..."
"Schlafen Wo?"
"In meinem Bett." Megan selbst nicht enthalten könnte und fing an zu kichern.
"Was!" Zorn ihr Telefon beheizt.
"Das stimmt." Ihre Hand vor den Mund geschlagen, bevor die Schallend rausgerutscht.
"Wer ist dieser Kerl?"
"Sein Name ist Grady." Sie verschluckte.
"Grady! Sie Witze? Grady? Was die... Warum lachen Sie?" Zorn drehte sich zu misstrauen.
"Ich bin nicht... Lachen... Ich..." sie legte das Telefon unten und mit Lachen heulte.
"Geben." Seine Stimme war ruhig noch einmal.
"Okay, nur eine Minute." Sie atmete tief ein, dann ließ heraus, und ein paar kichert.
"Wer ist dieser Kerl?"
"Baxter erinnern? Frau Bender pug?"
"Die eine Briny Betreuung war?"
"Mrs. Bender starb und Briny erhielt das Sorgerecht für Baxter. Er gab ihn mir. Er ist der süsseste Sache. Da ich sie so sehr vermisse, ich Ihn umbenannt Grady.'"
Jetzt war es der Chaz zu lachen. Grady ging zu ihr, ihr Gesicht leckte, und wieder eingekreist - dieses Mal näher zu Meg-, bevor Sie zurück nach unten Plumpsen. "Grady ist ein Mops. Sie wenig Necken... sie hatte mich sorgen." Chaz gluckste.
"Er ist der süsseste Sache. Du siehst ihn auf dem Computer."
"Hätte ich besser. Sicherstellen möchten, dass Grady' ist wirklich ein Hund zu machen."
"Eifersüchtig?"
"Ein wenig. Schließlich wird er mit dir schlafen und ich bin nicht."

"Gut. Während Sie dort mit einer Million sexy Frauen, ich bin bis hier Kuscheln mit Grady."

"Ich wünschte es *Grady Spencer waren* sie Kuscheln mit."

"Ich auch. Morgen werde ich ihr Wöchentlicher Finanzbericht zu starten. Haben Sie Zeit?"

"Das werde ich. Muss gehen. Anruf morgen früh. Süße Träume, kleine Küken."

"Sweet Dreams, Dunc." Megan, das Telefon gehangen und seufzte. Sie rollte sich auf den Rücken und dachte über Chaz. Grady leckte ihre Nase dann Nieder neben ihr, den Kopf am Bein ruht.

AM NÄCHSTEN MORGEN um sechs Uhr dreißig, Grady Stand über Megan jammern.

"Ich nehme an, Sie wollen zu gehen, eh?" jammerte er an sie wieder.

Megan warf das Blatt zurück und zog sich aus dem Bett. Sie warf ihre kleine Jersey Kleid auf, ihre Füße in Sandalen geschlüpft, packte seine Leine plus ein paar leere Säcke, und für den Aufzug geleitet. "Guten Morgen, Sam."

"Morgen, Miss.", die morgen Türsteher seinen Hut zu ihr Trinkgeld. "Du hast also Baxter jetzt, haben ya?"

"Baxter? Oh, Grady... sie Grady bedeuten. Ich änderte seinen Namen."

"Ihn Benannt nach dem Charakter ihr Freund spielt in den Filmen, ya?"

"Er ist nicht mein Freund."

"Das ist nicht, was der Fotograf fella sagt."

"Was Fotograf Kerl?"

"Kerl schwingt durch jeden Morgen etwa elf, Askin' über Sie und dass fella. Askin', wenn er hier ist."

"Und was sagst du?" Megan legte ihre Hand auf ihre Brust.

"Ich sage 'Guten Morgen, Sir. Schönen Tag, eh?' Und das ist alles."

"Segne dich, Sam." Megan lehnte sich vor und pickten die rotund Portier auf die Wange.

Er errötete ein helles Rosa. "Just Doin' mich Job, Fräulein."

Oh mein Gott. Gibt es jemand hier jeden Morgen. Megan verzog das Gesicht und stöhnte laut. Grady gestoppt, tot in seinem Titel, hob seine Nase aus dem Geruch seine Aufmerksamkeit Erfassung auf dem Bürgersteig, und bellte Sie an. "Ich bin damit einverstanden, Grady. Er hat einige Nerven um Snooping".

"Haben Sie immer mit Ihrem Hund sprechen?"

Plötzlich, Megan war auf der Suche nach oben in die raue, gut aussehende Gesicht von Quinn Roberts.

"Quinn Roberts?"

"Ja," sagte er, ihr die Hand bieten.

"Megan Davis."

"Megan Davis? Oh nein, nicht *die* Megan Davis?" Er hob die Augenbrauen.

Sie lachte. "Ich weiß es nicht. Wie viele Megan Davis' gibt es?"

"Chaz Duncans...äh... Freund?"

Hitze stieg in ihre Wangen. "Schuldig, wie aufgeladen." Sie hinunter die Straße gingen.

"Er hat einen guten Geschmack." Er fiel in Schritt mit ihr.

"Danke." Ihr Erröten vertieft.

" Neuer Hund?"

"Ich hab ihm gestern."

"Dachte. Chaz wäre ein Hund erwähnt."

"Warum?", an der Ecke, Megan und Quinn drehte sich zurück.

"Er Hunde liebt. Er versorgt heimatlose Hunde, wenn wir zusammen waren. Verdammt ärgerlich in räudiger Köter rund um das Theater hängen. Kann ich kaufen Sie eine Tasse Kaffee?"

"Ich möchte, dass würde. Vielleicht können Sie mir füllen Sie auf ein paar Fakten über Herrn Duncan."

"Uh oh. Ein dritter Grad kommen." Er hielt inne, wenn sie ihre Gebäude erreicht.

"Lassen Sie mich Grady zurück nehmen. Ich werde in einer Minute."

Sie verließ Quinn sitzen in der Lobby des Royal, während sie weg von Grady fallengelassen. Ein Blick in den Spiegel und Sie war entsetzt. Bewarb sie sich ein wenig Rouge und Lippenstift, rutschte auf einem Paar attraktiver Sandalen, und strich ihr Haar.

Auf dem Weg heraus, lief sie in Penny und Mark, der sich langsam in Richtung der Küche waren.

"Können Sie feed Grady?" Megan gebeten.

"Sicher", sagte Penny, Kratzen das Knurren der Kabelsalat auf dem Kopf.

"Wo sie vorangegangen so früh an einem Sonntag Morgen?" Mark rieb sich den Schlaf aus den Augen und gähnte.

"Ich Kaffee habe."

"Mit wem?" Penny in einem beiläufigen Ton gefragt.

"Äh... Quinn Roberts?"

Sofort, Penny's Augen öffnete breiter. "Quinn Roberts!"

"Gehst Du mit ihm zu schlafen? Sind Sie nicht Freunde? Sind Sie ein Groupie slut, Meg?" Mark's Gesicht verdunkelt mit Besorgnis und eine kurze Flash Wut in seinen Augen flackerten.

"Sei nicht albern! Ich würde das nie tun, Chaz."

"Ich möchte nicht, dass dieser Kerl oben zu schlagen, bevor Frühstück, okay?"

"Ah, Mark, so wissen Sie immer genau, was zu sagen mein Tag." Meg kicherte, als sie die Tür hinter sich geschlossen.

Der Fahrstuhl entführt Sie runter in die Lobby zu schnell. Als sie näher kam, Blick Quinn's durchstreiften über ihre Kurven und er lächelte in der Anerkennung.

"Bereit", verkündete sie.

"Wie ich schon sagte, Chaz hat großen Geschmack." Er auf die Füße geschoben und das Paar besuchten und die Straße zu *Starbucks*.

Kapitel Elf

An einem warmen Donnerstag Ende Juli, Megan warf auf Ihr Liebling Jersey-kleid, ergriff ihre Notizen, und richten Sie einen bequemen Stuhl vor dem Computer. Grady war Schlafen auf ihrem Bett, leise zu schnarchen. Meg gemischt Papiere, lesen und wiederlesen, vorbereiten für Ihre Konferenz mit Chaz.

Schließlich drehte sie sich auf dem Computer und wartete auf die Chaz nennen. Es war neun 30 in New York City. Sie wartete. Und wartete. Und wartete. Neben ihren Füßen, Grady rollte sich in eine bequemere Position, und Megan in Ihrem Stuhl verschoben. Nach zwanzig Minuten, der Stuhl wurde hart und Bestrafung zu sitzen. Sie rief Chaz, aber Ihr Anruf ging direkt an die Voicemail weitergeleitet. Um zehn Uhr, sie packte ihre Papiere und Sie weg. *Vielleicht ist er schießen oder Re-shooting oder was auch immer es ist, er ist dort tun. Vielleicht ist er laufende Linien. Ich bin sicher, es gibt eine gute Erklärung.*

An elf stand sie auf und ging in die Küche, eine Tasse Tee zu machen. Mark war um seine Frau als Penny drapiert an der Spüle stand, die Kaffeekanne.

"Hey, ich bin hier. Nichts anfangen", Megan gewarnt, die Schultern sackten zusammen.

"Was Sie tun?"

"Ich soll eine Konferenz mit Chaz über seine Perkins Produkte Aktien und Immobilien Investmentfonds zu haben. Aber er war nicht da."

"Wie ich sehe, ist er damit beschäftigt... real besetzt." Mark vom Penny getrennt und ging zu der Theke. Er hob eine bunte Zeitung und warf es auf den Tisch vor der Meg.

WENN ICH DICH GELIEBT HABE 151

Die Schlagzeile in ihr schrie: "Chaz Duncan squires Anna Jason zur Premiere der neuen *PBS*- Serie", und darunter war ein Bild von Chaz mit seiner Hand auf den nackten Rücken von Anna Jason. Meg sank in einen Stuhl am Küchentisch. "Er ... er diese Sachen zu tun hat. Er sagte mir nicht zu ärgern, dass er Frauen für ... für Werbung zu nehmen. Für seine Arbeit. Anna Jason?" Meg nahm das Papier und Durchlas es sorgfältig.

"Ich glaube, er ist Um auf Sie Schrauben. Er macht es mit diesem Anna Küken. Blick auf die Art und Weise, dass er seine Hand auf ihre." Mark ging zurück in die Spüle und hob ein Geschirrhandtuch.

Er tut das Gleiche mit mir. Im Inneren, sie zerquetscht wurde, aber sie konnte ihren Bruder nicht mehr Brennstoff für seine Abneigung von Chaz. "Ich habe ihm zu vertrauen, Mark. Er sagte mir, er würde das tun Dinge sein wie diese."

"Ja, so könnte er weg mit Mord und noch nach New York gekommen und legte."

"Sprich nicht so!" Megan aus dem Stuhl stieg schnell, ihre Stimme wütend.

"Es ist die Wahrheit. Gesicht es, squirt, du bist eine von vielen."

"Ich glaube nicht, dass." Tränen der Wut ihre Augen brannten, während die Angst vor Verrat nagte an ihrem Darm. *Er würde das nicht tun. Sagte er zu mir. Ich habe ihm glauben... nicht ich?*

"Wo glauben Sie, er war heute Abend, Meg?" Markierung die Kaffeekanne zurück auf die Theke.

"Was meinst du?" Sie beugte sich über den Tisch, selbst stützen.

"Wenn man hier Moping waren, warten auf einen Anruf von ihm. Ich bin nicht dumm, nur weil ich nicht ein 'A' Schüler." Er das geschirrtuch zu Penny geworfen.

"Oh Gott", murmelte sie, ihren Kopf in die Hände, als Sie sank zurück in den Stuhl.

"Mark!" Penny riß das Handtuch auf ihn.

"Was? Sie möchten, dass Ihr die Wahrheit zu wissen, nicht wahr? Ich möchte nicht, dass er ihr Herz brechen."

"Sie denken, er war mit Anna Jason?" fragte Meg und hob sie auf seinen Blick.

"Verdammt richtig Ich. Er konnte Sie gesendet haben einen Text... etwas."

Megan stand auf und rannte in ihr Schlafzimmer. Grady lief hinter ihr, bellen. Sie griff nach ihrem Handy aus dem Nachttisch und öffnete den Posteingang. Da war es. Eine Nachricht von Chaz. Sie lächelte, als sie die Nachricht geöffnet.

Es tut uns leid über heute Abend. Auf Werbung Pflicht. Lassen Sie sich nicht von der aufgebracht werden.

Pix von Anna und mir. Förderung für die PBS-Serie. Sie

Immer noch mein Mädchen.

Meg lesen die Meldung immer wieder auf dem Weg zurück ins Wohnzimmer.

"Gibt es eine Nachricht von ihm?"

Sie nickte.

" Spricht er über die Bilder in der Papier- und entschuldigte sich für fehlt heute Abend."

"Ich wette, dass Er es tut uns Leid. Haben Sie das Rack auf, dass Küken?" Mark winkte mit der Hand.

Penny smacked ihn leicht in den Arm. "Du bist nicht zu helfen. Seit wann haben Sie 'Racks'?"

Megan setzte sich auf das Sofa. "Ich Chaz Liebe. Okay. Es. Ich habe es gesagt. Wir waren uns einig, dass wir nicht im Begriff waren, sich zu verlieben. Zu spät. Ich habe bereits. Das wird nicht funktionieren, wenn ich ihm nicht vertrauen. Ich habe ihm glauben... geben Sie ihm eine Chance. Wenn Sie auf der Straße, Penny hat darauf zu vertrauen, dass Sie nicht aufschrauben herum wie der Rest der Mannschaft mit einigen babe, die Sie in der Hotel bar abgeholt. Richtig?"

Mark zog zu ihr und legte seinen Arm um ihre Schultern "Penny und ich sind verheiratet. Wir haben Gelübde, erklärte Unsere ... Liebe - nicht matschig zu erhalten. Hölle, sie und Chaz haben nicht... In der Tat, Sie haben beide geschworen, es nicht zu tun. Wie behalten Sie die Gelübde oder Versprechen haben sie nicht gemacht?" Megan's Augen füllten. Sie verbarg ihr Gesicht in Mark's Schulter.

"Ich weiß es nicht. Aber ich muss. Ich kann mir nicht helfen. Ich liebe ihn. So habe ich ihn zu vertrauen, bis er, dass Vertrauen bricht. Chaz ist ... hat ... Das Leben ist nicht leicht für ihn gewesen. Er nicht leicht Vertrauen. Er wird um zu deklarieren sich selbst... Einer von diesen Tagen. Ich weiß, Er wird. Wenn ich anspruchsvolle, Zickig, und Controlling, er Schraube. Ich brauche ihn mit einer losen Griff" zu halten.

"Das ist sehr weise." Penny rieb Meg's Schulter.

"Was ist so besonders an dieser Kerl... Ich meine, neben seinem guten Aussehen und Geld?"

"Sie werden nicht verstehen würden." Meg wischte ihre Augen mit der Hand.

"Sie werden mit mir über Jungs zu sprechen," antwortete.

"Ist das anders, es ist privat. Hey, Ich möchte ihn nicht lieben. Ich kämpfte sie von Anfang an. Wer braucht mehr Berühmtheit? Ich hasse das Rampenlicht, und ich möchte nicht, dass das Leben... Ausweichen die Medien, sich Ihre jedes Wort. Aber es ist zu spät."

"Du bist viel zu gut für ihn. Nehmen Sie keine Mist, Meg. Wenn er dein Herz bricht, muss er, um mir zu antworten."

Mark richtete sich auf. Meg folgte, stand auf Zehenspitzen seine Wange zu küssen. "Danke, lug."

"Wer ist an der Reihe zu Grady heraus nehmen?" Penny gebeten.

Meg und Mark Spitz an einander.

CHAZ WAR BEREIT FÜR Ihre nächste geplante Konferenz. In der Tat war er früh. Meg hetzte auf den Computer, als sie hörte, die Anrufbenachrichtigung, eilig Verschmierung auf Lippenstift, bevor Sie sitzen vor einem glowering Chaz. "Hi", sagte sie, im Blick auf seinem Gesicht unbehaglich.

"Was sie taten mit Quinn?"

"Was?"

"Quinn Roberts. Haben Sie *celebs R Uns noch* nicht gesehen? Ihr Bild ist auf der Titelseite verputzt. So lautet die Schlagzeile, "Quinn Roberts "leiht" Duncan's Girl für ... Finanzberatung?"'

"Das ist lächerlich!" Megan spritzte.

"Aber es gibt sie, zusammen. Sind sie dating ihn? Ich werde töten Quinn".

"Wir liefen in jeder anderen durch Unfall am Central Park West. Ich nahm Grady für einen Spaziergang."

"Unfall? Recht", Chaz spottete, die trübe Aussehen nicht zum Heben von seinen Funktionen.

"Ja, richtig! Und er fragte mich für Kaffee. Ich hatte keine Ahnung, jemand war, die Bilder von uns."

"Das hast du mit ihm gehen?" Der triumphierenden Ton in der Stimme hob Chaz Meg's Hecheln.

"Wir haben uns für Kaffee... hey, du nicht derjenige war, der sagte, "keine Verpflichtung"? Das lässt mich kostenlos Kaffee, oder irgendetwas anderes zu haben, mit wem ich will."

"Ich habe es nicht gerne, dass..."

"Oh, und wie hast Du das gemeint? Freiheit für sie, aber nicht für mich? Sie können mit Anna, was ihr Gesicht und ihre Hände auf ihr, in der Öffentlichkeit, aber ich kann nicht eine Tasse Kaffee mit Quinn teilen? Das bedeutet für mich nicht, Chaz."

Die Chaz Ausdruck sofort gemildert, und Megan wusste, Sie hatte gewonnen. "Das meinte ich nicht so. Ich will nicht, dass bisher niemand sonst... und ich wollen Sie nicht zu."

"So, jetzt sprechen sie exklusive Beziehung?" Megan verschränkte die Arme vor der Brust.
"Ich denke so. Werden Sie Quinn wieder zu sehen?"
"Ich nicht auf ihn geplant hatte. Wir verbrachten die ganze Zeit reden über sie. Er ist dein Freund. Er hat nicht auf Mich oder etwas kommen. Er erzählte mir einige sehr lustige Geschichten über die zwei von Ihnen in Pine Grove".
"Er nicht auf sie gekommen? Gut."
"Natürlich nicht. Und Anna?"
"Das war Werbung. Ich habe es Ihnen gesagt. Ich hatte meine Hand auf dem Rücken... Wenn es Ihr vorne, ich konnte sie ihre Wut sehen. Meg, vielleicht möchten Sie nicht mit jemandem, dessen Bild in der Zeitung mit anderen Frauen von Zeit zu Zeit zu sein scheint."
"Das tue ich nicht. Ich habe nie. Ich hasse alle die Berühmtheit Mist, und du bist die letzte Person, die ich mit einbezogen werden."
Chaz saß schweigend starrt sie an. Sie wusste, dass sie zu weit gegangen waren. "Sie sagen, Sie wollen uns nur Geschäft zu sein?"
Sie konnte sehen, Schwitzen auf der Stirn. *Das ist das Letzte, was ich will. Was habe ich getan?*
"Nein, nein, nein. Ich will das nicht. Ich ... Ich ... möchten mit Ihnen zu bleiben. Ich tat es nicht, wie es sich anhörte, oder kam heraus oder so."
"Bitte, ich will Dich nicht verlieren. Du bist so anders... Besondere. Ich bin nicht gut mit Worten hier, die nicht wissen, was außer ... mein Leben wäre nicht dasselbe ohne euch zu sagen."
Seine Augen erzählt die Geschichte. Meg konnte sehen, wie er meinte, was er sagte, dass er nicht handeln. Ein kleines Lächeln brach auf ihrem Gesicht.
"Ich habe das gleiche Problem", sagte sie mit sanfter Stimme.
"Wollen Sie mit mir zu bleiben?", fragte er.
"Ich weiß. Und du?".

Sie konnte seinen Hals Rot erhalten. "Wäre ich sonst hier? Ich habe nicht viel langfristiger Beziehungen, Meg hatte. Es ist schwer, in diesem Geschäft. Frauen denken, Sie wollen mit Ihnen zu gehen, bis die Presse bekommt Nosy. Wenn sie sie finden unflattering Bilder von sich spritzte überall in den Medien, sie in der Regel geschnitten und Ausführen".

"Ich kann sehen, warum."

"Ich habe versucht nur Schauspielerinnen, aber dann habe ich einige Bedenken, die den Frauen schlafen mit mir ein Sprungbrett für ihre Karrieren gefunden haben."

"Wirklich?" Sie Ihre Notiz Karten legen.

"Es ist nicht lange, bevor Sie mich sind Pumpen, für die ich Ihnen vorstellen zu können, oder Sie sind liebevolle Alle der Öffentlichkeit. Es wird ziemlich schnell hässlich nach."

"So sind Sie allein die meiste Zeit?"

"Allein ist sicherer." Chaz eine Tasse Kaffee an seine Lippen hob.

"Gefällt es dir?".

"Sind Sie verrückt? Sie sind anders. Ich habe noch nie jemanden kennengelernt, der wie Sie."

"Ja, ich bin nicht überrascht. Nerdy Frauen sind nicht an der Spitze der Liste." Sie biss sich auf die Lippe.

"Gerade weil Sie intelligent sind, bedeutet nicht, dass Sie ein "Nerd".

"Ich bin nicht gerade eine heiße Küken."

Chaz schoß ein böses Grinsen an. "Ich denke Sie sind. Da wir allein und Niemand kann sehen, warum sind sie so viel tragen? Warum nicht Sie? "

"Sie wollen mich zu entkleiden, hier, vor dem Computer?"

"Langsam und Musik wäre erstaunlich sein." Er zog die Augenbrauen wackelten.

Sie lachte. "Ich denke nicht so!"

"Ein Kerl kann versuchen, kann Er nicht? Ich vermisse dein Körper."

Farbe gedreht in Meg's Wangen, als sie wandte ihren Blick weg von seinem.

"Habe ich Sie in Verlegenheit bringen, kleine Küken? Nicht sein. Sie haben eine große Körper."

Ihre Wangen bekamen Heißer als begann sie Schlurfen durch Papiere.

"Sprechen wir über Perkins. Ich habe einige Zahlen..."

"Ich wünsche, daß ich Sie jetzt küssen konnte."

Meg legte die Papiere nach unten und sah auf. Die sexy Aussehen auf der Chaz Gesicht gesendet Wärme durch ihre Adern. Sie studierte sein Gesicht, seine Haare in die Augen fiel, die Stoppeln auf die Wange, und sie hob ihre Hand, als wenn ihn zu berühren, dann legen Sie sie ab.

"Ich wünschte, Sie könnte, auch", flüsterte sie.

"Lassen Sie uns exklusive ... okay sein? Kein dating andere."

Sie nickte, durch die Intensität seiner dunklen Augen hypnotisiert. Er lächelte und abgeflacht, seine Hand auf dem Bildschirm. Sie hob ihre Palm seine zu erfüllen.

"Ich hasse so weit weg. Wann können Sie hier fliegen? Ich werde einen Tag weg in weiteren zehn Tage zu haben. Ich werde Ihnen eine E-Mail an das Datum. Können kommen sie dann?"

"Okay."

Ein breites Grinsen auf seinem stattlichen Funktionen geflasht, Wärme senden rechts durch den Bildschirm zu Meg. "Ich kann es kaum erwarten Sie hier mit mir... in meinem Bett zu haben."

"Dunc... ich vermissen."

"Es wird nicht mehr lange sein, kleine Küken. Hängen Sie an. Was wollten Sie?"

Das Gefühl von Papier in ihre Hand brachten ihre Aufmerksamkeit zurück zu Ihrer ursprünglichen Mission für den Anruf.

"Perkins. Perkins Produkte. Ich wollte mit euch über einige Zahlen zu gehen, bevor ich empfehle in Sie investieren..."
Chaz saß zurück, Schnürung seine Finger hinter seinem Kopf und lächelt. "Feuer entfernt, Investitionen Lady."

FÜR CHAZ, AM NÄCHSTEN Tag stoppen und starten, starten und stoppen. Ein Stück von Audiogeräten brach. Seine Co - Stern hatte einen Hustenanfall. Alles schien nach unten zu schießen. Erwartung des Sehens Meg wieder machte ihn etwas nervös und total ungeduldig. Er wollte alles zu beschleunigen, damit er Zeit mit ihr verbringen konnte. Diese Euphorie war ein neues Gefühl für Chaz. Mehrere Leute auf seine ständige Lächeln und Mangel an schon Grant auf dem Satz bemerkte, mit Allem, was falsch läuft. *Ich habe endlich verliebt. Gott, es fühlt sich großartig.*

Am Donnerstag fand er ein semi-ruhigen Ecke und sein Telefon überprüft vor dem Abendessen. Da war es... ein weiterer Grund, sich zu freuen, ein Text von Allie, sein Vertreter.

Sind Sie sitzen? Sie haben das Teil in den regnerischen Sonntag. Nächster Halt... Broadway.

Chaz sprang auf und brüllte, was das Zimmer sofort zum Schweigen gebracht.

"Ich werde in ein Broadway Musical!" zu werden.

Einen Applaus plus die Gute Nachricht übergossen, seinen Appetit. *Meg!*

Nach der Suche nach einem ruhigeren Ort, er wählte ihr Telefon. Es ging Mail so zu stimme er eine kryptische Nachricht hinterlassen wollen, dass sie die Nachrichten in der Person zu teilen. Und während er aß, er einen Plan ausgebrütet.

Am nächsten Tag, Chaz war der Morgen aus, da mehr Geräte Reparaturen erforderlich waren. Er griff in die Tasche seiner Jacke und fand die Visitenkarte, die er suchte. *Brielle! Das war ihr Name. Rechts.* Er setzte sich und eine e-mail formuliert:

Brielle, ich brauche einen Gefallen. Ich möchte Meg zu überraschen. Bitte bewegen Sie $ 25.000 von meinem Konto zu Ihrem. Tun Sie es nicht sagen. Lassen Sie mich wissen, wenn es fertig ist und ich werde es ihr sagen. Mein Passwort ist Spencer 500. Tausend Dank.

Chaz

Nach Zündung aus der E-Mail, er setzte sich wieder, zu sich selbst zu lächeln. *Perfekte Art und Weise ihren Dank für Ihre Hilfe. Kann nicht glauben, dass ich den Broadway zu tun. Jetzt haben wir zusammen sein können. Hat das Leben, irgendwie als dieses zu verbessern?*

Euphorie am Gewinnen der Teil beleuchtet seinen Schritt. Sein breites Lächeln Maßgeschneiderte die Freude in seinem Herzen die Unterstützung seiner Mitarbeiter zu haben, Megan's Hingabe, und ein begehrtes Teil - einer, den er sein Leben lang gewollt hatte.

ZURÜCK IN NEW YORK, Brielle der Aufregung, als sie sah, wie der Chaz e-Mail zu Enttäuschung, die dann sofort in Eifersucht verwandelt. Sie starrte ihre großen Fenster und in Megan's Office. Die hart arbeitenden brunette hatte ihre Augen zu ihrem Computer Bildschirm geklebt, während Sie sich Notizen machte. Total durch ihre Arbeit verbraucht, Sie nie sah Brielle blitzte sie zu beachten. *Kleine Schlampe. Sie ist wahrscheinlich Schlaf mit ihm. Wer würde das nicht? Sie Gebäude Ihrer Abteilung. Sie wird es vice president Weg vor mir. Nicht mehr.*

Ein böses Lächeln rollte ihre Lippen, so dass, wenn Megan schließlich blickte, Brielle erschien zu schießen, ihr ein freundliches

Aussehen. Megan warf wieder ein schwaches Lächeln vor der Rückkehr in ihre Arbeit. *Ihre Nase zum Schleifstein... für all das Gute, das sie tun, halten. Ich bin du, und du wirst nie wissen, was Sie schlagen.*

Brielle setzte sich wieder in ihren Stuhl und schloss ihre Augen, Plotten und Planung. Als sie sie öffnete, ein Gefühl des Triumphes marschierten in ihr Herz. *Wie Napoleon... wie Hannibal... ich März zum Sieg. Und ich nehme Chaz, auch. Als ich fertig bin, er nicht sogar sie.* Sie ihren Stift auf dem Tisch getrommelt, dann Ihre Finger aufgeschnappt und prallte der Stuhl nach vorne. "Andy, kommen Sie hier, bitte."

Meg noch nie sah auf, als Andy zu seinen Füßen geschubst und getreten Brielle Office. "Was ist los?"

"Schließen Sie die Tür und sitzen. Ich brauche ein wenig Hilfe von Euch." Brielle cast ein funkelnder Blick seinen Weg.

"Ja?" Seine Augen leuchteten auf, wie sie ihre geschwungene Form verfolgt.

"Könnte sein... äh... etwas ganz Besonderes für Sie auch."

"Was?"

"Erstens, eine kleine Überraschung für Ihren Chef. Aber ich brauche das Passwort, bevor ich sie liefern kann."

"Ich kann euch nicht geben."

"Oh, das ist schade, weil dann kann ich dir nicht geben, die Denkwürdigsten, sexy Nacht ihres Lebens."

"Huh?"

Was für ein Idiot!

"Alles, was Sie zu tun haben, ist mir ihr Passwort Slip, und dann kommen Sie zu mir morgen Abend... und bleiben über - wenn du verstehst, was ich meine."

Andy's Gesicht drehte sich leicht rosa und seine Augen glühten wie einem anzüglichen Grinsen breitete sich auf seinem Gesicht. "Ihr Passwort ist Grady 200".

WENN ICH DICH GELIEBT HABE 161

Brielle kritzelte etwas auf ein Stück Papier. Sie stand auf und näherte sich ihm. Vor reichte ihm das Stück Papier, lehnte sie sich in der Nähe von ihm. Ihre Hand glitt hinunter über seinen Schritt und rieb. Sein Körper ein bisschen zuckte zusammen und drehte er sich leuchtend rot. "Nur eine kleine Vorschau..."
Und sie gab ihm das Stück Papier. "Hier ist meine Adresse. An meinem Platz um neun Uhr werden und für die schönste Nacht ihres Lebens vorbereitet zu sein."
Er schnappte die Papier aus Ihrem Palm und setzte ihn in seine Brusttasche. Andy zögerte vor ihr, bevor er einen Finger angehoben und schob er ihre Wange schnell. Sie grinste ihn an und ihre Lippen leckte. Red kehrte in sein Gesicht, bevor er einen eiligen Rückzug zu seinem Schreibtisch schlagen.

Hmm ... Grady 200, eh? Selbstgefällig, intelligente kleine Megan Davis... Es ist schön, Dich zu kennen, aber es ist wunderbar, der Abschied für immer. Brielle Ihr Computer eingeschaltet und begann mit der Eingabe.

Kapitel Zwölf

Megan lehnte sich in ihrem Stuhl, mit Blick auf den Bildschirm, wo der Chaz Gesicht starrte zu ihr zurück. "Kann ich für einen Augenblick lüften?"

"Hell Yeah. Ich habe Explosionsdruckentlastung für die letzten 45 Minuten."

"Ich Treffen mit diesen berühmten Menschen halten Harvey ist so aufgeregt zu unterzeichnen, und ich habe ein nagendes Gefühl, das ich bin, die falschen Dinge tun."

"Was meinst du?"

"Ich eher Arbeiten für die non-profit, indem wir Ihnen helfen, investieren. Die Idee der wachsenden eine Investition für, sagen... Die aspca, ist aufregend für mich. Der Umgang mit einigen dieser *prima donnas* , die denken, sie sind Gottes Geschenk an die Welt... ich mag es nicht. Die gefallen mir nicht, und ich möchte nicht meine Zeit, Ihre 20 Millionen 40 Millionen geworden. Ich möchte helfen, Menschen ... Menschen, die Hilfe brauchen."

"Haben Sie gesagt, Harvey?"

"Ich habe nicht das Herz zu haben. Er ist so aufgeregt." Sie senkte den Blick auf ihre Hände.

"Wenn Sie arbeiten hart an und machen es zu einem Erfolg, können Sie nicht Ihr eigenes Ticket es schreiben und tun, was Sie tun möchten?"

"Vielleicht. Ich hatte nicht berücksichtigt, dass der Winkel... ich an Sie denken."

"Harte Arbeit hat immer die eine Sache, die ich in meinem Leben... mein Weg zum Erfolg kontrollieren könnte."

"Ich bin nicht der harte Arbeit Angst. Wünschte, wir hätten für eine angemessene Ursache sein." Ihr Blick sein.

"Was ist mit mir?"

"Du bist anders." Megan zuckte mit den Schultern.

"Und du bist dick angezogen." Er zog eine Augenbraue hoch.

Megan langsam zogen die clingy Kleid trug sie ein Türkis bh und passendem höschen zu offenbaren. Chaz, die zuvor in einem Stuhl, verschraubt aufrecht Zusammengesunken. "Heilige Hölle, bringt ihr, dass nach Phoenix?"

"Ich könnte... Wenn Sie wollen." Die Hitze von seinen Blick durch den Bildschirm gereist, erwärmen Sie.

"Oh, ich will. Ich möchte so sehr schlecht. Ja, bitte, bringen, es tragen, was auch immer. Wow."

"Jetzt".

Chaz zog sein t-shirt und seine gemütliche Jeans glitt auf den Boden. Megan's Lächeln wurde breiter als Ihr seiner nackten Brust gestreichelt Blick.

"Hören Sie nicht jetzt auf." Die Chaz Blick wuchs wärmer, und eine sexy Grinsen auf seinem Gesicht gefegt.

"Keine Strip Tease über das Internet".

"Wie wäre es in Person?" Er sass gerade in seinem Stuhl, seine Aufmerksamkeit genietet zu ihr.

"Vielleicht," neckte sie lächelnd Flirten.

"Ich kann nicht warten." Er bewegte seine Augenbrauen.

"Ich auch." Sie ihren Stuhl zurück zum Schreibtisch schob, stützte ihre Ellenbogen auf und legte ihr Kinn in die Hände.

"Megan... ich... ich..." Er lehnte sich leicht nach vorne.

Er machte eine Pause und setzte sie Vorrat noch, auf ihn warten, um fortzufahren. "Ich sage Ihnen, wenn ich sie sehen."

"Ich muss gehen." Megan hid ihre Enttäuschung.

"Gute Nacht, kleine Küken. Süße Träume." Chaz einen Kuss auf den Bildschirm blies.

"Gute Nacht, Dunc. Senden Umarmungen und Küsse."

Beide legen sie ihre Handflächen auf dem Bildschirm, und Megan schwor sie seine Hand gegen Ihre fühlen konnte.

Dann wird der Bildschirm schwarz und Meg's Lächeln verdampft. *Er war im Begriff, es zu sagen. Ich konnte es in seinen Augen sehen. Er war definitiv "ich liebe Dich" zu sagen, heute Abend. Vielleicht, wenn ich in Phoenix erhalten.* Sie seufzte, strich ihren Zähnen, entfernte ihren Dessous, und schlüpfte ins Bett. *Es wird nicht lange jetzt, bevor ich wieder neben ihm zu liegen, wenn auch nur für eine kleine Weile.* Sie stellte sich im Bett gegen Chaz und Schlaf kuschelte sich so sehr schnell verschlungen.

BRIELLE KAMEN IM BÜRO am frühen Montagmorgen. Sie konnte kaum ihre Aufregung enthalten. Nach dem Überprüfen des Computers und Finden ihrer Änderungen vorgenommen, sie rieb sich die Hände zusammen in stiller Freude. *Sie gehen hinunter, Little Miss "Harvard".*

Brielle überprüft Ihre Uhr. *Die kleine Hündin ist für drei Tage. Das Timing ist perfekt.* Saß sie trinken Ihren Kaffee für eine Minute, üben die Maskierung ein besorgter Ausdruck. Wenn Sie hatte sie Recht, sie legte ihren Kaffee und in Harvey Dillon's Office marschierten.

Wenn Sie auf Dillon offene Tür klopfte, er winkte sie herein. "Sie sind in der frühen, Brielle. Was kann ich für Sie tun, Liebe?"

"Ich wollte mit Dir sprechen, bevor jemand anderes angekommen. Ich bin wirklich besorgt, Dillon".

"In kommen und mir erzählen. Schließen Sie die Tür."

Sie kam herein und setzte sich auf den Stuhl vor seinem Schreibtisch.

"Ich Hin und wieder überprüfen, um sicherzustellen, dass alle Einzahlungen und Auszahlungen durch... gegangen sind, die Art und Weise, wie sie mir zu... " *Dumping, die undankbare Aufgabe auf mich, gab mir diese Idee.*

Sie rutschte unbehaglich in Ihrem Stuhl, und stellen Sie sicher, dass Harvey nahm nie aus den Augen. *Diese Leistung sollte eine Academy Award bekommen!*

"Nun, Sie wissen, wie ich liebe Dillon und Unkraut. Ich möchte nicht alles schlecht an die Kanzlei zu geschehen, so dass ich zu Ihnen kommen."

"Was ist es, Brielle... Spit it out." Harvey räkelte sich in seinem Stuhl zurück.

"Ich dachte, es war lustig, dass fünfundzwanzig tausend Dollar von der Gesamtmenge auf Chaz Duncan's Account verschwunden, und als ich an Megan Davis' Konto schaute, war es 25 tausend Dollar höher als in der vergangenen Woche."

Harvey Dillon setzte sich so schnell er fast seinen Kaffee verschüttet. "Was?"

"Megan übertragen Fünfundzwanzig tausend Dollar von Herr Duncan's Konto zu Ihrem eigenen. Ich dachte, dass ungerade war und wollte es sofort Aufmerksam machen... Vor jeder Skandal brach."

"Sind Sie sicher?" Harvey zu seinem Computer ging und zog die Datensätze.

"Ich bin mir ziemlich sicher", sagte sie und versuchte, nicht zu lächeln.

"Ich habe die Übertragung sehen. Es muss eine Erklärung sein." Harvey's Stirn gestrickt.

"Ich kann nur eine. Ich nehme an, dass es zu viel Versuchung... Umgang mit sieben Millionen Dollar. Erraten Sie stellte dar, daß er nicht ein paar Tausend würde hier vermissen und gibt."

"Oh mein Gott!!! Meg ist Diebstahl von Chaz Duncan? Ich dachte, dass sie eine Affäre mit ihm sein könnte... Aber stehlen?

Scheiße! Dies ist schrecklich. Wir sind ruiniert, wenn dieses heraus bekommt." Er Brielle gedreht.

"Sagen sie niemand. Ich werde mir das Geld zurück zu legen und wir können behaupten, noch nie passiert ist."

"Und was ist mit Megan?" Brielle öffnete ihre Augen so breit wie sie konnte.

"Sie ist gefeuert, natürlich. Ich bin schockiert, total geschockt. Und zu denken, ich war ihr Zugang zu mehreren anderen wohlhabenden Kunden die Konten, die den Unternehmen kommen zu geben." Harvey blies ein grosser Atem und stürzte zurück in seine großen Sessel.

"Sie haben mein Wort. Dies nie meine Lippen verlassen." Brielle deutete auf ihren Mund.

Er drehte sie zu Gesicht, ein dankbares Lächeln auf seinen Lippen.

"Vielen Dank für diese, um meine Aufmerksamkeit. Sie erhalten einen Bonus für diesen, Brielle erhalten. Sie haben unserem Unternehmen gespeichert. Ich werde mich auf dieses Recht zu bekommen." Er stand auf und bot ihm die Hand. Sie schüttelte es und Links.

Zurück in Ihrem Büro, Brielle konnte nicht aufhören zu lächeln. *Nun, Teil zwei.* Sie setzte sich an ihren Schreibtisch und nippte an ihrem Kaffee, während Sie sich eine Telefonnummer auf Ihrem Computer. Zurück sitzen, sie lächelte breit Vor dem Wählen. "*Celebs R Us*? Tiffany Cowles, bitte."

Brielle lungerte zurück in ihren Stuhl, die Füße ruhen auf ihren Mülleimer. Sie leckte sich die Lippen, während sie wartete, verbunden werden. "Tiffany Cowles? Ich habe einige Informationen für Sie..."

DAS FLUGZEUG LANDETE pünktlich an der Mesa Gateway Airport in Phoenix. Megan hatte nur eine Carryon bag, trat sie ihren Fuß tippen, während Sie für andere Fahrgäste warteten, aus dem Flugzeug zu bewegen. Ihre Augen gescannt die Menge, als sie zur Tür geleitet, aber Sie nicht siehe Chaz.

WENN ICH DICH GELIEBT HABE 167

Ein junger Mann mit einem Schnurrbart trägt eine Kappe näherte sich ihr. "Taxi, Lady?" Der junge Mann in einer starken italienischen Akzent fragte.

Megan kaum sah den Mann als ihr Blick weiter die Menge zu suchen. "Nein, danke, ich bin jemand erwartet."

"Ich vielleicht?" Der Mann ließ seinen Akzent.

Megan wirbelte herum und sah ein paar dunkle Augen funkelten sie an. "Chaz?"

"Zu Ihren Diensten. Recht auf diese Weise." Er nahm ihre Tasche und nahm ihren Arm, ihr die Tür.

Als sich die Türen nach außen geöffnet, sie wurden mit einer Mauer von heißen, trockenen Luft. Chaz öffnete die Eingangstür eines wartenden Taxi und ihre Tasche hinterlegt. Dann öffnete er die Backdoor und deutete ihr an, indem Sie ihr, nachdem Sie über glitt. Er entfernte die Gap und vorsichtig von der Schnurrbart geschält.

Megan lachte, als er von einem stattlichen Fremden zu dem wunderschönen Mann, den sie liebte verwandelt.

"Ich weiß nie, was von ihnen zu erwarten."

"Reibungslose Abholung vom Flughafen bei meiner Ankunft als Giuseppe, eh?"

Bevor sie antworten konnte, Er faltete sie in seine Arme und stahlen ihr Atem mit einem leidenschaftlichen Kuss. Megan wieder zu seinen Eifer als Wunsch überholte, Senden von Wärme durch ihren Körper pulsieren.

"Wohin?"

Chaz löste sich von ihr für einen Moment. "The Ritz Carlton".

"Aye, aye, Captain Spencer." Er machte im *Westen der Sun* salute setzte dann seine Kabine in Gang.

Die Liebhaber küsste für die gesamte Fahrt zum Hotel. Er ließ eine Hand über ihre Brust, Beleuchtung ihr Feuer. Sie brachen auseinander, wenn das Hotel portier die Tür öffnete und räusperte sich. Glühende mit dem Wunsch, ihre Augen traf, als Chaz ihre Hand nahm, ihre Begleitung durch die automatische Türen.

Er stoppte an der Rezeption bis zu einem zweiten Schlüssel für Megan abholen.

"Miss Davis? Sie haben ein Fax, glaube ich." die Angestellte an der Rezeption ging in den hinteren Raum.

"Ein Fax? Bereits?" Chaz sah sie an.

"Ich erklärte Harvey, wo ich untergebracht werden würde ... nur im Notfall. Außerdem ist es der Politik der Gesellschaft, denke ich. Sie müssen ihnen einen Ort geben, sie zu finden."

"Was ist, wenn Sie Camping im Wald?" Er hob eine Augenbraue.

"Gute Frage. Ich weiß es nicht."

Ihr Gespräch wurde durch die Angestellte an der Rezeption, der versuchte, eine Maske - wie Ausdruck zu halten unterbrochen. Als Megan sah die Falte auf der Stirn, war es offensichtlich, dass er das Fax gelesen hatte und erschrak er. Sie sah ihn dann wieder an Chaz.

"Vielleicht würde ich es besser lesen."

Sie gingen in Richtung Aufzug, wie sie öffnen die Klappe zog und schob das Papier aus dem Umschlag.

Sehr geehrte Frau Davis,

Ihre Beschäftigung mit Dillon & Reed beendet wurde, sofort wirksam. Ihre Sachen sind gepackt und die in Ihr Apartment geliefert werden, so gibt es keine Notwendigkeit für Sie zu unseren Büros zurückzukehren.

Mit freundlichen Grüßen,

Harvey Dillon

Präsident

Tränen verschwommen Meg's Vision, wie sie oben an Chaz starrte.

"Was ist?" fragte Er schnappen, um das Papier aus der Hand. "Was die... können Sie dies tun?"

Sie nickte, einen Klumpen im Hals blockieren Rede gebildet. Die Aufzugstür öffnete und Chaz nahm sie das Winkelstück, sie drängte die Halle zu seiner Suite. Einmal drinnen, Megan stürzte gegen die Tür und rutschte auf den Boden, Tränen cascading ihre Wangen.

Chaz legte seine Hände auf ihre Oberarme und richtete sie auf. Er hüllte sie in seine starken Arme, während Sie auf seiner Brust schluchzte.

"Was ist passiert, Meg?"

Sie schüttelte den Kopf und zuckte mit den Schultern.

"Sie wissen es nicht?"

Sie atmete tief durch und lassen Sie es langsam heraus, ihre Stimme aber immer noch zitterten, als sie antwortete.

"Ich habe keine Ahnung. Alles war so gut. Ich hatte sogar ein paar neue Menschen, die bereit sind, an zu unterzeichnen."

"Call Harvey. Vielleicht können Sie diese Begradigen." Chaz ging zu der Bar und goß Megan einen Wodka und Stärkungsmittel. Sie setzte sich und wählte das Büro. Harvey's Sekretärin bezeichnet sie die Dillon & Unkraut Anwalt. "Harvey nicht mit mir reden. Er ist mir untergeschoben auf Ihren Anwalt."

Megan bedeckte ihr Gesicht mit den Händen. Chaz zog sie auf seinen Schoß und rieb sich zurück.

"Wir werden der Sache auf den Grund gehen. Laßt uns doch mal essen. Sind Sie hungrig?"

"Nicht wirklich, obwohl dieses Getränk gut anfühlt."

"Wir haben uns zu einem netten Restaurant gehen können, haben ein ruhiges Abendessen, und eine Strategie der Angriff ... Okay, kleine Küken planen? Die Presse hat Gutes über mich alleine hier verlassen worden, so dass wir sicher sein sollte."

Er küsste sie zart. Meg stand auf kaltes Wasser auf ihrem Gesicht zu spritzen. Sie hielten die Hände beim Reiten in den Aufzug. Beim Öffnen der Türen, Megan dachte sie sah einen Lichtblitz.

Sobald Sie die Lobby betraten, ein Reporter und ein Fotograf in die Enge getrieben, mehrere Fotos so schnell, dass die Flash vorübergehend blind Megan und Chaz. Der Reporter klemmt ein mic in Megans Gesicht.

"Ich verstehe, dass Sie von Dillon & Weed für das Diebstahl gefeuert wurden, Frau Davis. Pflege auf das Kommentieren?"

"Was?"

"Stehlen. Haben sie es getan?"

"Nein!" Sie packte die Chaz hand härter.

"In der Tat, meine Quelle sagt, dass man von diesem Kerl hier gestohlen... Chaz Duncan. Fünfundzwanzig tausend groß."

"Was? Wovon redest du?" Megan aus Gewirken ihre Augenbrauen, als sie bei der Reporter sah.

"So, hast Du es gemacht? Haben Sie stehlen von Herrn Duncan, Megan? Kommen Sie, Sie kann mir sagen."

"Ich habe nicht von jedermann stehlen." Meg streckte ihr Kinn trotz der Tränen stechen an der Rückseite der Augen.

"Hast du nicht vor kurzem entlassen?" Der Reporter fortbestanden, trotz Chaz gerade ihn scharf und ziehen Megan entlang hinter ihm.

"Das geht Sie nichts an, "Chaz Bespuckt der Reporter.

"Wer sind Sie? Warum tun Sie interessieren sich für mein Leben?" Megan fragten die Reporter.

"Tiffany Cowles mich gesandt. Ich *Celebs R Us bin* und so lange wie sie Hand-in-Hand mit diesem Kerl, du bist news Baby."

Chaz hat eine abrupte Wende, ziehen Meg mit ihm in Richtung der Fahrstühle. Der Reporter gefeuert Fragen an Ihr, während der Fotograf Bilder weiter, selbst als sie in den Aufzug verschwunden. Megan Stand zurück von Chaz.

"Ich habe nicht von Ihnen stehlen... Ehrlich. Ich würde das nie tun. Sie haben mich zu glauben."

"Ich glaube Ihnen, Meg. Gehen wir hinein. Ich habe etwas zu erklären."

Das Aussehen der Schande auf seinem Gesicht Ihre Neugier geweckt. Sobald Sie innen wurden, Meg sank auf das Sofa. "Vielleicht sollten wir den Zimmerservice bestellen heute Abend." Chaz doppelklicken Sie die vordere Tür gesperrt.

"Was sie im Begriff waren, mir zu sagen?"

"Das könnte mein Fehler... Art. Ich kontaktierte Brielle..."

"Brielle? Wozu?" Meg sprang auf.

Chaz winkte ihr zurück zu ihrem Platz. "Nicht für, was Sie denken. Beruhigen Sie sich. Ich habe das Teil in der Broadway Show..."

"Sie haben? Das ist Wunderbar!"

Megan schob, aber Chaz hob seine Hand, um sie zu stoppen. "Es gibt mehr ... Sie waren so ein wichtiger Teil der, dass... Proben mit mir, ein gutes Feedback, mich ermutigend. Ich habe, seit ich mit der Golds lebte. Es bedeutete mir sehr viel. Sie half mir, einer meiner Träume...... am Broadway und in einem musikalischen... Die besten durchzuführen. Also, Ich wollte Ihnen danken. Ich wollte, um Ihnen zu helfen, ihren Traum... von Menschen helfen, finanzielle Beratung für nicht-profitiert ... Die Dinge, die wir über..." sprach

"Und das hast Du...was?" Ihre Augen verengten sich.

"Also kontaktierte ich Brielle und bat sie, zu fünfundzwanzig tausend Dollar von meinem Konto zu Ihrem ... als Geschenk. Etwas, um Ihnen den Einstieg zu erleichtern, selbst wenn sie es wollte. Ich wollte nur sagen "Danke."

"Oh mein Gott!!! Brielle zog es über und machte es wie ich stehlen war. Sie muss mein Passwort bekommen haben ... Aber wie? Andy! Er ist der Einzige. Sie ist vermutlich mit ihm geschlafen Es zu zu erhalten. Sie hat mir all das Geld mir zu danken?"

Er nickte.

"Aber *vielen Dank, dass Sie sich* genug gewesen sein würde. Sie haben mich doch nicht zu bezahlen."

Tränen verschüttet auf ihre Wangen, und sie durchziehen, um Sie mit Ihrer Hand. "Nicht alles ist Tit for tat. Ich half sie, weil ich es wollte. Jetzt haben Sie mich dafür bezahlt. Das ist schmuddelig. Kann sie nicht akzeptieren helfen... Liebe... von jedermann?"

"Ich wollte das nicht für sie Probleme zu erstellen. Ich möchte Sie nur, um zu helfen, die Art und Weise, wie sie mir geholfen."

"Nicht alles muss Payback. Gott, Sie wissen nicht viel über die Liebe, oder?"

"Ich wollte nicht..."

"Willst Du?", rief sie ihn an, die Hände in die Hüften.

Er liess den Kopf hängen. "Ich denke nicht."

"Wenn man jemanden liebt, Sie nicht etwas für Sie tun Sie wissen, dass Sie *sie Schulden,* oder Sie zurück zahlen. Sie tun es, weil Sie sie lieben. Periode. Es Noch Nie in meinen Verstand sie würden alles tun, um so... so... verschwenderisch, so extrem mich wieder für etwas, was ich für Liebe zu zahlen."

"Liebe? Liebst du mich?".

"Natürlich, du Idiot! Ich kann nicht glauben, dass Sie nicht verstanden haben, dass Sie noch nicht. Ich weiß, ich weiß, Sie fühlen nicht die gleichen. Freunde mit Nutzen, "Gebunden", "Art von... bla, bla, bla... und das alles Mist. Ich auspacken."

Megan auf Ihrem Koffer aber Chaz Hand aus und ergriff ihren Arm, ihr ziehen, um ihn und stopfte sie in eng an ihn.

"Ich liebe dich auch. Ich habe versucht, den Mut zu erhalten, die Sie für eine Weile jetzt zu erzählen.

"Sie tun?" Sie weich gegen ihn.

Chaz senkte seine Lippen auf ihre in einen sanften Kuss, die er schnell vertieft. Meg Wunde ihre Arme um seinen Hals und drückte sich gegen ihn. Die Wärme aus seinem Kasten und die leichte Rasp seiner fünf Uhr Schatten bis trat ihren Puls. Er verwundet eine Hand durch die Haare, während der andere sie zurück nach oben und unten bewegt, seine Finger leicht in ihr Fleisch drücken. Absenken, um seine Hand zu ihr unten, er drückte sie und ihr sogar noch näher.

Dann abrupt, Chaz trat zurück. "Ich habe sie in diese Verwirrung, so dass ich es beheben. Ich Dillon nennen, aber zuerst... eine Pressekonferenz, um zu erklären, was passiert ist."

"Sind Sie sicher, Dunc?" Meg legte ihre Hände auf seine Brust.

"Absolut. Sobald die Menschen die Wahrheit kennen, dieser Idiot Dillon wird Sie wieder, und Sie werden nicht mehr Nachrichten. Ich rufe meinen Agenten. Sie richten es."

Meg ihren Kopf schief und ihre Brauen zusammen.

"Das ist meine Schuld." Chaz ihr Haar mit seinen Palm geglättet. "Lassen Sie mich es beheben."

"Es ist Brielle der Störung. Sie entwickelt diese auf mich erhalten gefeuert. Und Andy, die kleine Benedict Arnold, war ein Teil von ihrem Plan."

"Wir ihr Fix", Chaz lächelte, als er sein Telefon angenommen und gewählt.

Kapitel Dreizehn

"Lassen Sie mich Ihnen überraschen." Chaz hob das Telefon vom Zimmerservice zu bestellen.

Meg nickte. Erschöpfung und Stress von der Reise, vom verlieren ihren Job, und vom *Celebs R Us konfrontiert* wurden auf ihr Gesicht offensichtlich. Sie legte sich auf die Couch und Döste vor Chaz erhielt sogar auszuschalten. Er holte eine Fleece Decke vom Schlafzimmer und breitete sie über ihr. *Sie liebt mich!* Ein Lächeln über sein schönes Features eingeschlichen, als er ihr Schlaf beobachtet.

Sie warf ein wenig und murmelte etwas, das er nicht verstehen konnte. Zog seinen Stuhl näher an Sie erlaubte ihm heraus zu erreichen und strich ihr Haar sanft. Seine Aktionen schien sie zu beruhigen, und sie in eine Position. Das Klingeln seines Telefons genannt Chaz entfernt. Er hob es auf und ging in das Schlafzimmer, so dass sie nicht aufwecken.

"Das Recht ist, eine Pressekonferenz."

"Sind Sie sicher?"

"Warum tut jeder halten, mich zu fragen, ob ich sicher bin? Ich möchte ihr zu helfen. Sie bekam ohne Grund entlassen und es ist meine Schuld. Ich werde Dillon Anrufs direkt nach der Konferenz auch."

"Warum sind sie immer so? Sie ist nur Ihr Finanzberater oder? Die sind ein Groschen ein Dutzend."

Die Chaz Stimme nahm einen wütenden Ton. "Sie ist viel mehr als mein Finanzberater. Sie ist die Frau, die ich liebe."

"Ich bin nur warnen Sie nicht Ihre Karriere für Sie zu beschädigen. Das ist alles."

WENN ICH DICH GELIEBT HABE 175

"Wollen Sie es bekommen? Ich habe ihr gefeuert... durch Unfall. Und ihr Ruf ist in Fetzen und es ist meine Schuld. Ich werde es richtig zu machen. Drücken Sie einfach die Sache eingestellt, okay?"

"Werde ich. Viel Glück... Und hey, congrats auf Sein in der Liebe".

Chaz beruhigt. "Ja, danke. Sie ist großartig."

Er legte das Telefon zurück in seine Tasche, zurück ins Wohnzimmer, wanderte und erleichterte sich auf einen Stuhl neben das Sofa. Während sein Blick auf Meg ruhte, dachte er an das, was er auf der Konferenz sagen würde. Wieder in seinem Stuhl, legte er seine Hand auf ihr Haar und schloss die Augen. Eine Stunde später, Chaz sprang an ein Klopfen an der Tür. Meg gerührt, die Augen zu öffnen.

"Abendessen ist hier." Chaz glitt seine Brieftasche aus seiner Gesäßtasche und näherte sich der Tür. Wenn er es öffnete, ein tadellos gekleidete Kellner eingegeben, drücken einen Tisch auf Rädern. Die Tabelle wurde elegant mit feinen China in einem kleinen, Rosa und Blaue Blume Drucken auf einer weißen Tischdecke gesetzt. Chaz gespitzt, der Kellner, bevor Sie ihm die Tür zu. Meg moseyed an den Tisch und nahm sich ein Messer. Sie konnte ihr Spiegelbild sehen in der Klinge. Die Glaswaren glänzten. Verlockende Aromen erfüllte die Luft. Die Chaz magen Polterte von Meg's gefolgt.

"Ich verhungert bin", sagte sie, peeking unter dem Deckel eines der Gerichte auf den Tisch.

"Ah! No Peeking. Zuerst nach unten sitzen. Diese werden speziell für uns."

Meg setzte sich und legte ein Tuch Pink serviette in ihren Schoß. Chaz gefolgt. Er hob den Deckel auf die größere Platte Scheiben von Beef Wellington aufzudecken. Die Kasserolle daneben escalloped Kartoffeln gehalten, und die dritte Schüssel untergebracht Spargel mit Pilzen.

"Oh mein Gott, ein Fest!" ihre Augen Runde erhielt, ein breites Grinsen in ihrem Gesicht gewischt.

"Fit für eine Königin, für meine Königin." Er nahm ihre Hand und küsste sie, und dann einen Teller vor ihr platziert. "Darf ich?"

Sie nickte.

Chaz ausgewählt, um die meisten saftiges Stück und geschickt, nahm es zwischen zwei großen mit Gabeln auf ihrer Platte zu übertragen. Nach dem Spooning gesunde Teile der Beilagen, und er bedient sich. Sobald die Platte voll war, seinen Blick über ihren Körper gestohlen als sein Messer aus dem ersten Schnitt im Fleisch.

"Ein Appetit zu einem Zeitpunkt zufriedenstellend." Sein Grinsen drehte sich frech wie sie errötete und zog an den Saum ihres Kleides.

"Das ist fantastisch. Ich habe nie erwartet, dass etwas an dieser ... kostspielig." Meg in ihr Essen gegraben, wobei ein Bissen. "Das ist das beste Rindfleisch, das ich jemals gegessen habe. Es ist erstaunlich." Sie langsam Kauen.

"Nichts ist zu gut für sie." Chaz bis geschaufelt eine Forkful von Kartoffeln.

Sie aßen in der Stille für einen Augenblick. "Ich hasse es, eine wunde Thema holen, aber ich sprach mit Allie und ..."

"Wer ist Allie?"

"Es tut uns Leid. Mein Agent. Sie ist die Einrichtung einer Pressekonferenz." Chaz ein Speer der Spargel mit seine Gabel erstochen.

"Ein Anruf bei Herrn Dillon genug... Sollte ich will keine Mühe für Sie zu verursachen", sagte Meg, bevor Schaufeln ein Stück Kartoffel in ihren Mund.

"Das ist mein Chaos, lassen Sie mich es zu säubern."

Sie lächelte ihn an, bevor Sie ein Forkful von Spargel in ihren Mund. "Es tut mir Leid, auch über das Versuchen, ihre Freundlichkeit...... Liebe... mit Geld zurückzahlen." Das Wort "Liebe" etwas auf seine Zunge zu haften. *Nicht ein Wort, dem ich viel benutzt habe.*

"Ich hab's. Es ist okay." Sie quer über den Tisch und drückte seine Hand.

Wenn Sie beendeten die Mahlzeit, Chaz die Tabelle mit Rädern in die Halle und in die Wohnzimmer zurück.

"Jetzt zum Nachtisch", Meg, flüsterte seine Hand zu nehmen und ihm auf dem Weg ins Schlafzimmer.

NACHDEM SIE DIE LIEBE, Meg rutschte näher an Chaz. Er ließ seinen Arm um sie, seine Handfläche ruht auf ihr Hinterteil. Sie leckte die Basis für den Hals mit kleinen Wellen von Ihrer Zunge als ihre Finger um seinen Bizeps Wunde.

"Wenn Sie halten, werde ich Sie wieder zu nehmen." Er küsste ihr Haar.

Sie kicherte dann ihre Wange gegen seine Brust gelegt. Eine dunkle Wolke getrübt Ihre Stimmung als ihre Gedanken zu dem Chaos, das ihr Job war zurückgekehrt. "Bitte halten Sie mich," flüsterte sie.

Chaz drückte sie so fest er konnte, ohne sie zu verletzen und legte sein Kinn auf den Kopf. "Kleine Küken... alles wird gut. Du wirst es sehen." Er küsste ihr Haar wieder.

"Ich liebe dich, Dunc." Sie brachte ein kleines Lächeln und hoffen, dass er Recht hatte, aber fürchten, dass er noch nicht.

"Ich habe heute geträumt... mit Ihnen, Sie zu berühren." Er brach seine Finger nach unten, um Ihren Rücken und über Ihre Seite. Das Anschwellen der Brust unter den Arm, seine Fingerspitzen gestreichelt. Sie senkte den Arm und ihm vollen Zugang, und er schloss seine Finger um ihr Fleisch.

"Ihre Brüste sind...", flüsterte er in ihr Haar.

Sie schloss die Augen und genießen Sie das Gefühl, seine Hand auf ihre und einen kleinen Seufzer über ihre Lippen entweichen lassen. *Ich wünschte, ich könnte ewig liegen. Seine Berührung... wie kein anderer Mensch.*

Seine Finger streichelten ihre Brust und Verspottet ihr Peak mit sanften quetscht und Daumen kreisen, bis es an der Aufmerksamkeit stand. Er senkte den Kopf einen Kuss auf ihre Nippel zu pflanzen, bevor Sie es in den Mund. Meg stöhnte leicht, da die Hitze der Lust in ihr in Flammen.

Wenn er den Kopf hob, zog sie ihn und seine Lippen mit den Ihren erfasst. Ihre Zungen tanzten. Chaz küsste seinen Weg nach unten ihre Brust, dann ihren Bauch. Seine Hände ergriff ihre Schenkel, während sein Kopf zwischen ihren Beinen verschwand. Megan keuchte, als seine Zunge in Kontakt mit ihrem Kern.

Meg hob ihr Bein und schleuderte über seine Hüfte, sich ihm zu öffnen. "Oh Gott, Chaz!" ihre Augen geschlossen, wie ihr Wunsch aus Steuerung heraus gesponnen.

Plötzlich wurde sein Mund auf ihre, ihr Verlangen. Sie schloss ihre Finger um seine Erektion, überrascht, wie hart er war. Sie schob und gegen seine Schultern, Pinning ihn wieder gegen das Bett vor dem Schließen ihre Lippen um ihn herum.

"Meg... Gott..." murmelte er.

Nach ein paar Augenblicken, er schob sie nach oben, Sie ziehen auf ihn. Sie montiert ihn, seine harte Erektion drücken Sie gegen Ihr bevor Sie in leicht. Abflachung ihre Hände auf seine Brust, sie pumpte ihre Hüften auf und ab auf ihn, erstellen einen Rhythmus. Einen intensiven Orgasmus durch Ihre Körper gerissen, Wärme senden bis hin zu den Fingerspitzen. Sie stöhnte laut auf.

Chaz drückte sie an seine Brust vor ihr umklappen. Er ragte über sie, sich zwischen die Beine und die Knie in Richtung Brust. "Gott, ich will dich", flüsterte er in ihr Haar. "Lass mich Dich lieben, kleinen Küken."

Sie legte ihre Palm auf seiner Wange und küsste ihn. "Es Tun", hauchte sie.

Chaz schlüpfte in ihr wieder, seine Finger greifen ihre Arme, Ihr konstant halten, während er in ihr bewegt. Ein Ansturm der Aufregung zerrissen durch Ihr Gebäude mit jedem Stoß. Ihre Finger berührten den feinen Glanz der Schweiß auf seiner Oberen zurück als sie an ihn klammerte, seinen Namen Stöhnen. Sie saugte an seiner Schulter dann seinen Hals geküsst. Weiche Klänge entrann ihrer Kehle als ihre Leidenschaft intensiviert, bis spiralförmig und up.

"Baby Baby Baby........." Chaz hauchte ihr ins Ohr.

Seine stetigen Rhythmus erhöht, da er in ihr schlug. Nicht länger, ihr Körper in Ekstase einmal mehr in die Luft zu halten, Muskeln ballte Sie wieder loslassen, reine Freude bis hinunter zu den Zehen. Ihre Finger auf seinen Schultern dann angezogen entspannt, als sie seinen Nacken liebkoste.

"Oh, Gott... Dunc."

"Meg... kleine Küken..." die Spannung in der Stimme erhöht. Die Dringlichkeit, das in seinem Körper machte ihn schneller bewegen. Er hob ihr Bein höher und Schub in Ihrer harten mehrmals. Er vergrub sein Gesicht in den Nacken und stöhnte ihren Namen. Sein Körper zitterte einmal aufgehört sich zu bewegen. Die Liebhaber lag still, einander zu schließen. Wenn keuchend auf regelmäßige Atmung verlangsamt, Chaz hob den Kopf, um einen Blick in die Augen. Meg fegte das Haar, das über seine Stirn auf die Seite gefallen war und lächelte, ihr Blick sein.

"Sie sind unglaublich", murmelte sie.

"Ich liebe sie... sie meine Inspiration." Er pflanzte einen zarten Kuss auf ihre Lippen.

Chaz rollte zur Seite und schaufelte Megan in seine Arme. Sie schloss die Augen, erhalten in dem Moment verloren, ein sicheres Gefühl, als Sie gegen ihn schmiegte.

"Haben wir heute zu gehen?" Meg die Hand lief seine Brust.

"Wir müssen nichts tun wollen Sie nicht heute zu tun. Es ist unser Tag zusammen. Ich habe zu gehen morgen wieder zu arbeiten, aber man kann mit mir kommen. Es könnte langweilig werden..."

Megan hob ihren Kopf an. "Wirklich? Ich kann kommen? Ich würde sehr gerne zu. Noch nie zuvor in einem Film vor."

Chaz grinste.

"Es ist nicht so aufregend, wie sie sich vorstellen, vertrauen Sie mir. Bringen Sie ein Buch. Jeder will sie zu treffen. Sie haben ärgert mich."

"Ist es sicher?" Meg, setzte sie sich auf.

"Niemand wird es in den Medien zu sprechen." Er schloss seine Finger über die Brust. Sie legte, graben wieder zu ihm. "Wir haben den Tag im Bett verbringen können, wenn Sie möchten." Eine sexy Grinsen auf seinem Gesicht spritzte, und seine dunklen Augen glitzerten mit Lust.

"Perfekt. Aber zuerst... Ich bin ein bischen Hunger."

"Deshalb Zimmerservice erfunden wurde."

Chaz erreicht über, gezupft, das Menü auf dem Nachttisch, und gab es ihr.

NACH DEM SCOPING SWIMMINGPOOL auf der Dachterrasse und finden es leer, Chaz und Megan baden. Sie spritzte und spielte wie Kinder, racing, um zu sehen, wer mehr Runden tun könnte. Meg gewonnen. Da Sie die Leiter in die Tiefe Ende klammerte, Chaz strich sich mit der Hand durch sein Haar und Meg wischte ihre Augen.

"Du bist ein super Schwimmer, "Chaz sagte zwischen Schlucken von Luft.

"Alle, die Sommer im Sleep-away Camp".

"Eine absolute Fisch."

"Du bist ziemlich gut. Wo haben Sie Schwimmen lernen?"

"Sommer Lager im Pinienwald. Mitglied des Cast mich gelehrt."

"Ein weibliches Mitglied, durch eine Chance?" Meg grinste.

"So?"

Meg hat sich aus dem Wasser und Weg drücken seine Schulter, ihn zwingen, unter Wasser. Er packte ihre Beine, ziehen Sie mit ihm und

WENN ICH DICH GELIEBT HABE 181

pflanzte einen schnellen Kuss auf ihre Lippen, bevor sie auftauchen. Sie waren nach Luft schnappen, wenn Sie kam. "Unterwasser küssen. Haben Sie erfahren, dass von ihr auch?" Meg zog eine Augenbraue hoch.

"Du bist eifersüchtig! Kann nicht glauben, dass du bist eifersüchtig an jemanden, den ich vor Jahren kannte."

"Ich bin normalerweise nicht neidisch... es ist nur... nur... Ich weiß es nicht." Sie wandte sich ab und Paddelten wieder auf die Leiter.

Chaz kam hinter ihr und Schlängelte einen Arm um ihre Taille. Er beugte sich über ihr ins Ohr zu flüstern. "Eifersüchtig weil du mir so viel Liebe?".

Emotion quollen oben in ihrer Brust, schließen ihre Kehle. Worte zu äußern, nicht in der Lage, sie nickte nur. Chaz zog sie näher und beugte ihren Nacken zu liebkosen. "Ich liebe dich, dass viel, zu. Möchten nicht über jemanden aus der Vergangenheit zu hören. Ich bin ein sehr eifersüchtiger Mann."

Wärme durchflutete ihren Körper, wie sie ihren Kopf gegen seine Schulter und schloss die Augen. *Wie weiss er immer was zu sagen?* Seine Finger streichelten die Haut bare von ihrem Bikini gelegt. Sie ergriff der Leiter und entspannt ihr Körper gegen ihn, bis eine kühle Entwurf ihre Aufmerksamkeit abgelenkt. Sie drehte sich um und sah die Tür weit geöffnet und hörte das Kichern und Kreischen der Kinder racing Innen und cannonballing in den Pool. Chaz und Megan zog sich die Leiter schnell, ihre Handtücher rucken nach oben und in Richtung der Tür.

Eines der älteren Kinder starrte angestrengt auf Chaz. "Schau! Es ist Grady Spencer!" Er wies und zwei der anderen Kinder zu gaffen. Megan gerupft ihre Kleidung bis vom Stuhl, wickelte das Handtuch um Sie herum und nahm die Chaz Hand. Sie sprintete für die Tür und der Aufzug entkommen, bevor die Kinder folgen konnte. Er überprüft, ob der Aufzug leer war, bevor Sie bestiegen. Meg erhielt einen Fall der kichert und lachten alle den Weg zu Ihrem Zimmer. Chaz warf seine

trockene Kleidung auf einem Stuhl und drehte sich in Richtung Bad.
"Heiße Dusche?"

Meg zitterte. "Klingt gut."

Er drehte sich auf dem Wasser und das Badezimmer Beschlagen schnell. Bevor Meg aus ihren Badeanzug schälen konnten, er zog sie in das große Marmorbad mit Duschkabine ausgestattet.

"Wärmen Sie zuerst."

Er erleichtert ihr Gegenüber das warme Wasser, und sie lächelte, als sie über ihren Körper floss.

"Erlauben Sie mir." Chaz begann ihr passen sich zu lösen, als das Wasser, sie liebkoste.

IN EINEM FLAUSCHIGEN weißen Frottee Bademantel gehüllt, Meg wanderte die kleine Terrasse. Ein auf der Tür alarmiert Chaz, es öffnete sich der Kellner mit ihren üppigen Mittagessen lassen Sie klopfen. Die Tabelle wurde die Terrasse mit Rädern, Chaz kippte der Mann, und sie waren allein noch einmal.

Meg zog den Kragen des Mantels um ihr Kinn und grinste. Chaz hielt einen Stuhl für Sie. Sie erleichtert in es würdevoll, wie er die Kuppel hob die Platte einen schönen frischen jumbo Shrimps Salat zu offenbaren, garniert mit hart gekochten Eiern, Artischockenherzen, baby Mais und andere Finger Gemüse.

"Jetzt meine anderen Appetit zu füttern." Seine Augen funkelten als er schoß ein zärtlich grinste sie an.

"Dieser Tag könnte nicht besser sein, wenn Sie es so geplant."

"Kostet mich ein Vermögen zu erhalten Sie gefeuert und Stock der Lobby mit feindlichen Reporter, aber es hat sich gelohnt zu haben, die Sie hier mit mir gefangen, in meinem Bett, die Dusche... der Pool." Seine Lippen ein Lächeln nicht verbergen und Megan lachte laut.

"Sehr witzig", tadelte ihn, hob ein kleines Korn mit Ihren Fingern.

"Ich habe noch nie so viel Spaß gehabt haben, das Beste aus einer schlechten Situation. Meg... du bist so... Spiel für alles Schöne. Ein echter Survivor".

"Sie sind der Überlebende. Nach all dem, was Sie durch...".

"Das ist alles, was in der Vergangenheit jetzt." Er erstochen eine Garnele mit seiner Gabel.

"Was sind eure Träume, Dunc?"

"Meine Träume? Auf Broadway Erscheinen und Liebe zu finden... jetzt habe ich beide."

Megan, den Blick auf ihren Teller fallengelassen. Sie durchgelesen das Essen dort, bevor sie eine französische Rolle aus der Kornkammer, zerreißen Sie es in der Mitte, und Zustimmen.

"Du meinst mich?" Aber sie hatte nicht den Mut, ihn zu Gesicht.

"Natürlich kannst du. Wer noch?"

Sie nahm einen Bissen Brot und Butter, dankbar etwas den Mund zu besetzen zu haben, also sie war nicht zu sprechen. Ihr Blick erhob sich, und sie sah die Liebe in seinen dunklen Augen scheint.

"Was ist Dein Traum?" Er einem Französischen roll nahm, brach auseinander.

"Muss ich haben nur ein?"

"Beginnen Sie mit einer."

"Ich möchte mit nicht zu arbeiten - Gewinne ... anstelle von reiche Prominente."

"Dann, warum Sie tun, was Sie tun?" Er biss in eine Rolle.

"Dieses Angebot entlang kam, und es war so renommierten ... Und meine Mutter wurde schließlich beeindruckt mit etwas, das ich getan hatte. So nahm ich es. Aber ich habe noch nie dort gewesen."

"Wie würden Sie die Arbeit mit nicht-profitiert?" Er nahm ein Forkful von krautsalat in seinen Mund.

"Ich finanzielle Planung tun würde, Investitionen für kleine, gemeinnützige Unternehmen und vielleicht... Lehrer und Krankenschwestern... Menschen, die gute Dinge tun, aber nicht viel Geld haben. Sie sind die Menschen, die wirklich Hilfe brauchen. Sie sind diejenigen, die etwas für ihre Altersvorsorge zu setzen, erfahren Sie, wie Sie Geld zu verwalten, und so weiter."

"Ist das Ihr nur träumen?"

Meg fidgeted mit ihre Serviette, erste Abwischen ihre Lippen in einer delikaten Weise wieder Verstauen in ihren Schoß, dann glätten das Besteck. Chaz erreicht über und Stillten ihre Hände mit seinem.

"Okay, erzählen Sie mir von den anderen Traum verstecken Sie sich."

Sie setzte sich zurück und traf seine starren. Chaz entfernt seine Hand und nahm sich ein Stück Brot.

"Ich bin es nicht verstecken... aber muss ich alles zu enthüllen?" Sie Erstochen eine Garnele und eine Artischocke Herzen mit Ihrer Gabel.

"Ich habe. Jetzt können." Er wieder in seinem Sessel räkelte, träge Kauen auf die Französische Brot, seine Augen nie verlassen Ihre.

"Wie bei den meisten Frauen, ich denke, ich möchte heiraten... Sie haben eine Familie..."

"Wie viele Kinder?" Er das Brot, das er kauen wurde geschluckt.

"Zwei, denke ich." Megan ihre Gabel balanciert, Balancing ein Stück hartgekochtes Ei in der Luft.

"Perfekt! Ich auch... Ich meine, zwei Kinder. Ich wollte schon immer ein Teil der Familie werden. Die Wiedergabe der Papa arbeitet für mich. Sie erhalten es recht?" Er lachte nervös.

Meg lächelte ihn an. Er legte seine Hand auf ihre und sie schlang ihre Finger um seine Daumen. Sie entfernt sich ihre Hände und weiter in Ruhe zu essen. Meg konzentrierte sich auf ihr Essen, stehlen ein Blick auf Chaz von Zeit zu Zeit. Sie erwartete ihn, nachdem alle Reden über Ehe und Kinder nervös zu schauen, aber er schien, zu beruhigen. Ein Lächeln zierte seine wunderschöne Lippen, als sein Blick traf ihn. Ihr Puls beschleunigt. Sie fühlte ihr Herz schlagen. *Oh Gott, es ist wirklich Liebe... was soll ich jetzt tun?*

"Bereit zum Nachtisch?" Chaz Stimme brach in ihren Gedanken.

Megan nickte.

Er hob den zweiten silbernen Kuppel zwei Gerichte der perfekte Strawberry Shortcake zu offenbaren, mit echten Kekse gemacht und - nach einem kurzen Geschmack Test von Chaz - echte Sahne. Sie schnappte nach Luft.

"Wir haben einige dieser Sahne für das Schlafzimmer speichern sollte."

"Heute morgen zweimal... dann die Dusche... Du bist nicht... Nicht... satt?" Sie ihre Gabel angehoben.

"Ich bezweifle, dass ich jemals satt werden, solange Sie um." Wunsch, in die schwarze Pools von seine Augen funkelten, und Meg lächelte seinen Blick auf die V bewegen in ihrem Gewand zu sehen. Es hatte etwas geöffnet, ihn mit einem neckischen Blick auf ihre Brüste. Die Wärme seiner Stare verbrannte eine Spur von Wärme auf der Haut, als ob seine Hand nach unten gleiten waren ihre Brust. Sie nahm einen großen Bissen der Shortcake vor der Chaz Telefon klingelte. Er wischte seine Lippen und antwortete es. Nach ein paar Minuten, legte er das Telefon ab und drehte sich zu ihr um.

"Pressekonferenz ist für den Tag nach Morgen, in der Club Lounge, hier."

"Das ist der Tag, an dem ich gehe aus."

"Ich weiß. Wir haben noch einige Zeit danach links."

Ihr Grinsen drehte sich zu einem Stirnrunzeln, als sie über die Pressekonferenz.

"Mach dir keine Sorgen. Es ist fein. Wir die Wahrheit sagen, was schief gehen kann?"

Chaz glitt seine Hand über ihn und grinste. Noch, Spannung roiled in der Grube von Ihrem Magen.

Kapitel Vierzehn

Meg schleppte sie sich aus dem Bett, um vier Uhr Chaz ins Studio zu begleiten. Er war dort wegen bei fünf, und sie hatte geschworen, entlang zu gehen. Gähnen in der Limousine, Meg sah mit Widerwillen an Ihrem ei Sandwich. *Zu früh für Lebensmittel. Mir Kaffee geben.*

Chaz schien ihre Gedanken zu lesen. "Es gibt mehr Kaffee auf dem Set, kleine Küken."

"Gott sei Dank. Ich fühle mich wie ein Gallone benötigen."

Sie zogen bis um viertel vor fünf und Chaz nahm ihre Hand, ihre Führung durch das Studio und in Make-up. Sie klemmt an seiner Seite, bis er zu schießen. Dann fand sie einen leeren Stuhl und setzte ihn Ruhig zu beobachten.

Jeder hat so schön gewesen. Sie mögen Chaz ... oder sind an faking it gut. Ich schätze, er ist wichtig, weil er für den Großen Stern.

Die Ehrerbietung, die er von den meisten gegossen und der Respekt von der Direktor beeindruckt Megan empfangen. Chaz scherzte mit Kameramann, war eine Szene, dann wieder und wieder keine Beschwerde. *Er ist so professionell! Nicht wie die goofy Kerl Plantschen im Pool mit mir.*

Die Suche nach sich Selbst fasziniert beobachten Chaz in Aktion, legte sie ihr Buch beiseite und saß ruhig, von allen, die um sie herum war wie hypnotisiert. Das Schießen beendet um acht Uhr und danach, ein erschöpfter Chaz ihr in der Limousine. Sie teilten ein Kuss, bevor Megan sprach. "Ich war begeistert, das Sie gerade auf dem Satz, aber ich habe eine Million Fragen".

Chaz geöffnet, die Bar in der großen Auto und Gossen einen Wodka und Stärkungsmittel.
"Lassen Sie uns zuerst etwas trinken. Möchten?"
Sie nickte und er reichte ihr das erste Getränk vor dem Gießen eine zweite für sich.
"Können wir die Fragen für die Morgen speichern? Ich bin schlagen."
"Natürlich.
Zurück im Hotel, sie zog sich direkt nach dem Abendessen, Zimmerservice. Megan nahm aus ihrer Kleidung und ging zum Bett neben Chaz. Er griff nach ihr und zog sie in der Nähe. Seine Hand wanderte hinunter zurück zu streichen Sie hinter uns.
"Bist du nicht müde? Ich bin ausgelöscht." Megan Erschöpfung gekämpft.
"Ich bin müde. Haben vier auch morgen." Trotz seiner Worte, er fuhr fort zu streicheln Ihr zurück.
"Vielleicht gehen wir heute Abend?" überspringen
"Du bist Morgen ab... weiß nicht, wann ich sie wieder zu sehen."
"Sie zurück in New York im nächsten Monat werden sie Recht?" Megan ihre Hand auf seiner Hüfte ruhte.
Chaz nickte. "Sollte bis Ende August... vier Wochen oder so zu verpacken."
"Wir können."
Chaz küsste sie, dann küsste sie wieder mit mehr Leidenschaft. Ein kleines Feuer im Inneren der Meg. Sie presste ihre Brüste gegen seine Brust.
"Wenn du das tust, werde ich eine zweite Wind", flüsterte er.
Chaz manövrierte sich näher zu ihr, ihre Hüften bündig gegen einander. Meg konnte seine wachsende Sehnsucht fühlen und es drehte sie auf. Er senkte seine Hand, und die Hüfte nach unten schieben bis er ihr Zentrum erreicht. Seine Finger streichelte ihr, auf der Suche nach ihrer empfindlichsten Stelle und es zu finden.

"Oh mein Gott, Chaz." Megan schluckte und schloss die Augen.

"Vielleicht sollten wir warten..." neckte er, seine Hand zurückzieht.

"Willst du es wagen, jetzt stoppen!" Sie ihre Hände auf seine Schultern gelegt und zog ihn näher an sich.

Er küsste seinen Weg nach unten. Öffnen ihre Beine, er senkte den Kopf.

"Immer noch zu müde?" seine Zunge an ihrem Zentrum Schnippte.

"Machst du Witze?"

Er lachte und küsste ihren Hals, und schwang in den höchsten Gang.

AM NÄCHSTEN TAG WAR ähnlich der vor, außer Sie früh verlassen für die Pressekonferenz waren. Megan wieder fand sich von der Kunst und Technologie bei der Herstellung eines Films beteiligt sind fasziniert und genossen die angenehme Atmosphäre am Set. An zwei Dreißig, sie angehäuft in der Limo und auf den Weg zum Hotel.

"Du bist nicht nervös, sind Sie?", wandte Er sich ihr zu Gesicht, seine Handfläche ruht auf Ihre Oberschenkel.

"Ein wenig. Vielleicht... Viel." Meg kaute auf einem Fingernagel. "Ich habe noch nie eine Pressekonferenz gemacht habe. Ich weiß nicht was ich sagen soll."

"Mach dir keine Sorgen. Sie werden Ihnen mit Fragen pelt. Alles, was Sie zu tun haben, ist sie ehrlich antworten."

"Wenn es so einfach ist, warum haben so viele Menschen in die wie Serienmörder von Reportern gefangen?"

Sein Lachen war mirthless. "Sie sind zäh. Aber du bist unschuldig und intelligenter als Sie sind. Lassen Sie sich nicht rattern".

"Ich wünschte, ich verschwinden kann. Ich bin nicht gut in so was...... limelight Sache." Ihre Stirn runzelte.

WENN ICH DICH GELIEBT HABE 189

"Mach dir keine Sorgen, kleine Küken, sind Sie nicht allein. Ich habe es mit euch sein werde." Er nahm ihre Hand und drückte sie.

"Gott sei Dank".

"Sie werden nicht alles falsch gemacht haben. Nach diesem, ich werde dieser Idiot, Harvey Dillon".

Meg legte ihre Hand auf seinen Arm. "Nicht anrufen".

"Ich brauche dieses heraus zu begradigen. Ich kann ihn nicht denken, du bist ein Dieb, wenn Sie nicht."

Sie saß wieder in der Stille. *Er hat Recht. Harvey hat zu wissen, ich wusste nicht, dass das Geld stehlen. Aber ich möchte nicht, dass die Job zurück. Er seinen Job nehmen können und es schieben.* " Sie haben recht. Muss meinen Namen zu löschen. Aber ich möchte nicht, dass die Job zurück."

"Ich Chef, die glauben, ohne mit ihnen zu reden... scumbag ist das Wort, das mir in den Sinn kommt."

Er sagte, daß es mit einer solchen geraden Gesicht, Megan lachte. "Das ist perfekt, Chaz."

Sie gingen in das Hotel, und Megan's Puls trat herauf. Der Manager winkte ihnen zu einem leeren Aufzug, und sie ritten die beiden Flüge bis in die Club Lounge. Allie ihn am Aufzug begrüßt. Chaz führte sie in Megan. "Sie sind alle bereit. Hoffe sie sind. Gerade haben Sie Ihre Karriere nicht unter den Bus für Liebe, okay, Chaz?"

Er lächelte sie an und gehen von Megan's Hand lassen. Wenn Sie ihn in das Zimmer gefolgt, ein Dutzend Journalisten und Kameraleute swarmed Ihnen gegenüber. Megan's Herzfrequenz erhöht. Schweiß auf ihre Handflächen und ihrer Oberlippe gebildet.

"Hey Chaz... "Barney Collier von *Associated Press* winkte.

Chaz winkte zurück.

"Sie können dieses Namens. Was ist los?"

Chaz hob die Hand. "Dies ist Megan Davis, meine finanziellen Berater. Vor kurzem hat sie beschuldigt, Diebstahl von Geld von meinem

Konto bei Dillon & Unkraut. Nichts könnte weiter von der Wahrheit entfernt sein."

"Oh?"

"Ja, Barney. Das Geld, fünfundzwanzig tausend Dollar, war ein Geschenk. Ich gab das Geld, Megan".

"Wirklich? Wozu?" Der Reporter von *Celebs R Uns* sprach.

"Megan hat mir einen großen Gefallen... hat mir geholfen, mich für ein Vorsingen... und..." vorbereiten

"Sie wollen uns glauben machen, dass Sie diese Küken gab Fünfundzwanzig groß für das Helfen sie mit einem Vorsingen? Was ein Topf von Mist. Auf, Chaz, können Sie besser."

"Es ist die Wahrheit..."

"Oh, ich bin sicher, es war ein *Geschenk, aber* für eine andere Art von Gunst... sexuelle Gunst, vielleicht?"

"Wer sind Sie?" Chaz in einem wütenden Ton gefordert.

"Tom Beale, *Celebs R Us* ".

"Ja, schauen Sie an. Sie ist heiß." Ein anderer Reporter meldete sich.

Ein Fotograf machte ein paar Bilder von einem entsetzt Megan neben Chaz.

"Das ist eine komplette Lüge! Ich habe noch nie bezahlt ihr für sexuelle Gefälligkeiten..." Chaz ziemlich schrie.

"Wollen sie leugnen sie mit ihr schlafen?" Tom seine Befragung fortgesetzt.

"Mein Privatleben geht dich nichts an..."

"Damit du mit ihr schlafen. Hast du sie bezahlen?"

Chaz brannte seine kühle und nahm ein Schwingen an der Reporter. Ein entsetzt Allie trat ein und ergriff seinen Arm, als er Es Eingeschwenkt andere Schoß zu nehmen. Tom Beale, ein Taschentuch Schlagsahne und hielt es an seine blutende Nase.

"Sie werden von meinem Anwalt hören."

Der schnelle Klick von Kameras und Knallen der Blitze war genug, um blinde Megan. Ihr Mund hing öffnen, und sie sah sich um nach einem Ort zu laufen.

Ein Reporter meldete sich, "Wir können nicht von dem Mädchen..." gehört haben

"Das Harvard Hure, "Tom Beale spuckte, Dumpfen durch das Taschentuch.

Die offensive Nickname riss Megan aus ihrer Trance, "Warten... was Chaz sagte, wahr ist. Ich spielte Klavier..."

"Ich wette, Sie haben, Honig. Wusste genau, welche Tasten zu berühren, nicht wahr?" Der Reporter kicherte.

"Du dreckiger bastard", knurrte Chaz, unter einer bedrohlichen Schritt in Richtung der Reporter.

Kämpfen Chaz zu unterwerfen, Allie zischte Megan, "Verschwinde von hier!".

"Warum *sind* Sie in Phoenix, Frau Davis? Nur geschehen zu sein, oder sind Sie mit Politur - kurz schütteln Chaz Duncan? Er zahlen Sie hier heraus zu kommen?"

"Natürlich nicht." Megan versteift.

"Antworten Sie nicht, Meg, "Chaz sagte, durch zusammengebissene Zähne.

"Das Harvard Hure... haben Flugzeug Fahrpreis, wird eh Reisen?" Tom Beale zerkratzt etwas in sein Notizbuch, während der Fotograf mit ihm riss Bilder so schnell wie er konnte.

"Der finanzielle Berater Wer liefert... alle den Weg nach Phoenix, "ein anderer Reporter scherzte.

Tränen gefangen in ihrer Kehle, und Ihre Hand flog ihren Mund zu decken. Die CHAZ Gesicht war fast violett mit Wut. Er schnappte sich seinen Arm weg von Allie, ergriff Megan's Hand und zog sie aus dem Zimmer hinter ihm. Die Reporter und Kameraleute folgten ihnen, als sie in den Fahrstuhl sprintete. Sobald Sie sicher in den kleinen Raum verborgen waren, Allie stand Guard, Warten auf die Türen zu schließen. Bevor es geschlossen, flüsterte sie, "Ich hoffe du bist glücklich. Ihre Karriere in der Toilette für ein Stück Arsch."

Wenn die Türen geschlossen, Meg in Tränen aufgelöst. Verbergen ihr Gesicht gegen den Aufzug an der Wand, Sie weinte leise.

"Es tut mir Leid. Ich hatte keine Ahnung, dass es im Begriff war, in eine...... Papierkorb Megan Sitzung zu degenerieren. Ich... ich... weiß nicht was ich sagen soll."

Meg richtete sich auf und wischte sich die Augen mit dem Rücken ihrer Hände. Sie drehte sich zu ihm um. Er ihre Haare geglättet und drückte einige Strähnen aus dem Gesicht, sie anspannen hinter die Ohren.

"Das Harvard Hure?" Sie mit zittriger Stimme wiederholt.

"Komm, kleine Küken, "Chaz winkte, und sie trat in seine Arme.

Wenn Sie die Augen geschlossen, sie Schlagzeilen am nächsten Tag und eine frische Tränen sah ihr Gesicht überschwemmt, Einweichen und sein Hemd. Megan geschmolzen in die Chaz Brust und schrie. Wenn der Aufzug Türen geöffnet, er führte sie durch den Flur zu seinem Zimmer. Einmal drinnen, sie beruhigt. Er sank in einen Stuhl, Sie ziehen auf seinen Schoß, Kuvertierung Sie in seine Arme. Sie erschauerte, als ein kleiner Seufzer über ihre Lippen.

"Hier warten." Chaz erleichtert ihr aus seinem Schoß und in den Stuhl, als er sein Handy gepeitscht. Er wählte eine Nummer und Meg nur halb zugehört, wie er für Harvey Dillon gebeten.

"Mr. Dillon, dies ist Chaz Duncan."

Chaz angehalten.

"Ich weiß alles darüber, Dillon, und Sie haben die Situation völlig falsch. Ja. Ja, das ist es, was ich gesagt habe. Nr. ... sehen, dann werden Sie hören Sie bitte! Rechts. Setzen Sie sich und lassen Sie mich Ihnen die Fakten nennen. Frau Davis hat eine persönliche Gnade für mich, eine, die mir half, Nagel ein Vorsingen und eine Hauptrolle am Broadway erwerben. Das ist richtig. So setzte ich mich mit Brielle und bat sie, das Geld zu transferieren. Ich wollte Frau Davis zu überraschen,

WENN ICH DICH GELIEBT HABE 193

sagen *Danke* mit einem monetären Geschenk. Was? Nein... Nein absolut nicht. Sie erhalten genaue Anweisungen. Das ist richtig. Was? Oh, ich verstehe."

Die Chaz Stimme dröhnte noch ein oder zwei Minuten, bevor er den Hörer auflegt. Meg sah auf, als er sich auf das Sofa setzte. Sie verband ihm. "Er umgekippt war, als er erkannte, dass Sie versehentlich abgefeuert. Er hofft, wenn er sich selbst erniedrigt Sie kommen wieder. In der Zwischenzeit hat er ein *Gespräch* mit Brielle zu haben. Ich würde nicht überrascht sein, wenn er ihr Feuer."

"Ich werde nie wieder dort hin gehen. Sie brachen mein Vertrauen... mich, ohne mich zu fragen, über die Sie abgefeuert. Wie kann ich es? Außer, ich hasste den Job. Außer für die Verwaltung Ihres Kontos und Mark... oh Gott!!! Mark! Schnelle, gib mir das Telefon. Ich habe, um ihn zu erreichen, bevor er die Schlagzeilen sieht, oder er wird gehen Bananen!"

Es nahm Megan ungefähr fünf Anrufe markieren zu lokalisieren. Er war in der Umkleide, nur mit Praxis beendet.

"Was ist los? Ein Notfall?"

"Art." Megan erklärte die Situation zu ihrem Zwillingsbruder, der am anderen Ende der Leitung vertauscht.

"Wenn Sie drucken, die Überschrift, ich werde Punch jemand heraus! Und wenn ich jemals sehen Chaz Duncan wieder...*Pow* !" Er den Klang einer Faust slapping Fleisch geworden.

"Warte, Mark. Es ist nicht seine Schuld."

"Nein? Dann wessen Schuld ist das? Sicher wie die Hölle nicht Ihr. Dass asswipe, der bewegt sich auf meine Schwester, ihr gefeuert... ihr Leben ruinieren. Niemand sonst ist Gonna mieten Sie nach dieser. Der Bastard. Warten Sie, bis ich meine Hand auf ihn."

Die Stimme von Mark's Coach, "Davis, erhalten über hier!".

"Ich muss los, sprizen. Sprechen sie später. Liebe dich." Mark aufgelegt.

"Er ist sauer, nicht wahr?"

Sie nickte.

"Sauer auf *mich*?"

"Er ist über sie verwechselt... Es ist nicht deine Schuld."

"Wirklich? Ich denke, daß es ist."

"Du hast versucht, Ihnen die Wahrheit zu sagen, aber Sie nicht hören. Sie wollte nicht wissen, dass sie unschuldig war. Sie sind auf der Suche nach Dreck... damit sie erstellt, in dem keine bestanden."

"Nach dieser Geschichte bricht, ole Harvey möglicherweise nicht so ängstlich, sie zurück zu nehmen."

"Gut. Ich will nicht zurück zu gehen."

"Was werden Sie tun?"

"Ich weiß es nicht. Vielleicht ist mein eigenes Büro öffnen, damit ich nicht mit SCUMBAGS wie Harvey Dillon immer wieder zu tun." Sie nahm einen tiefen Atemzug.

"Ich möchte zu helfen." Chaz glitt seinen Arm um sie.

"Sie meinen ersten Kunden werden können."

"Natürlich, aber wenn Sie benötigen Geld für Miete oder nichts..."

"Haben wir nicht in genügend Mühe mit Ihnen geben mir Geld?"

Meg legte ihre Hand auf seine Brust und weg geschoben. Die Chaz Kopf riss zurück, als ob er über dem Gesicht schlug. Er rückte von ihr weg und ließ seinen Arm an seine Seite.

"Oh Gott, Chaz, es tut mir leid, so leid. Ich wollte das nicht. Ihre Großzügigkeit ist...... fabelhaft. Ich liebe sie für Sie. Ich. Es ist nicht ihre Schuld Volk zu verstehen."

Tränen ihre Augen wieder getrübt und Chaz strich mit dem Daumen über die Unterlippe. Er küsste ihr Haar. "Mach dir keine Sorgen, kleine Küken. Wir werden diesen Sturm Wetter. Ich habe durch schlechter lebten."

Sie bestellten das Abendessen vom Zimmerservice und aßen auf der Terrasse wieder und starrte auf die funkelnden Lichter von Phoenix in der Nacht. "Wollen Sie einen weißen Lattenzaun mit Ihrem perfekten Ehemann und zwei Kindern?" Chaz grinste, als er seinen Kaffee trank zu gehen.

"Ich denke ich würde gerne in der Stadt zu bleiben, aber ein Landhaus für Wochenenden und im Sommer konnte nett sein."

"Ich verliebte mich in Pine Grove, wenn Quinn und ich spielte dort. Aber das war vor Jahren. Es könnte jetzt verändert haben."

"Was ist mit dir? Zwei Kinder für Sie ... und eine Frau?"

"Der ganze Traum. Ich möchte Sie alle. Ich möchte die perfekte Thanksgiving mit der größten die Türkei Geld kaufen kann, und der perfekte Weihnachten mit einem riesigen Baum. Ich liebe Ferien, und ich bin es leid, meine Nase drücken gegen das Glas das Leben anderer Menschen. Ich will meinen eigenen Urlaub mit meiner eigenen Familie. Ich möchte vermißt zu werden, zu Hause zu begrüßen. Ich bin müde, wieder auf ein leeres Haus... Niemand meine Elende oder ein gutes Lachen mit."

"Bereit für die Ehe?" Sie zog eine Augenbraue hoch.

"Vielleicht." Chaz schoß ein schüchternes Lächeln ihren Weg.

Er zog die Karre in die Halle, so dass Sie nicht gestört werden würde. Sie beschlossen, nicht die Liebe zu machen, da es spät war und Chaz hatten einen frühen Anruf. Meg war auf 8 Uhr Flug sowieso zu verlassen, so dass Sie einfach zusammen gekuschelt. Sie hatte einen unruhigen Nacht, Werfen und das Drehen, nicht in der Lage, die Sorgen des Tages hinter sich zu lassen. Bei einem Punkt, Sie erwachte aus einem Alptraum, gerade oben sitzen mit einem Keuchen. Chaz rollte über und setzte seine Handfläche auf den Rücken.

"Bist du okay?"

Sie nahm einen tiefen Atemzug. "Ich denke schon."

"Komm", befahl er und zog sie sanft in seine Arme.

Sobald er sie umhüllt, Sie entspannte sich gegen ihn, ihre Augen schließen. Sie hörte die sogar Rhythmus von seinem Herzschlag, während der geringe Wärme seines Atems ihre Wange kitzelte. Wie ein

Schlaflied oder einen Schaukelstuhl, seine Anwesenheit beruhigte sie und sie schlief innerhalb von Minuten.

Das Geschrei der Radiowecker weckte sie an vier am nächsten Morgen. Eine subtile Klopfen an der Tür die Ankunft ihrer Kaffee am Morgen gemeldet. Chaz rieb seine Stubbly Gesicht, Umschlungen ein Gewand um seinen langen Körper und ging zur Tür. Die *Phoenix Observer News* wurde gefaltet und auf den Warenkorb neben Kaffee und süße Brötchen. Er goß zwei Tassen und setzte sich wieder auf einen Stuhl am Tisch.

Mit einem flauschigen Bademantel, Megan verband ihn ein paar Minuten später. Er entfaltet die Zeitung und der Künste Sektion ausgeschaltet, biegen die Zeitungspapier zurück, so dass er nur die Künste Seite sehen konnte. Er sah es für einen Moment zu lächeln versucht, als sein Blick Meg's über den Tisch.

"Was? Was sagt sie?" Sie ihren Brauen stricken und starrte ihn an.

"Ihr Kaffee haben, nehmen Sie sich Zeit, entspannen Sie sich."

Meg stand auf und schnappte sich die Zeitung aus der Hand. Ihre Augen schnell gescannt die Seite bis sie es gefunden... es auf der ersten Seite war ein Bild von den beiden. Die Schlagzeile lesen "Finanzielle Beratung mit Nutzen."

Dann die Untertitel, Fett, "Harvard Honig Hütten mit Chaz für Liebe oder Geld?" Sie las die Überschrift laut, als sie langsam wieder in ihren Sitz sank.

Kapitel Fünfzehn

Meg saß steif aufrecht in der Limo neben Chaz. Er schob seine Hand über ihre und sie lächelte ihn schüchtern, aber nicht das Schweigen brechen. Er schaute aus dem Fenster in die Dunkelheit und die frühen, schwachen Streifen der Morgenröte. Die Ruhe wurde durch den Sound von "broken Wenn ich habe dich geliebt", die von der ursprünglichen Besetzung von *Karussell* von seinem Handy gesungen. Erschrocken, Meg sah zu ihm auf.

"Es war ein glücklicher Song für mich", erklärte er und hob sein Telefon. Er lesen Allie's Name auf dem Display, und lassen Sie ihn an die Voicemail weiter. *Ich weiß, was Sie sagen. Will nicht mit ihr zu sprechen.*

Das Telefon klingelte wieder und wieder. Schließlich gab es das *Ding* über eine eingehende SMS-Nachricht. Chaz versuchte zu widerstehen, es zu betrachten, aber Hoffnung gewonnen, die über Angst und er auf seinen Posteingang erschlossen.

Sah Papiere. U r wrecking ur Karriere. Ihr Loch.

Die Nachricht wurde von Allie. Er runzelte die Stirn, Wut sprudelte in seiner Brust. Bevor er die Meldung löschen könnte, Meg schnappte sich das Telefon aus der Hand. "Lass mich sehen."

"Nein, wirklich, es ist nichts. Es Geben." Chaz griff nach dem Telefon, aber Meg das Telefon der vor ihren Augen lange genug peitschte die kurze Nachricht Momente zu lesen, bevor er es aus ihrer Hand gezupft. Sie gab ein winziges Keuchen und Chaz sagte, "nicht auf sie hören. Ich habe nicht vor, das zu tun. Meine Karriere wird gut. Es ist nur eine sensationelle Schlagzeile heute. Es wird sterben."

"Ich will nicht, dass ihre Karriere... Sie so hart gearbeitet haben, zu ruinieren, so viel geopfert, um zu erhalten, wo Sie sind, Chaz..."

"Was ist mit "unc'?" Er nahm ihre Hand zwischen seine beiden.

"Ich habe ihn im Schlafzimmer." Ihre Augen funkelten, und für einen Moment die Hand seiner gegriffen wird.

Sie saß mit dem Rücken gegen die Ledersitze, die Schultern berühren und Hände verbunden, bis der Fahrer die letzte Kurve, so dass nur zwei Meilen vom Studio.

Wenn die Limousine wichste zu einem Anschlag vor dem Studio, Chaz drehte sich zu ihr und nahm sie in seine Arme.

"Es wird alles gut", flüsterte er.

Sie klammerte sich an ihn und er spürte einen kleinen Tremor schießen zurück. *Sie ist erschrocken und lassen es nicht zu. Verdammt.*

"Ich wünschte, ich könnte mit dir..., diese Sache zu Gesicht. Nicht zu den Reportern sprechen. Drehen Sie nur, was Sie sagen."

"Vielleicht sollten wir nicht jedes andere für eine Weile. Ich meine... Ich habe die Presse nicht wollen, um sie zu verletzen."

"Ich werde entscheiden, wen ich sehe, nicht mein Agent und nicht der Presse. Ich möchte mit euch zu sein, Meg Ich bin ... Wir sind... es ist gut... wir sind gut."

Sie nickte, aber er sah die Tränen in den Augen. "Nicht mehr Reisen nach Phoenix."

Chaz war still.

"Sie hier für Was... ein weiterer Monat sein werden?" Sie hob ihre Augenbrauen.

"Wahrscheinlich. Vielleicht weniger." Er legte die Wange.

"Also, für einen Monat... ich werde nicht zu Besuch kommen. Bis dieser stirbt nach unten."

"Wir haben uns am Telefon sprechen können und sie auf dem Computer mit der rechten?" Angst an die Möglichkeit des Verlierens ihrer sein Herz gefüllt.

"Richtig. Danach... Wer weiß." Sie versuchte zu lächeln, war aber nicht erfolgreich.

Er küsste sie und streichelte ihr Haar. Emotion in seiner Brust versammelt und würgte ihn. *Hatte noch nie Probleme beim Abschied von einem Küken vor.* Plötzlich seine Augen auch bewässert, so dass er verbarg sein Gesicht in ihrem Nacken. Ihre Arme drückte ihn fester, und er wusste, dass er sich nicht getäuscht hatte. *Warum lieben Sie fühlen sich so gut und so schlecht gleichzeitig?*

"Ich okay sein. Ich bin stark. Ich habe Mark und Pfennig... und Grady's warten auf mich."

"Grady? Oh, ja, das Porky kleinen Mops." Chaz lachte, seine lustigen Gesicht erinnern.

"Er ist nicht Porky. Er Verschlankung jetzt, dass ich Ihm jeden Tag lange Spaziergänge."

"Er ist niedlich... ich bin eifersüchtig. Er erhält, mit Sie jede Nacht schlafen."

Meg schlug seinen Arm leicht an und grinste.

"Ich bin froh, Sie haben ihn für Unternehmen", Chaz sagte, ihr Haar glätten mit seiner Hand.

"Mark's im Training und die Saison beginnt bald, so dass ich nicht zu sehen sein wird."

"Du wirst einsam sein. Mich jeden Tag anrufen. Fallen Sie nicht in der Liebe mit jemand anderes...?" Seine Augenbrauen gestrickt.

Ihre Augen wurden groß, und ein aus der Ecke von einem Auge gerutscht.

"Wie könnte ich? Ich bin in der Liebe mit dir".

Sie erreichte, seine Haare, seine Stirn und aus den Augen.

"Wir haben bald wieder, kleine Küken", sagte er, als der Chauffeur das Auto Tür geöffnet.

Ihre Hände für eine letzte Berührung als er langsam das Auto verlassen. Wenn er hinter für ein letzter Blick blickte, sah er Meg zusehen, wie er ins Studio ging. Er blieb stehen und winken Sie an. Eine schwere in seinem Herzen ausgeglichen, als er sich, nach Innen zu gehen.

NIEMAND SAGTE ETWAS zu ihm über die Schlagzeilen. *Sie haben vermutlich das Papier noch nicht gesehen. Es ist schließlich nur fünf Uhr.* Er begann seine Routine in Make-up, ließ dann seinen Linien und erhielt bereit, seine Szenen zu schießen. Froh, Arbeit als Ablenkung zu haben, fand er seine Konzentration und tat, was er es zu tun.

In der Mittagspause, sah er einen gelegentlichen Blick oder Sidelong Blick von einem anderen Schauspieler oder einen Kameramann. *Wort ist heraus. Scheiße.* Die Blicke, die er erhielt, waren sympathisch und nicht wertend wie so viele andere es auch in Furcht, ihre Privatsphäre gelebt, die von den Medien erobert.

Nach dem Befüllen eine Platte aus dem Buffet, zog er sich in eine Ecke, indem er sich zu essen und sein Telefon prüfen. Es wurde mit Nachrichten geladen. Es waren sieben von Allie, zwei von Quinn, zwei von Bobby, und eins von Meg.

Wissen Meg war im Flugzeug, die möglicherweise nicht in der Lage, auf Ihrem Telefon zu sprechen, rief er Quinn. "Sah die Schlagzeilen, Kumpel. Wie sie Doin?"

"Life sucks". Chaz nahm einen Bissen von seinem Sandwich.

"Was ist geschehen?"

"Ich dachte, dass ich die Wahrheit sagen konnte, aber die Presse verdreht es Meg wie ein Call Girl".

"Ja, das ist der Eindruck, den ich bekam. Zu schlecht. Sie scheint sehr nett. Ich war im Begriff, Sie schließlich Kommissionierung ein Gewinner zu gratulieren."

"Ja, und Sie gehört mir. So Hände... und alles andere... aus. Sie erzählte mir, sie ging mit ihr." Er hob seine Koks und setzte sich wieder.

"Kaffee, Mann. Nur Kaffee. Überprüfen Sie heraus. Sicherstellen wollte, sie war nicht für eine Fahrt."

"Und?"

"Sie ist der Real Deal."

"Ich weiß." Er biss sie ein Stück Gurke.

"Sind Sie wieder nach New York?"

"Planung." Chaz nahm ein Forkful von Kartoffelsalat. "Ich werde auf die Lage in Südafrika in zwei Wochen. Sie haben die Schlüssel bekam. Sehen Sie es im Oktober, eh?"

"Ja."

Chaz hing den Telefon- und beendete seine Sandwich. Die Belastungen des *Wenn ich liebte Sie* seine Aufmerksamkeit erregte, und er sah einen weiteren Anruf von Allie. Er seufzte, bevor Sie antworten.

"Ich habe versucht, Sie zu erreichen..."

"Ich bin heute schießen, erinnern Sie sich?" Er versuchte es zu verbergen, aber ein Hinweis der verärgerten Ungeduld sickerte durch.

"Wollen Sie eine Pause? Nie verstand. Haben Sie entleert, dass ... dass ... Störenfried?"

"Sie ist nicht ein Störenfried. Ich bezahle Sie meine Karriere, nicht mein privates Leben." Seine Stimme erhob sich.

"Du bist nicht gehen zu müssen, eine Karriere Links, wenn Sie mit Ihrem Aufenthalt. Ich hoffe, das Broadway Produzenten nicht sehen, dass die Schlagzeile."

"Warum?" Er beruhigt.

"Weil diese Art von Skandal kann tank Ticketverkauf... Sie sie fallen könnte."

"Wo ist der Vertrag?" Er gegen die Rückseite des Sessel stürzte.

"Äh... ich wollte nicht zu Ende gehen. Ich werde es euch heute Abend."

"Allie! Worauf warten Sie noch?" Chaz verschraubt aufrecht in seinem Stuhl.

"Hey, mach mich nicht an zu schreien! Es gibt eine Klausel, in der es über Verhalten und schlechte Presse sowieso."

"Und das bedeutet?" Seine Augen weiter geöffnet.

"Das heißt das Sie kippen können, ersetzen Sie sie. So würden Sie besser weg von diesem Küken bleiben, Chaz, wenn Sie wollen, den Broadway."

"Sie haben mir ein. Ich muss gehen", log er.

Chaz hing den Telefon und kippte das Letzte seiner Cola. *Vielleicht Meg hatte Recht. Vielleicht, dass wir das besser Cool It ... für eine kleine Weile.* Der Gedanke von ihr nicht sehen oder sprechen mit ihrem Schmerz durch sein Herz gesendet. *Broadway... Muss ich ... Meg oder Broadway wählen? Gott, ich hoffe nicht.*

Er saß in Gedanken verloren und nicht hören Sie seinen Namen rief. Der Direktor kam auf ihn zu und stieß ihn in die Schulter. "Dunc, wir sind bereit. Sie gibt?"

"Huh?"

Erschrocken, sah er auf und lächelte Marly Griffin, der Regisseur, und stand auf. "Sicher, Marly. Bereit zu gehen."

Er sammelte seine Platte, leere Soda, Serviette und warf sie in den Papierkorb in der Nähe. Marly seinen Arm um die Schultern Chaz, wie Sie wieder auf die eingestellte ging.

"Ich erhielt einen verzweifelten Anruf von Allie heute Morgen..."

Seine Worte gestoppt Chaz in seinen Tracks. Marly sah Chaz Square in die Augen und fuhr fort: "Ja, sagte sie etwas, das sie ihr Leben ruinieren. Du bist alt genug, um den Unterschied zwischen einem Küken und Ihre Karriere, Dunc zu kennen. Wir haben zwei weitere *Westlich der Sonne* Skripte in Revisionen... Liebe würde sie als Grady Spencer... zu halten wissen, was ich meine?"

"Machen Sie sich keine Sorgen um mich, Marly. Ich werde da sein."

Marly Chaz freigegeben, wobei die Kameramann zu sprechen, während Chaz seinen Platz gefunden. *Meg. ... Meg... was soll ich tun? Ich liebe dich, aber... Es ist eine Menge Druck.* Chaz überprüft die Nachricht von Meg.

Hi. Flugzeug landete und ich bin auf meinem Weg nach Hause. Vermissen Sie bereits. Das wird schwieriger, als ich dachte. Zumindest ich werde Grady haben. Aber Sie haben eine ganze Reihe voller Menschen. Bitte nicht für einen sexy Schauspielerin fallen. Ich liebe Dich, ich muss los, überschrift in den Midtown Tunnel.

Die Spannung aus den Schultern wie ein Lächeln über sein Gesicht schlich abgelassen. *Meg... Liebe Dich auch, kleine Küken. Liebe dich auch.*

EINE WOCHE SPÄTER, Erschöpfung verlangsamt Chaz nach unten. Lange Arbeitszeiten und Stress nagte an ihm. Er hat jeden Tag einen Anruf oder SMS von Allie, drängt ihn zu Meg geben. Jede Nacht rief er seine kleine Küken, die kaum in der Lage gute Nacht, bevor sie ins Bett zu sagen. Er hat nicht aufholen mit Bobby, weil ihre Zeitpläne nicht eingriff. Er wollte seinen alten Freund zu erklären, was passiert ist, aber er wusste, dass in seinem Herzen Bobby verstanden. *Danke Gott für Bobby und Quinn.*

Der Druck auf die erhöht, wie der Film bedroht über Budget zu gehen. Von Anlagenausfällen und kranken Akteure verursacht ungeplante Aufnahmen zu Verzögerungen, so dass die Erzeuger im hektischen und der Direktor testy. Chaz kämpfte seinen Fokus und die Konzentration auf den Film zu halten. Die angenehme Atmosphäre ausgetrocknet, durch Spannung und Ungeduld ersetzt. Chaz verbrachte seine Mittagspause seine Zeilen wiederholt ausführen und Ausweichen Allie's Anrufe.

Cast und Crew Mitglieder, die freundlich zu ihm zuvor gewesen war, und wandte ihre Aufmerksamkeit auf Ihre eigenen Jobs. Scherz, Spott und Spaß gab zu Snipen und jammern. Wieder einmal, Chaz isoliert sich von den anderen ab. *Dies ist Arbeit und diese Leute sind nicht meine Freunde.* Nach dem Zeitungsartikel, mehrere Schauspielerinnen der zeigte, hatte ein Interesse an Chaz aus gesichert. Er war erleichtert, aber gleichzeitig verärgert, obwohl er hatte kein Interesse an ihnen.

Eine Nacht nach sich zurück ziehen in das Hotel, er zog sich aus und ging zum Bett. Zu müde, um zu reden, er erreicht, dass die Lampe auf dem Nachttisch, als sein Telefon klingelte. Das Lied liess ihn lächeln, als er erinnerte Singen mit Meg. Vorausgesetzt, es war Ihr, antwortete er ohne zu überprüfen.

"Hallo, kleine Küken", murmelte er.

"Kleine Küken? Es ist Allie. Wer waren sie erwarten?"

Chaz schloss die Augen und versank in seinem Kissen. "Allie, ich bin zu müde, heute Abend bei Ihnen zu kämpfen."

"Ich habe sie für Tage zu erreichen." Er ist die Verzweiflung in der Stimme hören konnte, und es war ihm egal.

"Ich will nicht über Meg." zu sprechen

"Nur dann hören." Ihr Ton kalt, was ihn seine Augen öffnen und oben sitzen.

"Ich höre."

"Sie Broadway verloren."

"Was?" Er aufrecht geschraubt, und seine Augen öffnen.

"Das ist richtig. Ich habe versucht, sie zu sagen, die ganze Woche... aber Sie würden nicht den Telefonhörer in die Hand nehmen." Ihre selbstgefälligen Haltung machte ihn zu ihrem schlagen möchten.

"Ich verloren habe, Broadway... Was bedeutet das?"

"Es bedeutet, dass Sie, die sie ersetzt haben. Zu viel Skandal. Die Produzenten zog den Stecker".

"Oh mein Gott." Chaz zog seine Knie und seine Stirn Es ruhte.

"Das Recht ist, Honig. Sie gehandelt Ihr Traum für ein paar Nächte mit... was hast Du sie denn? Oh, ja, "kleine Küken." hoffe es hat sich gelohnt. Hoffe du bist glücklich." Die Leitung war tot.

Chaz rieb sich mit der Hand über sein Gesicht, dann warf ein Kissen gegen die Wand. *Scheiße! Was habe ich getan?* Er nahm das Telefon und rief Bobby.

"Hey, was ist der Mensch?".

Er erklärte, was passiert, während Blinken wieder Tränen.

"Sie Broadway für das Küken gehandelt? Toughe, Dunc. Haltbar. Aber ich kenne Dich. Dies ist der erste wichtige Küken in Ihrem Leben. Dies ist nicht die letzte Chance, am Broadway, ist das?"

"Weiß nicht. Vielleicht, vielleicht auch nicht."

"Die Hölle, ein neuer Agent erhalten. Dass Allie's eine Hündin. Sie graben diese Küken, nicht wahr?"

"Ja."

"Sie ist besonders?"

"Ja, und?"

"So einen neuen Agenten zu erhalten, suchen Sie sich ein anderes Broadway Show, und die Küken halten. Durch die Art und Weise, in der Hoffnung, dass andere zeigen auf seinem Esel grosse Zeit fällt. Ich muss los, Baby's Cryin'. Hang tough, Dunc."

Bobby hing das Telefon. Chaz saß zurück und dachte darüber nach was Bobby für einen Augenblick sagte. Auch Wunde bis jetzt schlafen, stand er auf und zogen in die Küchenzeile für ein Glas Wasser. Dann warf er auf eine Robe auf der Terrasse zu sitzen, starrte auf die Leds blinken, bis das Telefon wieder klingelte. *Allie, wieder Salz in die Wunde ein weiteres Mal zu reiben?* Antwortete er barsch, "Salz in die Wunden, Allie?"

"Chaz?" Meg's Stimme unsicher war.

"Meg! Oh, Meg, es tut mir so Leid. Ich dachte, du Allie waren."

"Was Salz in Wunden?"

Er war still.

"Was ist geschehen? Etwas passiert ist. Ich kann es spüren."

"Ich Broadway." Seine Stimme war kaum mehr als ein Flüstern verloren.

"Was?"

"Ich habe ersetzt worden. Ich bin nicht tun Broadway." Er räusperte sich.

Jetzt war es Meg's Drehen, still zu sein.

"Meg? Meg, sind Sie es?"

Ihre Stimme über das Telefon. "Ich bin hier. Es tut mir Leid...so Leid. Sie verloren ihren Traum... es ist meine Schuld."

"Es ist niemand Schuld." Er knirschte mit den Zähnen.

"Ich aus ihrem Leben... Sollte Ich bin ruiniert."

"Nein!" Seine fisted seine Hand und schlug es auf den kleinen Tisch.

"Ich bin, wir sind... Das funktioniert nicht."

"Es ist für mich. Ich liebe dich." *Ich kann Ihnen nicht verlieren.*

"Noch immer? Nach all diesem?"

"Shit happens in diesem Geschäft. Sie wissen nicht, wie viele Teile Ich habe nicht vor *der Sonne* entlang kam. Sie erhalten... Das ist vielleicht übertrieben, aber jeder schmerzt ein wenig weniger..."

"Aber das war ihr Traum... ein Broadway Musical... Und jetzt ist es wegen mir gegangen."

"Hey, ich habe diese Dummheit mit meiner Überraschung ... ich keine Idee hatte. Das ist nicht die einzige Broadway Teil für den Rest meines Lebens. Neben, niemand sagt mir, wer zu lieben... Wer mit."

Stille begrüßte ihn.

"Es wäre in Ordnung, wenn ein Bruch von uns zu nehmen... nur bis zu diesem Wahnsinn stirbt ab." Er hob den Hinweis von Traurigkeit in ihrer Stimme.

Mehr Stille. Chaz wussten nicht, was sie sagen. Schließlich, antwortete er: "Ich bin hier für weitere drei Wochen sowieso. Es sollte über die dann sein."

WENN ICH DICH GELIEBT HABE 207

"Deal. Öffner für drei Wochen."

"Nur um zu sehen wie wir ... ohne jeden anderen tun?", fragte er.

"Richtig. Gut. Okay. Ab jetzt. Gute Nacht, Chaz..." Ihre Stimme zitterte.

"Gute Nacht, kleine Küken..." Bevor er könnte sagen, dass er sie liebte, sie hing das Telefon. Er seufzte, Zweifel seinen Verstand. Obwohl sein Körper müde war, war sein Geist hellwach. Er zog einen Liegestuhl auf der Terrasse, ergriff eine Fleece Decke und starrte in die Nacht gesessen.

Ich liebe Meg, aber ich liebe zu handeln. Es ist mein Leben. Verdammt, ich will beides. Er war hin und her gerissen, einen mentalen Liste von Gründen für das zusammen bleiben und Gründe für die Trennung. Jetzt, Broadway wurde aus dem Bild, er hätte in seinem bescheidenen Haus in L.A. zurückzukehren *Warum? Warum kann ich nicht bleiben. Bei Quinn's Place? Er wird aus der Stadt zu werden.* Würde Meg ihn sehen? Würden Sie weiterhin von den Reportern gejagt werden, Paparazzi mehrere Fotos von Ihnen, die sie auseinander fahren?

Sie bitten mich zu heiraten. Nein, ich bin nicht bereit. Einen bachelor zu lange zu ändern, so schnell gewesen. Vielleicht könnten wir zusammen leben. Nein, die Reporter haben ein Feld Tag mit, dass... nicht fair zu Meg. Außerdem kann ich nicht meinen eigenen Platz in Manhattan nicht haben. Kann sie nicht in Quinn's Zimmer mit Mir zu bewegen.

Gerade als er entschied sich für die beiden besten war, Bilder von Meg tanzte durch sein Gehirn... und seine Leiste. *Diese grünen Augen..... Ihr Haar wie Seide. Sie ist so smart... und lustig. Ihre Haut ist so weich. Ihr Rack...schön und fest, perfekt für mich.* Sein Puls getreten, als Er stellte ihren nackten Körper in seinem Bett und wartet darauf, dass ihm ihre Liebe zu machen.

Seine Finger in Erwartung der entlang ihre glatte Haut und kreisten um Ihre Brüste tingled. Er schloss die Augen und fühlte fast die Kurve der ihre Hüfte, Ihr verformbaren unteren unter seinen Händen.

Seine Lippen verzog leicht denken an sie küssen, so zart und doch wecken. Ihr Geschmack, ein Kreuz zwischen Wein und die süsse Bitterkeit von frischem Obst, seine Zunge gehänselt, während die Erinnerung an ihren Duft seine Nase kitzelte. Seine Leiste angezogen, als er ihr kuschelig warme Nässe ... die Ekstase der in ihr wird daran erinnert, ihre Körper zusammen Schaukeln und Kabelsalat in Leidenschaft... das Küssen, verschlingen, und klemmt sich in Fieberhaften wünschen. Er begann leicht zu keuchen, sein Herzschlag beschleunigte, als mit Notwendigkeit in seinem Blut gemischt werden soll.

Er ließ sich wieder in den Sessel, zog die Decke bis zu den Achseln. Für eine zweite er könnte schwören, dass er ein Hauch von hackbraten roch. Sein Mund gewässert im Speicher der Leckerbissen, die ihn hungrig. *Niemand hat jemals für mich, bevor gekocht. Sie ist die Einzige.*

Er leckte sich die Lippen, als wenn ein Rest der Mahlzeit noch dort verweilte, aber seine Geschmacksnerven kamen oben leer. Drehen auf seiner Seite, Chaz umarmte ein Kissen zu ihm in einem Versuch, einen Bruchteil der weiche Wärme vom Schlafen mit Meg entwined neu zu erstellen. Er seine Augen, als seine Gedanken geschlossen lief aus Dampf und Erschöpfung hat endlich ein Ende.

Sie liebt mich. Sie ist meine. Nicht zu geben. Wir werden es heraus... irgendwie. Ich muss Ihr... die ganze Zeit... jeden Tag ein Lächeln seine Lippen kräuselten, als er einschlief.

Kapitel Sechszehn

Eine Gruppe von Journalisten und Kameraleute blockiert die Tür zu ihrer Wohnung Gebäude war keine Überraschung zu Megan. Sie Gewinde den Weg durch die Menschenmenge, Position für die vordere Tür. Sie rifled Fragen-suggestive, böse fragen Sie an, nicht stoppen, auch wenn Sie Mauerten mit "Kein Kommentar." Fotografen ihr Bild aufgeschnappt. Sie war müde und Übernächtige von Reisen und Weinen. Ihr Haar war ein Chaos, aber sie tat es nicht. *Sehen nicht wie ein Call Girl jetzt. Vielleicht ist das eine gute Sache.*

Briny trat aus dem Gebäude, hielt die Tür für sie offen, und schob zwei Reporter zurück mit seinen starken Arm, damit sie führen könnte. Sie entdeckte Grady hinter dem Podium der Türsteher, rollte sich auf einem kleinen Teppich. Der Mops sprang auf und Pp watschelte über zu Meg, sein Schwanz wedeln wütend, überglücklich, sie wieder zu sehen, nach ein paar Tagen in briny's Care.

Meg bückte, um Kratzer auf der pug hinter den Ohren, geistlose Der fangen von Kamera Fensterläden außerhalb des Gebäudes. *Vielleicht Grady wird berühmt geworden.* Sie nahm die Leine von briny's Hand. "Wie viel ich Ihnen schulde, die für die Aufbringung Grady, Briny?"

"Auf dem Haus, Missy."

"Sie nicht, aber..." Er hob seine Hand, um sie zu stoppen.

"Danke." Sie lächelte ihn an.

Ein Reporter schlich innen während Briny sprach mit Meg. "Ms. Davis, wie viel hat Duncan bezahlen Sie nach Phoenix zu fliegen, mit ihm Sex zu haben?"

Oben eingezogen, Meg herum gewirbelt. "Sie nicht wirklich glauben, dass ein Mann so attraktiv wie Chaz Duncan hat eine Frau mit ihm zu schlafen, Sie bezahlen?"

"Oh? Also hast du es kostenlos?" Der Reporter in seinen Notizblock gekritzelt.

Farbe gehetzt zu Meg's Gesicht als Wut schnell in Ihrem Kasten gebaut. "Verschwinde!" Sie spuckte an der Reporter, gießen einen wütenden Blick in seine Richtung. Bevor Sie in den Hund Haspel könnte, Grady hatte sein Bein gehoben und Pinkelte auf der Reporter Hosen.

Er sprang zurück und gebrüllt. "Steuern Sie ihren Hund, Lady!"

"Tut mir Leid", ohne Anzeichen von Reue in ihrer Stimme murmelte. Dann, ihre Farbe kehrte zu normal zurück, und ihr gefrorenes Gesicht in ein Grinsen geknackt. Briny kicherte. Meg ergriff die Leine, indem der Hund vom Menschen und die Flucht zu den Fahrstuhl vor der Reporter die Chance hatte, ihr zu folgen. Briny nahm der interloper durch den oberen Arm und begleitete ihn aus der Tür.

Einmal innerhalb ihrer Wohnung, warf sie aus frischem Wasser für Grady und eine Kanne Kaffee. Ein paar Minuten später, Kaffee in der Hand, Sie Durchlas ihr Mail und rollte sich auf dem Sofa. Die pudgy Mops gelungen, sich auf die Couch zu hüpfen und sich kräuseln sich hinter sie zu verbogenen Knien, den Kopf am Bein ruht. Vor langem, Meg schlief mit Grady neben ihr Schnarchen.

DIE ZEIT VERGING LANGSAM für Meg. Ohne job zu gehen, sie den ganzen Tag in die leere Wohnung Ratterte wie eine einsame Viertel in ein Sparschwein. Drei mal am Tag, war sie gezwungen, die Welt zu Gesicht, wenn sie Grady für seinen Weg nahm. Morgens stärken Sie sich in Central Park glitt, oft unbemerkt von den Medien wegen der frühen Stunde. Aber ihr Spaziergang am Nachmittag war manchmal ein 4096-Betrieb, wenn es Journalisten oder Fotografen herum hängen.

Oft konnte durch Sie zu schlüpfen und sie verfolgt Ihr, bewerfen sie mit Fragen und mehrere Fotos, als sie ihren Kopf nach unten gehalten und ihr Mund.

"Haben sie ihre Ausbildung ein Call Girl zu werden?"
"Duncan spezielle Anforderungen haben, Frau Davis?"
"Haben Sie eine andere Berühmtheit Johns haben?"

Es war hart für Megan nicht zu antworten, wenn Sie wollte, Ihnen zu sagen, alle in die Hölle zu gehen, aber sie zwang sich, nicht zu reagieren. Nach dem ersten Ausbruch in der Woche vor, wenn Sie fand sich falsch zitiert in einer Tageszeitung, den Reporter jetzt schien töricht. Sie weigerte sich das Anstacheln dieser Reporter, um ihr außer Kontrolle erscheinen zu lassen. "Harvard Honig sagt, daß Sie es mal zu Chaz Duncan kostenlos" war die Schlagzeile, die sich aus dem kleinen Fehltritt. Ihr Telefon klingelte den ganzen Tag lang Danach brach.

Wenn ich etwas nicht finden, etwas zu tun, ich werde verrückt, ein Gefangener in meinen eigenen Platz. Schließlich die Antwort kam ihr, als sie sich setzte, starrte aus dem Fenster, trinken eine Tasse Kaffee und einen Streichelzoo Grady. *Ich muss mein neues Geschäft zu beginnen. Alle neuen Unternehmen beginnen mit einem business plan!*

Mit nur noch drei Wochen, bis Chaz durch Schießen zu Ende war, Megan setzte sich an den Computer und begann einen Geschäftsplan für ihre eigene finanzielle Beratung. Einige Tage waren vergangen, und Ihr Telefon hatte sich beruhigt, also stoppte sie überprüfen, um zu sehen, wer anruft. Von ihrer Arbeit abgelenkt und vage genervt, wenn Ihr Telefon klingelt Ihr unterbrochen Konzentration, sie es, ohne zu denken.

"Megan Davis?"
"Ich habe nicht zu den Reportern sprechen..." Sie war, das Telefon, wenn die weibliche Stimme des Anrufers ihre Aufmerksamkeit gefangen zu hängen.
"Ich bin kein Reporter... ich bin Allie, Chaz Duncan's Agent".
"Oh. Was kann ich für Sie tun?" Meg legte ihre Tasse Kaffee.

"Sie gehen können Chaz allein."

Meg's Kopf riss zurück, als ob sie geschlagen worden war. "Wir können nicht in einer Woche gesprochen haben, wenn das eine oder Ihr Unternehmen."

"Er ist entschlossen, mit Ihnen zu bleiben... Egal, die Kosten für seine Karriere."

"Ich sehe nicht, wie das ist, auf Ihr Unternehmen..."

"Es ist mein Geschäft... mindestens zehn Prozent Es ist mein Geschäft. Ich habe das Gespräch mit dem *Westlich der Sonne* Hersteller gewesen, und sie sind nicht glücklich über diese negative Publicity. Diese Filme Appell an Kinder, Frau Davis. Und Eltern, die ihre Kinder wollen nicht nach den Filmen von einer degenerierten, die Prostituierten zahlt."

"Ich bin keine Hure! Sie haben einige Nerven!" Meg ging auf, das Gespräch zu beenden.

"Warte! Warten. Es tut mir Leid. Ich wollte nicht zu implizieren, dass Sie waren. Ich weiß, du bist seine Freundin und glauben Sie mir, ich würde mich freuen für Chaz werden gefunden, jemanden zu haben, der, wenn es nicht Sie."

Megan spritzte.

"Was ich sagen ... Das ist nicht recht. Wenn Sie ihn lieben, Frau Davis, sie werde ihn verlassen. Seine Karriere ist alle Chaz hat. Wenn Sie hier übernachten, können Sie zerstören alles, was er so hart gearbeitet . Die Broadway Show hat ihn bereits über Bord geworfen. Wenn er dieses Vorrecht verliert, wird Sie das Ende seiner Karriere sein."

Megan zog scharf die Luft ein.

"Hallo? Hallo? Sie immer noch da, Frau Davis?"

"Ich bin hier." Sie versuchte zu stetig den Shake in ihrer Stimme.

"Sie müssen eine nette Dame, wenn Chaz so gaga über Sie ist. Ich meine, es muss über mehr als Sex... Also, bitte. Opfer für ihn. Wenn Sie ihn wirklich liebt, der ist."

"Ich." Es war fast ein Flüstern.

"Gut. Danke... im Voraus. Für das Richtige tun."

Nach Allie, das Telefon gehangen, Megan stand, durchbohrt. Sie starrte das Telefon für einen Moment, bevor ein Schmerz durch ihren Körper geflasht. *Sie hat recht. Wenn ich ihn liebe, ich muss ihn aufgeben.* Sie senkte sich in einen Stuhl und starrte aus dem Fenster. *Gott, der Schmerz. Ich kann kaum atmen.* Grady gepolsterte zu ihr und rollte sich zu ihren Füßen. Sie sah auf ihn herab, wie tränen die Augen gefüllt.

"Zeit zu gehen, Junge. Danke, dass du mich daran erinnert." Sie auf die Füße geschoben.

Als ob auswendig, sie ging zur Tür und packte seine Leine vor der Überschrift für den Aufzug. Draußen, es war nur ein Reporter herum hängen. *Gott sei Dank. Jetzt. Ich habe es jetzt zu tun. Wie Rippen ein Verband aus, Es wird weh tun, aber nur für einen Augenblick.*

Sie sah, wie der Mann näherte. "Alle Nachrichten heute, Frau Davis?"

Sie stoppte während Grady selbst auf dem Laternenpfahl entlastet. "Du bist glücklicher Tag. Ja. Die Nachricht ist, dass Herr Duncan und ich sind nicht mehr zusammen."

"Was?"

"Das ist richtig. Wir trennten sich die Wege. In der Tat, ich bin zu Delaware gehen mein Bruder zu sehen und eine alte Flamme es entfachen."

"Einer seiner Mannschaftskameraden?"

"Möchten Sie dann nicht wissen," sie lächelte kokett an der Reporter, Kritzeln eine Meile ein Minute war.

"Warte! Frau Davis!" rief er ihr nach.

Aber Megan nur winkte ihm und fuhr fort, auf ihre Weise. Sie führte Grady zurück in das Gebäude und sprintete zum Aufzug. Wenn die Türen geschlossen, brach sie in Tränen aus. Einmal sicher in der Wohnung, Sie wählte ihr Telefon mit zitternden Fingern. Sobald Mark beantwortet, platzte sie heraus, "ich komme nach Delaware, Mark."

"Gute Idee."

"Sagen Sie Harley Brennan, die er mir schuldet? Ich komme zu sammeln."

Sie hing den Telefon und ließ sich auf das Sofa, schluchzend. Grady zusammengerollt auf dem Sofa neben ihr und legte seinen Kopf auf ihr Bein.

AM NÄCHSTEN MORGEN, Megan begann Verpackung nach der Schlagzeile brach. Vorbereiten der 12.00 Uhr Metroliner zu Delaware zu fangen, sie versuchte, auf ihre Kleidung für die Reise organisieren zu konzentrieren, aber Chaz war auf ihrem Verstand. *Wenn ich werde mit Harley, ich werde etwas sexy zu benötigen. Ugh. Fühlen Sie sich nicht zu sexy mit Harley. Dunc...*

Der härteste Teil des Tages war das Halten Ihr Telefon aus. Nach dem Ignorieren das erste Dutzend Nachrichten von Chaz, drehte Sie das Telefon vollständig aus. Das ständige Klingeln gegen ihre Nerven gerieben, ihre besorgten und vergesslich. *Kondome? Nein. Außerdem, wenn ich meine Meinung ändere, Harley ist sicher, viel zu haben.* Der Gedanke an das Schlafen mit Harley gemacht Ihre Haut kriechen.

Durch 10 30 sie fertig war. Sie warf Grady's Essen in einer Plastiktüte und stapfte die Treppe hinunter. Ihr briny begrüßt. "Ich bin immer auf den Kleinen mit mir verwendet", sagte er, als Grady sprang auf seinem Bein gestreichelt zu werden. "Ist die Luft rein?"

"Jap. Denken sie es, Missy. Sobald Sie haben festgestellt, Sie und Captain Spencer - ich meine, Herr Duncan - durch waren, haben sie verschwunden."

"Gut."

"Das ist eine Lüge, obwohl, richtig? Sie sah nicht einmal Pause mit Herrn Duncan, oder?"

"Das ist die erste Sache, die Sie gedruckt haben, das ist wahr, Briny".

"Zu schlecht. Großer Kerl." Briny nahm die Leine aus der Hand.

"Ja, ich weiß." Megan lassen einen großen Atem. Sie bückte sich Grady einen Kuss zu geben, bevor sie ihre Koffer. Briny hielt die Tür für sie dann auf der Straße nach einem Taxi ging. Megan stieg ein und schaute in den Himmel. Wolken bilden für einen späten Sommer Gewitter. Sie wirbelte und abgedunkelten, Spiegelung ihrer Stimmung.

Als der Zug aus dem Bahnhof Penn Station gezogen, der Regen begann. Sie entspannte sich gegen den bequemen Sitz, wie Regentropfen Streifen hinunter das Fenster schneller und schneller als der Zug abgeholt. *Sie sehen aus wie Teardrops.* Megan's Augen waren trocken, leer der Tränen. Sie konnte nicht mehr weinen. *Ich habe ihn irgendwann zu Gesicht. Ich habe ihm die Wahrheit zu sagen. Ich werde nie die Liebe jemand wie ich ihn liebe.*

Sie lehnte sich zurück und schloss die Augen, damit die Bilder ihrer Zeit mit Chaz durch Ihren Verstand zu blinken. Sie kuschelte sich in den Sitz, die Erinnerung an das wundervolle Gefühl des kuschelte sich in seinen Körper im Bett. Wenn Chaz seine Arme um sie schlang, nichts Schlimmes passieren könnte. Sie war sicher von Sorgen, Angst, von der Welt. Sie schob die Gedanken über den Verlust von, die Sensation aus ihrem Kopf und konzentrierte sich auf die Liebe, die sie teilten. Ein Lächeln schlich sich auf ihre Lippen, als Sie in einen leichten Schlaf driftete, halb schlafend, halb wach, träumen von glückliche Tage mit Chaz.

Megan erwachte mit einem Start, wenn der Zug in den Bahnhof gezogen. Sie sprang auf, um ihren Beutel zu erhalten, aber eine gut aussehende junge Mann war es bereits nach unten ziehen aus dem Rack für Sie. Er gab ihr einen langen Blick. "Bist du nicht der "Harvard-"

"Nein. Look-alike. Vielen Dank für Ihre Hilfe." Sie die Tasche von ihm entrissen und zog schnell den Gang. *Oh, Gott. Jetzt bin ich berühmt... "Infamous". Eine Berühmtheit. Verdammt.* Einmal innerhalb der Station, sie atmete erleichtert aus. *Call geschlossen wird.* Meg sah sich um, bis Sie sie beschmutzt - ihr hoch, stattlich Bruder mit seinen Arm um Penny's Schultern, ihre Weise geleitet.

Ihre Augen begannen zu stechen, und ihre Kehle geschlossen mit Emotion als sie sah Mark. Er hatte immer für Sie da, ihr Fels. Plötzlich konnte sie nicht weiterhin so zu tun, alles war in Ordnung. Er entdeckt sie, öffnete seine Arme und flog sie in, krachend gegen ihn. Er schloss sie in seine Arme, als sie in seine Brust schluchzte.

Ein paar Leute erkannte ihn, aber gestoppt, bevor man sich an zu fragen für ein Autogramm, seine Privatsphäre zu respektieren. Schließlich, Megan trat zurück, nahm den Geweben Penny ihr reichte, und man blies mit ihrer Nase. Mark nahm den Koffer während Penny ihren Arm um Meg's Schultern, als Sie auf den Parkplatz ging.

WÄHREND MEGAN REISTE zu ihrem Bruder und seiner Frau für Trost, Chaz arbeitete und es heraus toughing allein in Phoenix. Er Pacer in seinem Hotelzimmer. Meg's stille trieb ihn verrückt. Er hatte bereits geworfen, alles das war nicht Abbrechbaren gegen die Wand, aber seine Frustration gehalten, bis er dachte, er würde explodieren. *Was tut sie? Sie ist in mich verliebt, hat sie vergessen? Ist sie über mich? Zur Hölle, ich bin immer noch in der Liebe mit ihr, und das geht nicht weg.*

Drei Mal während der Heute schießen, er würde die Konzentration verloren und der Direktor war immer genervt. Er hatte das Papier lesen, aber hielt es für sich allein. Dennoch, die Form und die Mannschaft gehalten senden Chaz sympathisch aussieht. *Meg, komm zurück zu mir. Ich brauche dich. Was habe ich getan? Was ist passiert?*

Die Belastungen des "Wenn Ich habe dich geliebt", unterbrach seine Gedanken. *Meg!* Er stürzte sich für das Telefon auf dem Sofa und antwortete schnell.

"Meg?" Er war atemlos.

"Wer? Nein, Allie."

"Oh. Allie. Was wollen Sie?" Chaz Schultern sackten zusammen, als er sich auf dem Sofa ausgestreckt und startete seine Schuhe.

"Netten Gruß für die Dame, die ihre Karriere gestartet."

"Wie oft soll ich dir noch sagen, Allie? Ich begann meine eigene Karriere."

"Ich weiß, ich weiß... nur Spaß."

"Ich habe den Hersteller nach dem Theater in Pine Grove, Allie. Darf ich Sie daran erinnern?" Die Reizung zeigten in der Chaz Stimme. *Verdammt! Wird sie nie aufhören zu behaupten?*

"Wahr, Wahr. Aber ich ausgehandelten Vertrages."

"Ja, ich weiß. Was wollen Sie? Dies ist keine gute Zeit für einen Chat."

"Sie haben ein wenig Mühe auf dem Satz heute hatten. Ich sprach mit ihr Produzent. Ich rufe an, um zu sehen, ob alles in Ordnung ist."

"Hast du das Papier heute sehen?" Chaz seine Socken abgezogen.

"Ja? Also?"

"So? Megan entleerte mich und wird mich nicht sagen, warum. Sie dauern nicht meine Anrufe..." Er sich mit der Hand durch sein Haar fuhr.

"Ich dachte, Sie besser jetzt sein würde, dass sie schließlich aus. Geez. Ya wissen... jene Schlagzeilen und alle negativen Aufmerksamkeit der Medien? Jetzt sind Sie sicher. Keine Rede mehr über sie Austausch vom Erzeuger. Wow. Wir ausgewichen, dass Bullet... Dank mir."

"Dank... ?", richtete er sich auf.

"Ja, ich hatte ein kleines Gespräch mit ihr vor ein paar Tagen. Nur der Schutz ihrer Interessen."

"Ein Gespräch? Was haben Sie gesagt?" Chaz auf die Füße geschoben als Spannung bis er wieder in seinen Hals gekrochen.

"Die Wahrheit. Ich erklärte Ihr die Wahrheit."

"Was ist Wahrheit?"

"Sie würden besser ohne Sie sein. Sie war das ruinieren Ihre Karriere."

"Was hast du gesagt?"

"Ich sagte ihr, wenn sie sie wirklich liebte, würde sie aus ihrem Leben."

"Oh mein Gott!!! Sie sind verantwortlich für das... das... Katastrophe?" Er ins Telefon gebrüllt, als er begann zu schreiten.
"Was Katastrophe? *Westlich der Sonne* sicher ist. Sie sollten mir danken."
"Ich habe schon mit dem Hersteller gesprochen hatte. Sie waren kühl und verstanden. Es gab nicht mehr die Schlagzeilen. Es wird noch lange dauern, bis dieser Film ist dennoch freigegeben. Ich versicherte ihnen, sagte ihnen die Wahrheit... es gut mit Ihnen war. Was haben Sie getan? Sie haben mein Leben zerstört." Chaz legte seine Hand über seine Augen, als Risse gebildet.
"Nun, ich habe nicht... noch wissen, jetzt sind sie total sicher ... und ich -"
"Du bist gefeuert." Sein Ton war ruhig und kalt.
"Was?", am anderen Ende des Telefons keuchte.
"Du bist gefeuert." Chaz seine Kiefer verkrampft.
"Man kann das nicht tun."
"Unser Vertrag prüfen. Ich kann. Ich bin. Ich habe. Aus meinem Leben, Allie. Ich meine es. Jetzt heraus bekommen."
Chaz aufgehängt, das Telefon. Wut schäumte in seiner Brust, als er Megan erneut gewählt, aber erhielt die Aufnahme und ihm sagen, ihr Telefon war aus. Traurigkeit überwältigte ihn, und er vergrub sein Gesicht in seinen Händen. *Zwei weitere Wochen. Ich habe nur noch zwei Wochen ... dann habe ich wieder nach New York gehen können und versuchen, Sie zurück zu gewinnen, wenn sie nicht bereits in der Liebe mit einigen Neanderthal Fußballspieler.* Er sein Telefon angenommen und drücken Sie Wahlwiederholung. *Gott, ich hoffe, dass Sie nicht mit ihm schlafen... in ihn verlieben. Meg... oh Gott, ich hoffe ich bin nicht zu spät... Bitte, kleine Küken, nehmen Sie den Hörer ab.*

Kapitel Siebzehn

Nach ein paar Tagen mit Mark und Pfennig, Meg begann zu lächeln wieder. Sie ging einmal zum Abendessen mit Harley Brennan. Er war ein guter Sport und erlaubt die Medien zu Fotografieren zusammen Obwohl Meg's Reputation in der Toilette war. Sie lachten gemeinsam über die alten Zeiten am Kensington Zustand. Meg war erfreut, dass obwohl Harley noch ein Glitzern in seinen Augen für Ihr hatte, er hat nicht einen Pass zu machen. Der Gedanke an einen Mann als Chaz berühren Sie Ihre Haut kriechen. *Es hat zu Dunc oder Zölibat.*

Nach fünf Tagen, Sie packte und ging zurück nach New York City. Auf der Zugfahrt, bildete sie eine Liste der Dinge, die sie benötigte, um weiter ihr Amt bis zu erhalten, zu tun und zu laufen. *Ich werde das Konto überhaupt haben. Zweifel Chaz wird mir sein... Er ist wahrscheinlich noch nicht einmal mit mir zu Sprechen. Die Gedumpten ... öffentlich.* Ein Schauer durch den Körper. *Es tut mir so Leid, Honig.* Schwere schlug ihr Herz und ihre Atmung verlangsamt. Sie legte die Feder unten, lehnte sich zurück in den Sitz, und schloss die Augen. *Gott, Dunc... ich vermisse dich so sehr.*

Das Bild der sein lächelndes Gesicht - mit leuchtenden Augen mit Lust, perfekte Lippen in ein charmantes Grinsen gewellt - durch ihren Verstand blitzte. Sie lächelte in der Antwort. *Wenn Chaz Lächeln, müssen Sie Lächeln zurück.* Ihre Finger tingled im Vorgriff auf den Druck seiner, als er ihre Hand nahm. Jemand öffnete die Tür. Die leichte Brise gefiltert, um zu ihrem Sitz kitzelte ihren Hals, wie Chaz Lippen. *Verstehen Sie mich bitte nicht hassen.* Der Pen glitt aus ihrer Hand, mit der Sie in einer unruhigen, leichten Schlummer fiel, Erwachen, als der Zug in den Bahnhof Penn Station gezogen.

Megan veröffentlicht einen langen Atem, als sie sah, gab es kein Reporter oder Fotografen camping vor der Haustür. Briny öffnete die Tür ihres Taxi und Sie alit mit einem Lächeln, ihre Augen suchen in der Lobby Etage für ein Zeichen von Grady. Die pudgy Hündchen bellte, wedelte mit seinem Schwanz, und keuchte, als er sie sah. Sie kniete nieder sein weiches Fell zu streicheln, während er ihr Gesicht mit offenen Freude leckte.

"Und, wie war er, Briny?"

"No Trouble, Missy. Wie üblich."

Megan glitt sechzig Dollar in Briny bei der Hand und nahm die Leine. Einmal in die Wohnung, suchte sie den Gefrierschrank etwas für das Abendessen zu entfrosten. Sie zog ein kleines Paket in Alufolie gewickelt dann bereit, Grady's essen. Nachdem er glücklich war Essen, Sie packte das gefrorene Paket. Innerhalb der verbleibenden kleinen Stück Hackbraten war sie hatte für Chaz vorbereitet. Sie erwischte den Atem und Tränen erschienen, bevor Sie sie stoppen könnte. Sie umklammerte das kleine Bündel an ihre Brust zog es dann wieder wie die kalten ihre Haut verletzt. *Zu Ehren von Chaz.* Sie wischte sich mit der Hand über die Augen und verließ den Hackbraten auf die Theke zu tauen.

Megan arbeitete auf Ihr Business Plan bis Abendessen. Obwohl sie notwendig, mehr Zahlen zu stecken, sie hatte die blanken Knochen des Plans durch acht 30 beendet. " Auf, Grady kommen. Zeit für einen Spaziergang, einen langen Spaziergang."

Befestigen Sie den Kabelbaum rund um den Mops, bemerkte, dass er mehr Gewicht verloren hatte, und dann werden sie für den Aufzug geleitet. Einmal außerhalb, sie fand sich zu Fuß in Richtung Central Park. *Ich brauche ein wenig Glück... Viel Glück. Hatten genug Pech für ein Leben lang.* Sie richtet ihre Füße in Richtung der Ramble wie der Himmel begann gegen Abend zu drehen. Grady bellte einmal oder zweimal im Schatten aber hielt Schritt mit ihr zusammen Prellen und Tun seiner pug Prahlerei. Die Angst, sie hatte einmal der Ramble verließ sie, und sie sah mich zu sehen, die Stone Arch wieder.

Wie Sie die ungewöhnliche Struktur angefahren, der Himmel wurde dunkler. Wärme schlich sich durch ihren Körper, als sie Chaz Worte erinnerte, wenn er sie an diesem ruhigen Ort eingeführt. Grady bellte und Meg versteift, wenn Sie eine Figur, die sich in die Schatten ausspioniert. Sie stoppte in der Mitte des Pfades. *Uh Oh. Zeit die Hölle aus hier zu erhalten.* Bevor sie fliehen konnte, ein Mann trat aus dem Schatten.

"Hierher zu kommen, einen Wunsch zu machen?" Der Mann in die straßenlaterne trat. Es war Chaz.

Ihr Herz sprang in ihrer Kehle, unmöglich, so sprechen Sie einfach ihren Kopf nickte.

"Ich auch. Ich habe mein Wunsch als ich das letzte Mal hier war", sagte er, nähert sich ihr langsam, "Ich gewann den Broadway Rolle und die Liebe von meinem Mädchen... aber jetzt habe ich verloren."

"Nicht beide,", krächzte sie heraus, Clearing ihrer Kehle.

Er zog eine Augenbraue hoch.

"Ich nicht." Ihre Augen trank in den Augen des ihn in seine gemütliche Jeans und T-Shirt unter einem offenen Red Plaid, flanellhemd. Seine Augen glänzten mit Sehnsucht, wie sie es immer tat, wenn er sie ansah. Ihr Puls trat herauf und ihre Lippen tingled.

"Das ist nicht das, was die Papiere sagen." Chaz einen respektablen Abstand von ihr blieb.

"Die Zeitungen liegen, sollten Sie wissen, dass." Ein kleines Lächeln schlich sich auf ihre Lippen.

Er lachte. "Oh ja, ja, sie tun."

"Du hast mich nicht verloren." Sie umarmten sich.

"Harley Brennan kann mit dieser nicht einverstanden sind."

Sie nahm einen Schritt näher zu Ihm. "Harley und ich sind alte Freunde..."

"Sie erwarten von mir zu glauben, daß er nicht mit dir zu schlafen?" Chaz verschoben näher.

"Harley hat immer wollte mit mir schlafen. Harley will mit allem, was einen Rock tragen... außer vielleicht ein Schotte zu schlafen." Meg lachte und schaute in seine Augen.

"Sie haben mir erklärt, sie nicht mit ihm schlafen?" Chaz hob die Augenbrauen.

"Natürlich nicht. Sie haben ruiniert mich..."

"Sie waren nicht eine Jungfrau, als wir..." Seine Augen ihr Gesicht gesucht.

"Ich meine, mich für andere Männer ruiniert. Ich will nicht mit jemandem zu schlafen, aber Sie." Sie trat auf ihn zu und legte ihre Hände auf seine Unterarme.

"Ich habe das gleiche Problem. Warum sind wir nicht zusammen?"

Sie konnte den Geruch seiner Piney Aftershave mit seinem maskulinen Duft gemischt als er näher rückte, ihre Brust fast berühren. "Ich weigere mich, ihre Karriere zu ruinieren, und wenn Allie mich..." genannt

"Allie! Ich weiß, dass Sie sie genannt. Ich sie entlassen." Er fegte eine Haarsträhne aus dem Gesicht und versteckt sie hinter die Ohren.

"Sie haben?" Meg's Augen weiteten sich.

"Sie fuhr sie weg. Ich sprach mit dem Produzenten... Wenn ich Ihnen versicherte gäbe es keine Nachrichten gefunden werden, sie waren in Ordnung."

"Ich bin froh." Meg ihr geneigten Kopf hoch, und Chaz gebürstet seine Lippen auf ihre.

"Ich habe einen anderen Agenten angestellt haben." Er trat einen Schritt zurück.

"Oh?"

"Ein Freund von Quinn's. Fran. Sie hat mir eine Audition für ein Broadway Musical, Eröffnung zehn Monate ab jetzt. Es ist nicht mit einem so großen Namen songwriter, aber es ist eine Chance für Broadway".

"Wann wird der Audition?"

"Morgen."

"Das ist der Grund, warum Sie hier sind?" Grady zog an der Leine, Meg, Pet ihm Bückte.

Er nickte.

"Sind sie bereit? Was sind Sie singen?"

"Wenn ich Dir was anderes?" begeistert

"Lassen Sie hören." Meg gefunden Ein flacher Stein und setzte sich. Grady plumpste auf die Füße.

Chaz räusperte sich, und dann aufgewärmt ist. "Ich bin mir nicht sicher, ob ich alle Worte erinnern."

"Entschuldigungen, Ausreden... Auf mit ihm." Sie ihr Kinn in die Hand ruhte, ihre Augen auf seine wunderschöne Gesicht ausgebildet.

Er richtet seinen Blick zu ihr, als er sang. Seine Stimme erklang klar wie eine Glocke. Diese Version des Songs hatte etwas mehr als das letzte Mal. *Er singt es zu mir.* Ein Schauer lief ihre Wirbelsäule, als sie den Blick der Liebe in seinen dunklen Augen ausspioniert. Als er den Song beendet, Meg klatschten und Grady bellte.

"Ist das okay?" Die fragenden Blick in seinen Augen gemacht Meg Lächeln. *Stellen Sie sich vor, Chaz Duncan unsicher. Schwer zu glauben.*

"Schön. Perfekt. Sie sind ein Kinderspiel."

"Nichts ist ein Slam Dunk in diesem Geschäft." Er legte seine Hände in den Taschen seiner Jeans.

"Ich glaube an Sie." Sie steckte bis zu ihm.

"Was machen Sie hier?"

"Ich bin mein eigenes Geschäft starten und fragte sich, ob die Magie, die Sie hier funktionieren würde für mich."

"Sie müssen nicht das Glück... Sie haben die Köpfe. Ich bin sicher, dass sie gelingen wird."

"Nach all der Werbung? Möchten Sie Ihr Konto auf einen vermuteten Hooker bringen?"

"In der Tat, das würde ich. Ich habe bereits ole Harv informiert, dass ich mein Konto von Dillon und Unkraut. Würden Sie mir nehmen?" Er trat zu ihr, seine Hände auf ihre Schultern.

"Gerne." Meg Wunde ihre Arme um seine Hüfte und zog ihn näher an sich.

Die Stille zwischen ihnen war nur durch das weiche Schnarchen von Grady gebrochen, schlafend auf einem grasbewachsenen Fleck am Weg.

Chaz zog seinen Griff auf sie und senkte den Kopf. Der Kuss, vorläufig auf den ersten, drehte sich leidenschaftlich, als sie ihre Lippen öffneten sich. Seine Hände erkundet ihr zurück, ihr nahe, ihre Brüste gegen seine Brust gedrückt. Ein Feuer in ihre Lenden entzündet, Wärme Senden durch ihre Adern. Sie wollte ihn und was Sie gegen Ihre Hüften fühlen konnte, wollte er sie auch.

"Dunc... oh Gott, ich habe Sie verpasst," hauchte sie.

Er küsste ihren Hals, während seine Hand glitt ihr Brustkorb zu Wiege ihrer Brust. Ihre Atmung wurde Keuchen, als er ihr sanft massiert. Die plötzliche Beseitigung einer Kehle erschrocken die Liebhaber, und sie sprangen auseinander. Meg richtete ihr t-shirt wie ihre Augen versuchte sie das Formular hinter der helle Taschenlampe zu machen. Grady's Schnarchen wurde eine Warnung Rinde wenn das Licht störte ihn.

"Nicht zu sicher hier in der Nacht Leute." Ein Polizist in Zivil, ein Abzeichen an einer Schnur um seinen Hals, zog der Lichtstrahl auf den Weg.

"Danke." Chaz nickte und nahm Megan vom Winkelstück, ihre Regie zu einem Weg aus dem Park führt.

Er ging mit ihr zurück zu ihrer Wohnung Gebäude und es blieb. Sam war auf Pflicht und beschäftigte sich so haben Sie konnte ein paar private Momente auf der dunklen, leeren Straße.

WENN ICH DICH GELIEBT HABE

"Willst du kommen?"
"Ich habe früh Audition... Verdammt!"
Wunsch glänzte in seinen Augen, und sie wusste, dass er die Wahrheit sagte. "Das ist schlecht".
"I'll be back... Wenn das Angebot noch offen ist."
Statt ihn zu beantworten, zog sie ihn unten für einen innigen Kuss. Grady bellte, wodurch Sie lachen.
Chaz Angebot ihr gute Nacht und schlenderte durch die Allee zu Quinn's Apartment. Meg zurück zu ihrer Wohnung mit einem Lächeln auf ihrem Gesicht. Sie gab Grady seinen Abend zu behandeln, bevor Ausziehen für Bett. Brummen "Wenn Ich habe dich geliebt" Ihr auf die Bank geschickt. Sie spielte das Lied mehrmals und sangen zusammen. Ihr Spirituosen stieg mit jedem Spiel durch. Das Letzte, was sie erwartete, war der Besuch von der Polizei.

ALS ES KLINGELTE, MEGAN, eine Robe über ihr kurzes Nachthemd und zur Tür gepolstert. Grady, geweckt von einem gesunden Schlaf, zur Tür gehetzt und begann energisch bellt. Meg erreicht, ihn streicheln. *Sam nicht Summen. Wer könnte es sein?* Ihr Herz hob für einen zweiten, wie Sie dachte Chaz seine Meinung geändert haben könnte. Sie hielt ihren Lippenstift vor dem Öffnen der Tür, gerade als die Glocke läutete ein zweites Mal zu aktualisieren.
"Megan Davis?" Ein großer Mann in der Uniform eines Polizisten gebeten. Sie nickte. Grady fing wieder an zu bellen, und Meg shushed ihn.
"Offizier Stark und das ist Officer Malloy."
"Was ist das?" Ihr Herzschlag beschleunigte sich als Adrenalin zu pumpen begann.
"Sind sie die Tochter von Arlen S. Davis?" Die kürzere Officer erkundigte.

Meg festigte sich, indem Sie die Ecke der Anrichte. "Ja." Ihr Flüstern war kaum hörbar, als Sie die Farbe aus dem Gesicht spürte.

"Es tut mir leid Ihnen sagen, Frau Davis, das bleibt deines Vaters, an der Unterseite der Hoffnung Schlucht in Sandstein, Colorado gefunden wurde."

Eine Welle von Übelkeit durch Megan's Magen, wie das Blut aus dem Kopf leer gefegt. Plötzlich schwindlig, Sie in Richtung der Tür. Büro Malloy fing sie, bevor sie fiel. Unterstützt von Officer Stark, sie trugen die halb-bewussten Meg auf dem Sofa, von einem Wütend bellend Grady gefolgt.

"Er ist nicht zu beißen, ist er?" fragte Malloy Stark.

"Wie zum Teufel soll ich wissen? Frau Davis, "Stark sagte, ihre Hand reiben.

Malloy gesucht für die Küche und ein Glas Wasser. Megan setzte sich auf. "Was ist geschehen?"

"Sie Art für einen Moment in Ohnmacht, Ma'am." Malloy reichte ihr das Glas Wasser.

"Warum?" Sie nahm einen Schluck.

Officer Stark wiederholt die Informationen und Meg wieder erbleichte. "Du bist nicht wieder passieren, sind Sie?" fragte Malloy. Der Schweiß brach auf seiner Stirn.

Sie schüttelte den Kopf. Grady sprang auf dem Sofa, neben ihr thront, und beäugte die Offiziere mit Misstrauen. Meg nahm einen Schluck von ihrem Wasser. Officer Stark räusperte sich.

"Wir von der Sandstein Polizei Abteilung, mit seinen Führerschein bleibt angemeldet haben, am unteren Ende der Schlucht gefunden worden. Diese bleibt erscheinen zu ihrem Vater zu gehören. Ich verstehe er vermisst?"

Megan nickte und deutete auf zwei Stühlen. Die Offiziere setzten sich und fuhr fort, "Fehlt für einige Zeit, glaube ich? Der Sandstein Polizei möchte Sie dort zu kommen und ihm so bald wie möglich verlangen."

WENN ICH DICH GELIEBT HABE

"Hier ist die Kontaktinformationen, "Malloy reichte ihr ein Blatt Papier. "Können wir Ihnen sagen, Sie in Kontakt zu kommen?"

"Ich werde Sie am Morgen anrufen."

"In Ordnung. Danke, Ma'am," sagte Malloy, drücken auf die Füße. "Alles in Ordnung? Gibt es jemanden, Sie möchten uns anrufen?" Stark gefragt, beobachtete Megan Kampf auf die Füße zu bekommen.

"Niemand. Danke. Ich habe nur meine Mutter und mein Bruder."

"Wir haben versucht, ihre Mutter, aber es gab keine Antwort."

"Am Dienstag Abend? Sie geht in der Regel zu den Filmen. Ich werde Sie weiterempfehlen."

"Wir schätzen es, Ma'am," Malloy sagte.

Megan sah ihnen vor die Tür und dann auf dem Sofa zurück. Seltsamerweise fand sich beruhigen. *Ich dachte immer, daß sie tot waren, Papa. Sie würde meine Graduierung nicht entgehen lassen, es sei denn, sie wurden.* Ein rueful Lächeln über ihre Lippen, während eine schwere Trauer ihr Herz gefüllt. *Immer gehofft, Sie waren noch um, obwohl, mit eine gute Ausrede.*

Sie schob sich vom Sofa und ging in die Küche. Es goss einen steifen Wodka und Tonic und hob ihr Telefon mit zitternder Hand.

ÜBER STADT WIE TIFFANY über war die aktuelle Ausgabe der *Celebs R uns* zu Bett zu bringen, eine Kopie Junge kam in ihr Büro. Er war außer Atem. "Joe bei der Polizei bezeichnet. Zwei Offiziere nur zu einem Besuch nach dem Gebäude, in dem sich Megan Davis lebt. Sollten wir ihn anrufen?"

"Definitiv. Finden Sie heraus, was sie bis zu waren. Und wenn es darum geht, dass Davis Hündin, bieten ihm Doppelten für die Details. Tun Sie es *jetzt,* denn wenn es ist saftig, ich den vorderen Seite halten."

Innerhalb von 15 Minuten, wird die Kopie Junge hatte die Schaufel für Tiffany. Er reichte ihr mehrere Seiten von gekritzelte Notizen. Sie schnappte sie von Ihm, und ihre Augen schnell gescannt für die notwendigen Fakten. Ein böses Lächeln breitete sich auf ihrem Gesicht. "Ich werde diesem selbst schreiben", sagte sie zu ihrer Assistentin Editor aufgerufen. "Hal sagen bis zum Druck halten, nur für zwanzig Minuten."

"Wenn sie das so sagen," antwortete der Editor, zuckte mit den Schultern.

"Nimm dies, du Schlampe", murmelte Tiffany unter den Atem an, als ihre Finger über die Tastatur flogen.

Als sie fertig war, sie ihre Handarbeit durchgelesen, und anschließend auf *Senden* .

"Okay, Hal, "Tiffany sagte ihr in die Gegensprechanlage. "Wenn Sie es bekommen, lassen Sie es."

Ihr Assistent editor wanderte in Ihr Büro.

"Sie können jetzt gehen," sagte Tiffany.

"Mal sehen." Er den Bildschirm drehte sich zu ihm um und die Geschichte lesen.

Eine Low whistle von ihm erzählt Sie, was Sie wissen mussten. Die Schlagzeile las, "Harvard Honey's Pop tot gefunden. Mord oder Unfall?"

Kapitel Achtzehn

"Ms. Davis, alle Tests abgeschlossen sind. Sie können kommen und bleibt ihr Vater."

Zwei Wochen, nachdem die Polizei ihr mitgeteilt, Megan Pläne nach Colorado zu fliegen. Die Aufregung der Reporter rund um Ihr Gebäude Chaz entfernt. Nach vielversprechenden seine Erzeuger nicht mehr Schlagzeilen, er war nur ungern ins Rampenlicht mit Megan wieder zu Schritt. Sie vollständig verstanden, aber Sie vermisste ihn. Sie sprachen am Telefon und gelegentlich sahen auf *Skype* , aber Megan war beschäftigt die Einrichtung Ihr neues Büro und Chaz war dabei ein Voice-over. Sie hatten nur selten mal zu treffen.

Meg's Mutter waschen ihre Hände die Tortur. Seit Meg sagte ihr, Helen Davis hatte in einen Tiefstand gesunken und weigerte sich, ihr Haus zu verlassen. Meg nahm ihre Mutter zum Arzt, wo sie vorgeschrieben wurde, Antidepressiva. Sie halfen, aber Helen weigerte sich, Colorado mit ihrer Tochter... zu reisen und heimlich Megan war erleichtert.

Mark war in der Mitte der Saison und konnte es nicht lassen nach Colorado zu gehen. Er war erschüttert, als Meg sagte ihm und hatte die erste Hälfte seines nächsten Spiel wegen der Trauer zu verpassen. Nach Jahren der hasst seinen Vater für das, was er dachte, Desertion, Mark hatte jetzt, ihm zu vergeben und ihn gleichzeitig trauern. Megan's Herz schmerzte für ihn. Sie war die Reise nach Colorado allein zu tun.

Dass Mittwoch Morgen, Sie nahm einen tiefen Atemzug und ihren kleinen Koffer zum Aufzug mit Grady Rückstand gedreht. Traurigkeit erfüllte ihr Herz. Sie lehnte sich ihre Stirn an der Wand als eine Welle von Schwäche durch ihren Körper abgestürzt. *Ich glaube nicht, daß sie zurück kommen, Papa. Himmel, dachte nie, dass ich sie zurück holen würde... wie dieser.* Nach einem Schauer und einen tiefen Atemzug, Meg stützte sich an der Wand, das Sammeln von jedem bisschen Kraft hatte sie. Sie den Klumpen in ihrer Kehle geschluckt, betrat den Lift, und drücken Sie die Taste für den Empfangsbereich.

Briny lächelte sie an, als sie ihm übergeben Grady's Leine. "Nochmals vielen Dank, Briny, für ihn nehmen."

"Er hat keinen gestört. Ich möchte das Unternehmen."

Meg versuchte zu lächeln ihn an, konnte aber nicht. Tränen auf dem Rücken der ihre Augen brannten und ein kaltes Gefühl der Einsamkeit durch ihren Körper gefegt, was Sie erschauern Obwohl es nur Oktober.

" Direkt vor der Tür Ihres Autos, Missy."

Meg gestoppt.

"Ich habe nicht ein Auto bestellen."

"Bist Du sicher? Sagte, er sei auf Sie warten."

Meg's Augenbrauen zusammen, als sie durch die Tür bestanden Briny offen gehalten wird. Sie starrte auf das Auto und sah Bobby's lächelndes Gesicht. Ihr Mund hing offen, aber kein Laut kam heraus. Die Hintertür geöffnet, und Chaz trat heraus. "Ihr Auto, Ma'am," sagte er, eine schwungvolle Bewegung mit seiner Hand.

"Was machen Sie hier?" Meg näherte sich dem Auto mit unsicheren Schritten.

"Ich bin hier, um Sie zu den Colorado zu nehmen."

"Aber ihre Produzenten... dein Versprechen ... ihre Karriere."

"Die Frau, die ich liebe braucht mich. Es gibt nirgendwo sonst ich lieber. Sie werden verstehen, ... und wenn Sie es nicht tun, ich werde etwas anderes finden. Ich kann Dir jetzt nicht Wüste, kleine Küken. Ich muss hier bei Ihnen zu sein." Er öffnete seine Arme und Sie flog in seine Arme. Die Tränen, die sie zurück halten würde, überflutet ihre Wangen. Er verschärft seine Arme um sie. "Ich nicht, könnten Sie dies nicht allein tun", flüsterte er.

"Danke, Dunc. Vielen Dank."

Sie hob ihr Kinn, und er küsste sie tief, noch vor Ihrem Gebäude. Die Menge begann zu sammeln. Wenn Sie brachen, die Umstehenden klatschten. Chaz hetzte sie ins Auto und in der neben ihr schob. Bobby sprang, schloss die Tür, Verladen der Koffer in den Kofferraum, und wieder auf den Fahrersitz. Einmal drinnen, Bobby fuhren nach Ninety-Sixth Straße, quer durch die Stadt zur Triborough Bridge zum LaGuardia Flughafen zu gehen. Chaz saß zurück und griff in seine Brusttasche. Er zog zwei Bordkarten.

"Zwei First Class Sitze." Er winkte die Papiere vor die Nase.

"Ich habe mich immer Trainer fliegen."

"Nicht mehr", Chaz sagte mit einem Grinsen.

"Ich habe noch nie erster Klasse geflogen haben."

"Die Art und Weise, wie Sie sich fühlen... Es hilft... einen Unterschied machen. Die Reise wird ein wenig einfacher für Sie sein."

"Danke." Freude, eine Röte auf den Wangen.

Chaz wischte ihre Wangen mit seinem Daumen. "Es tut mir so Leid zu ihrem Papa."

Sie nickte und legte ihren Kopf auf seine Schulter. Chaz glitt seinen Arm um sie und zog sie zu schließen. "Was ist mit der Presse?"

"Wenn wir keine, wir werden dann mit Ihnen umgehen. Nun, lass uns einfach, uns."

Viel Stress und Spannung Meg war das Tragen in ihre Schultern und Rücken sickerte aus ihr heraus. Sie entspannte sich gegen seine harte Körper und bald auch die Augen schließen. Chaz küsste oben Megan's Kopf, als sie einschlief.

BOBBY GEZOGEN BIS ZUM Delta Airlines Terminal, stieg aus und öffnete die Tür für Chaz und Meg. Und er legte ihr Gepäck auf dem

Bürgersteig. Chaz trat aus erster Hand bieten zu Meg. Bobby kam um und gab ihr eine Umarmung. "Es wird alles in Ordnung sein. Dunc wird gut um Sie kümmern", flüsterte er in ihr Ohr.

Leute drehen begann zu schauen und laut flüstert "Chaz Duncan" und "Grady Spencer" wurde hörbar. Chaz manövriert, um die Sicherheit, wo ihre Anwesenheit für Aufsehen. Noch kein Reporter zeigte. Meg blies ein Atem, wenn Sie es mit Sicherheit ohne Drücken Sie in Sicht. Chaz Autogramme und mit seinen Fans gechattet, als er nahm seine Schuhe und seinen Gürtel.

"Oohh, vielleicht seine Hosen sind gonna fallen, "eine Frau scherzte.

"Halten Sie Ihre Kamera bereit, Mabel, nur für den Fall", lachte ein anderes.

Chaz geschafft, auf eine gute Leistung zu bringen. Meg um ihn standen ruhig beobachten mit der Masse. Sie alle schienen ihn zu lieben. Sie war stolz.

"Hey, ist sie der Harvard Honig?" Die erste Frau gefragt.

"Wer?" fragte Chaz, vortäuschen, um zu schauen.

Die Frau zeigte auf Meg und Er täuschte sich überraschen. "Lady, Sind Sie nach mir?" Er zog die Augenbrauen bei Meg ungläubig den Kopf.

Sie kicherte, und versteckte ihr Mund hinter Ihrer Hand.

"Aw ... er ist foolin' uns. Er wusste, dass es ihr die ganze Zeit war. Ja, Sie zusammen sind."

"Ain't It nice, Mabel?"

Die beiden Damen gackerte, bewegte sich auf ihren Platz in der Security Line während Chaz und Meg ihren Urlaub gemacht. Auf dem Weg zum Tor, Meg hinter ihrer Hand flüsterte ihm. "Kein Reporter! Gott sei Dank!"

"Nicht hier. Aber vorbereitet werden, sie in Denver zu erfüllen. Wir sind ein Auto mieten Sandstein zu fahren."

"Ist es nicht eine lange Fahrt?"

"Wir werden es über zwei Tage erstrecken. So, ich habe in einem Motel, mit Ihnen zu bleiben." Er bewegte seine Augenbrauen, die ihr Kichern.

CHAZ HATTE RECHT, ÜBER erste Klasse. Das Personal war sehr aufmerksam und vollständig mit Chaz, eine Berühmtheit zu kühlen. Megan fühlte sich ein wenig wackelig nach dem Take-off, und Chaz hielt ihre Hand, während die stewardess sie mit Champagner ausübte. Das Dröhnen der Motoren, mit dem Champagner und die Nähe des Chaz Schulter, beruhigt. Er unterzeichnete ein paar Autogramme, dann aber die Stewardessen lief Störungen für ihn, während Meg gegen ihn entspannt.

Obwohl der Pilot ein besonderes Zugeständnis gemacht und Sie aus dem Flugzeug lassen Sie uns zuerst gab es eine Schar von Journalisten warten auf Sie in der modernen, breiten Gängen des schönen Denver Airport. Chaz umarmte Meg nahe zu ihm, als sie an einem normalen Schritt ging, ihr Gepäck ziehen hinter Ihnen. Die reporter Sie etwa fünfzig Meter vom Tor in die Enge getrieben.

"Was machst du hier mit ihm, Frau Davis? Ich dachte, dass Du ihn entleerte."

"Harvard Honig und Chaz Duncan, wieder zusammen?", kam eine andere Frage.

"War ihr Vater ermordet, Frau Davis?" Diese Frage Ihre gestoppt.

Sie legte ihre Hand auf die Chaz arm, und dann etwas abgesetzt, weg von ihm.

"Ich habe diese einmal und nur einmal und ich werde keine Fragen über meinen Vater Antwort sagen. Mein Vater war ein Kletterer. Er wurde hier auf eine Reise mit Freunden. Sie kehrten nach New York, während mein Vater sich hier zu klettern, Mount Hope, ein Traum den Er immer über 'dgesprochen. Fiel er versehentlich in Hoffnung Schlucht, und da er allein war, wurde erst vor kurzem entdeckt. Niemand mein Vater ermordet. Der Sandstein Polizei veröffentlichte sein bleibt, und obwohl sie noch nicht ihre Untersuchung in seinem Tod abgeschlossen haben, fühlen Sie sich sicher, dass es ein Unfall war. Meine ganze Familie war in New York als mein Vater gestorben..." ihre Worte ins Stocken geraten und ihre Stimme zitterte.

Chaz legte seinen Arm um sie. Nach zwei tiefen Atemzügen, Megan fortgesetzt. "Er umgekommen heraus hier allein. Wir sind erleichtert, zu wissen, was mit ihm passiert ist, und verwüstet, unsere schlimmsten Befürchtungen bestätigt haben. Das ist alles zu erzählen."

"Was ist mit dem Markieren? Was macht dein Bruder?".

"Er hat das Gleiche fühlt wie ich."

"Woher wissen Sie das?"

"Ganz einfach, wir sind Zwillinge." Meg verwaltet ein Lächeln, und die Reporter lachte.

"Was ist mit dir Chaz? Was machst du hier mit Harley Brennan's girl?"

"Meg war nie Harley's Mädchen. Sie war immer mein Mädchen."

"Was machst du hier?"

"Dies ist eine traumatische Erfahrung für Megan. Wo sonst würde ich aber mit der Frau die ich liebe während dieser... diese Krise?"

Die reporter Summte an seine Worte. Kamera Fensterläden öffnete und schloss sich blitzschnell.

Chaz lehnte sich vor und flüsterte in ihr Ohr, "lassen Sie uns Ihnen etwas..."

Er nahm sie in die Arme und küsste sie leidenschaftlich. Megan versteift auf den ersten, aber schnell vergessen Leute zusehen, wie ihre Zunge mit seinem getanzt. Die blinkende Lampen waren blind, aber die Liebhaber nicht stoppen.

Sie schliesslich Split abgesehen, die Augen glühen, und stellte sich der Reporter wieder. Chaz zog sie und streckte seinen Arm ein Pfad zu machen. Bitte lassen Sie uns gehen, wir haben eine lange Fahrt vor uns."

Die drücken Sie parted wie im Roten Meer und lassen Sie sie weitergeben. Andere Passagiere gestoppt zu gaffen und starre auf Chaz. Sie praktisch rannte zu der Autovermietung und wurden bald in Ihrem Auto und auf der Straße. Chaz warf die Karte zu Meg. "Sie navigieren, und ich werde fahren."

Wenn Sie auf der Autobahn waren, Chaz verwaltet sein Handy aus der Tasche zu schlüpfen und es zu Meg Hand. Sie checkte für Nachrichten. "Es gibt mehrere Nachrichten auf hier, Dunc."

"Lesen Sie mir."

"Sicher gibt es keine von sexy Frauen?" Sie zog eine Augenbraue hoch bei ihm sind.

"Eifersüchtig?" Er sie für eine Sekunde sah.

"Verdammt richtig. Du bist mein."

Sie lächelte, als sie sich mit dem Telefon herumgefummelt, lesen jede Nachricht. Ein keuchen aus Ihrem zog seine Aufmerksamkeit von der Straße. "Was? Was ist das? Schlechte Nachrichten?"

"Du hast das Teil."

"Was?"

"Das Teil... Broadway...*Gedränge und Tanz*."

"Oh mein Gott!!! Wirklich? Sie sind kein Scherz?"

Das Auto swerved, Eintauchen in die nächste Spur. Chaz riss das Lenkrad nach links, und das Auto schnell zu seiner eigenen Spur zurück. Meg hielt den Atem an, als der Fahrer hinter Ihnen auf seinem Horn lehnte. Chaz senkte seine Fenster und gebrüllt. "Nicht jeder Tag, den Sie in ein Broadway Musical!" warf erhalten

Als Megan konnte wieder normal atmen, wandte sie ihren Blick auf ihn. Immer größer als das Leben, jetzt ist er ziemlich glühte.

"Ich sowohl meine lebenslange Träume jetzt haben," sagte er, sein Lächeln bis zu tausend Watt.

"Oh?" Sie hob ihre Augenbrauen und versuchte ein Lächeln zu verbergen.

"Ein Broadway Spiel und die Frau, die ich neben mir... das Leben besser als die Liebe?"

CHAZ WAREN MIT MEG, wenn Sie nach New York City zurück. Er half bei der Beerdigung und met Meg's Mutter, die völlig von ihm verzaubert war. Mark war so dankbar für Chaz für das Gehen mit Meg nach Colorado, daß er aufgehört, eine "über-besitzergreifend Ruck", als Meg zu Ihm bezeichnet und erlaubt Chaz in zu bewegen.

Lesungen, Singen, Tanzen und Praktiken fing fast, sobald Sie nach Hause zurück. Zwischen begraben ihr Vater und ihr Geschäft im Gange, Meg hatte kaum Zeit zu sagen "Hallo" und "Auf Wiedersehen" zu Chaz, wie sie in und aus der Wohnung Gesaust. Wie dem auch sein, es war immer Zeit für leidenschaftliche Liebesspiel von Kuscheln nach Einbruch der Dunkelheit.

Pläne für Thanksgiving Abendessen waren verzögert seit Mark's Team war schiefergedeckt am Thanksgiving Tag zu spielen. Durchdachte Pläne waren unterwegs für ein üppiges Mahl am Samstag statt.

Auf einem seltenen Nacht, wenn sie zusammen waren vor sieben Uhr, Chaz, Getränke und Sie sassen zusammen auf dem Sofa.

"Ich habe eine Überraschung." Er beugte sich vor.

"Oh?" Meg nahm einen Schluck von ihrem Wodka Tonic.

Chaz warf einen Umschlag auf den Tisch. "Eine Woche Urlaub auf St. Timothy Insel in der Karibik. Sie und ich, ein Bungalow am Strand, und ein gutes Restaurant, das nur einen kurzen Spaziergang entfernt. Ich bat um eine Woche. Wir haben in zwei Tagen verlassen." Ein Lächeln kräuselte seine Lippen.

"Oh mein Gott!!! Dunc!"

"Ich möchte einige Zeit allein mit Ihnen am Strand in der Sonne. Wir haben nie die Liebe in den Sand." Er näher an Sie bewegte.

"Klingt wundervoll." Ihre grünen Augen tanzten.

Er senkte den Kopf und ihr Mund mit seinem gefangen. Benötigen ihn ergriffen, und er schob sie Anzugjacke von ihren Schultern, und dann Ihr Jersey Top über den Kopf zog. *Lacy rosa... wird die Böden überein?* Seine hungrigen Augen den Anblick ihrer Brüste Spannen gegen ihren Bh gefressen. Sie zog an seiner Krawatte, während er ihren Hals knabberte, seinen Arm um schlängelt, um sie zu lösen. "Viel besser", sagte er und starrte.

"Jetzt".

Sie drückten auf die Füße und den Rest Ihrer Kleidung schnell abgeworfen. Meg ihre Finger mit seinen und führte ihn zurück ins Schlafzimmer. Chaz hob sie hoch und warf sie auf das Bett, in nach dem Tauchen.

DER FLUG IN DIE KARIBIK war etwas Holperiger als Meg wurde verwendet. An einer Stelle, die kleine Fläche war um in einem wind Tasche für ein paar Minuten geworfen. Sie ergriff die Chaz Hand und hart gepresst.

"Nervös, little Chick?"

Sie nickte.

"Wir werden alles in Ordnung sein. Es ist okay." Er seine andere Hand auf Ihre, das half, ihre Nerven beruhigen.

Meg stieß einen Seufzer der Erleichterung aus, wenn die Fläche unten berührt und rollte zum Tor. Es war ein Auto auf Sie warten und innerhalb von 15 Minuten waren sie auspacken in Charmanter Bungalow am Strand. Das kleine Gebäude hatte eine große Veranda, einem kleinen Wohnzimmer mit einer Küchenzeile und einem geräumigen Schlafzimmer. Die Farben der Wände und Möbel waren die Farben der Insel - transparent Türkis, hellgrün, Sonnenlicht Gelb und Weiß auf den Möbeln. Schritte von der Terrasse zum Strand führte, mit der Karibik vielleicht fünfzig Meter entfernt.

Meg war verzaubert. "Wie Sie diesen Ort gefunden?"

"Quinn".

"Er hat mich nicht als den Typ, an einem Ort wie diesem zu kommen."

"Er ist viel romantischer, als Sie denken. Ich bin froh, dass Sie nicht sehen, dass die Seite von ihm."

Sie verändert in Badekleidung schnell und lief in die warme, sanfte Brandung. Plantschen, Schwimmen und Dunking jedes anderen trug sie schnell heraus. Chaz breitete die Decke am Strand und in der Sonne getrocknet.

"Das ist das Paradies." Meg setzte sich auf und reichte ihm eine Tube Sonnencreme.

Er drückte einige der weißen Creme in seine Hand und zog hinter ihr. Breitete seine Hände die Sahne auf ihre Schultern und ihren Rücken hinunter. Dann glitt er ihren Badeanzug Riemen nach unten und angewandte Creme an ihre Brust, seine Finger langsam kriechen, bis sie ihre Brüste erreicht. Seine Hände hob ihre Brüste direkt zu ihr passen. Seine Finger eingeklemmt Ihr leicht Nippel, während seine Lippen ihren Hals knabberte.

"Chaz!"

"Es ist niemand hier. Niemand kann sehen."

Sie lehnte sich zurück in seine Schulter und schloss die Augen. Wärme aus seiner Massage füllte den Körper. Die Berührung seiner Hände und Lippen auf ihr Fleisch ihr aufgeregt. Er schob die bikini top, um ihre Taille. Sie stöhnte und öffnen Sie ein Auge gerissen. Ein Boot, einmal weit weg, schien näher zu erhalten. Meg lockerte seine Hände, zog ihren Anfang, und in eine stehende Position geschoben.

"Auf", sagte sie, ihre Hand zu ihm kommen. "Lassen Sie uns dies im Inneren."

WENN ICH DICH GELIEBT HABE 239

MEGAN WAR HANDTUCH die Haare trocknen, wenn es an der Tür klopfte. Sie festigte ihren Bademantel, ihr feuchtes Haar mit den Fingern gekämmt und gepolsterten Barfuß an der Tür.

"Package", sagte ein junger Mann in eine Uniform.

Meg lächelte und nahm das Paket. Er schnell nach links, bevor Sie ihn Tipp könnte. Das Geräusch der Dusche läuft gestoppt. Eine Minute später, Chaz betrat das Wohnzimmer mit einem Handtuch um seine Hüfte geschlungen. Als er wieder aufsah, Meg war das Öffnen der rechteckige Box.

"Was ist das?", fragte er und reibt ein zweites Handtuch durch seine nassen Haare.

"Weiß nicht. Es ist gerade angekommen."

Sie zog eine weiße, Öse sundress mit Spaghetti-trägern. "Das ist schön!" Beim Ausklappen der Kleid, ein kleines Paket zu Boden fiel.

Es war ein Hinweis angebracht, dass Sie zum ersten Mal geöffnet.

Dachte, dass du es vielleicht auch heute Abend ein neues Kleid zu tragen haben. Auch meine Großmutter Saphir Halskette eingeschlossen. Viel Spaß!

Liebe,

Penny & "Die Nase"

"Wie süß sie mich zu dieser ... und ihrer Großmutter Halskette zu senden. Aber wie seltsam..."

Ein weiterer Punkt lag in der Box, ein Paar silberne Sandalen. Meg geprüft, die Kleidung und alles war in ihrer Größe.

"Es ist heute Abend tragen, kleine Küken."

Sie nickte. Nach der Entsorgung der Verpackung und Umhüllung, sie glitt auf lacy weißen Bikini Höschen durch das Kleid gefolgt. Schieben Sie ihren Körper machte sie Prickeln, wodurch ihr ihren Blick auf Chaz. Er stand in seinem Boxer, Kommissionierung ein T-Shirt tragen.

"Hmm. Starrte für einen Grund?" Seine Augen glitzerten mit Lust.

"Ich möchte zu Ihnen schauen... ist das Grund genug?" Sie strich seinen Rücken erreicht.

Er seufzte, als ihre Finger sanft in seine Muskeln gedrückt.

"Wie Sie berühren." Sie trat näher zu ihm und strich seinem Rücken mit ihren Lippen.

"Gefühl ist gegenseitig." Das Hemd aus der Hand fiel, als er seine Augen geschlossen.

Meg schlang ihre Arme um ihn und zog ihre Hände auf seine Brust. Er stöhnte auf, als ihre Finger über seine Pecs gespreizt, seine Muskeln streicheln.

Meg's Magen polterte.

"Abendessen." Sie ihre Hände langsam nach unten und aus seinem Körper glitt.

"Oh ja, Abendessen." Chaz öffnete seine Augen. "Sie haben mir mit ihren Händen hypnotisiert."

Sie gepflanzt noch einen Kuss auf die Schulter, bevor Sie die Gurte von ihr Kleid und glätten Sie es über ihre Taille. Nach ihren Füßen abrutschen in die Sandalen, lief sie eine Bürste durch ihre Mahagoni Haare. "Wirst du die Kette für mich befestigen?"

Chaz fertig sein Hemd zuzuknöpfen, bevor Sie die zarte Kette mit dem Saphir Anhänger aus der Hand. Sie drehte sich mit dem Rücken zu ihm, und er hat die Kette um ihren Hals geschlungen. Er fummelte einen Moment mit dem winzig kleinen Spange. Ein Schauer lief über ihre wirbelsäule an der leichten Berührung seiner Finger an ihren Hals. Sie nahm eine kleine Tremor in ihm und fragte sich, warum er nervös war. Als er es endlich geschafft, die beiden Enden der Kette zu verbinden, sie drehte sich zu ihm um.

Als er seine Hose abgeholt und trat auch ein, Sie sah in seine Augen und sah: und siehe, ein Flash der Angst. "Kein Grund, nervös zu werden. Niemand kann uns finden. Niemand weiß, wir sind hier... außer Penny und Mark, und würden Sie nicht sprechen. Entspannen, Dunc." Er lächelte sie an, als er Reißverschluss seiner Hose.

"Das ist richtig. Heute Abend ist nur über uns."

Er küsste sie leicht auf die Nase und öffnete die Tür. Sie gingen Hand in Hand mit dem open-air Restaurant. Ein Tisch für zwei hatte sich in einer dunklen Ecke außen gesetzt. Zwei Kerzen brennen hell, plus einen kleinen Blumenstrauß aus weißen Blumen in einer Vase, gab der Tabelle ein romantisches Licht.

Chaz zog ihren Stuhl und Meg setzte sich das Rockteil des Kleides ausbreiten, auf dem Sitz. Sobald Sie setzten sich die Kellner schienen mit einer Flasche Champagner und zwei Flöten.

"Ich hoffe, es stört Dich nicht, ich habe bereits das Abendessen."

"Sie haben an alles gedacht."

"Sie arbeiten so hart und so unter Stress... Ich dachte, Sie könnten mich für etwas zu nehmen."

"So Recht. Mein Gehirn ist leer."

Nach dem Kellner die Korken geknallt und füllten die Flöten, er wurde von einem anderen Kellner Lager zwei Garnelen cocktails ersetzt. Chaz vorgeschlagen, ein Toast. "Uns für immer".

Meg klirrten ihr Glas mit seinem als eine leichte Wärme in ihre Wangen eingeschlichen. *Für immer... wäre so liebe ihn zu heiraten...*

Graben in ihrer Krabbencocktail zu Ihren knurrenden Magen befriedigen, sie fand es um so köstlich, dass sie für eine Weile in Ruhe gegessen. Meg bemerkt Chaz Augenkontakt zu vermeiden. Den ersten, er fummelte nervös mit seiner Gabel, dann gefaltet und seine Serviette Falzperforationen. Sie runzelte die Stirn. *Was ist falsch?*

Nachdem der Kellner die leeren Teller entfernt, Chaz legte seine Hand der Kellner im Inneren zu signalisieren. Er hob seinen Blick zu ihr. Seine Brauen zusammen in einem Blick der Sorge, wie er seine Serviette abgeholt und legte es auf den Tisch. Wie in Zeitlupe, Meg bemerkt, seine Hand in seine Hosentasche, und ihn sinken auf ein Knie auf dem Boden neben ihr. *Es kann nicht sein ... nicht möglich... kann es?* Er nahm ihre Hand in seine und öffnete dann die Box vier - Karat, rund geschliffenen Diamanten Ring zu offenbaren. *Oh mein Gott... Es ist passiert... es ist wirklich passiert... Das glaube ich nicht.*

"Meg, Ich liebe dich von ganzem Herzen... willst du mich heiraten... bitte?"

Sie blickte in sein schönes Gesicht und sah einen flüchtigen Blick eines einsamen kleinen Jungen mit ängstlichen Augen. Sie nahm sein Gesicht in die Hände und küsste ihn. "Ich ... ja ... ich werde ... ich liebe dich auch."

Mit den Fingern schütteln, Chaz nahm den Ring und rutschte auf den vierten Finger der linken Hand. Mit einer schnellen Bewegung, er sprang in die Luft und schrie, das Heben einer Faust. Erschrocken Abendessen sah zu ihm auf.

"Sie sagte 'Ja!'" er gebrüllt.

Einen Applaus brachte die Wärme der Verlegenheit zu Megan's Wangen. Ihr Lächeln schien, von Ufer zu Ufer zu dehnen, nur durch seine abgestimmt. Sie blickte auf den Ring mit ungläubigen Augen. *Märchen nicht wahr, oder?*

Chaz lehnte sich hinüber und küsste sie wie der Kellner brachte Teller geladen mit Seeteufel und leicht gegrillt frisches Gemüse. Seine Nervosität übergeben, Chaz, gegraben in Abendessen genüsslich Während Meg zu aufgeregt war, um zu essen. Sie hob in ihrer Nahrung, bis Chaz ihr ermutigt, es zu essen.

"Wenn Sie mich zu heiraten, müssen Sie alle die Kraft, die Sie bekommen können."

Sein warmes Lächeln ermutigt sie, und sie fand sie hungriger war als sie dachte. Sie beendeten ihre Teller und setzte sich zurück, zufrieden. Chaz griff nach ihrer Hand. "Ich zähle auf Sie sagte *ja* , also tat ich etwas... Ich hoffe, du wirst nicht verrückt sein."

Sie sah ihn an und verengte die Augen. "Sie haben, schuldig. Was hast du gemacht?"

"Nun, unsere Situation... was es ist... anders, dachte ich, als einige große shindig Plan und versuchen, sie aus der Presse..." Er hielt einen Schluck Champagner zu verstecken.

"Weiter." Meg's Blick auf seinem Gesicht ruhte.

"Nun... wenn Sie vereinbart... äh... habe ich mir die Freiheit genommen... dachte ich uns retten 'da whole Lotta Trauer..."

"Was hast du gemacht?"

"Ich organisierte für uns hier verheiratet zu sein, heute Abend, jetzt, vor dem Dessert." Er spuckte seine Pläne in eine lange, schnelle Satz.

"Jetzt?"

" Hier. Jetzt. Keine Presse, keine Fotografen, kein Verstecken und ausgeführt wird. Wir entführen... Jetzt verheiratet. Es gibt einen Richter warten, sehen, Recht dort." Chaz zu ein Mann stand in der Nähe der Küche mit einem Buch in der Hand.

"Oh mein Gott, Du meinst es!"

"Natürlich. Sie nicht über so etwas Witz. Auf Meg kommen. Ich weiß, ich bin beraubt Sie eines langen Engagement, aber denken Sie an die Horror Show versuchen, ohne dass die Presse zu heiraten. Sagen wir es jetzt tun. Und dann, die Presse wird uns allein lassen. Wir werden ein altes Ehepaar auf jeden Fall die Nachricht von gestern."

"Sie haben mich nicht heiraten der drücken Sie off, um ihren Hals bekommen, oder?"

"Silly girl! Natürlich nicht! Ich bin Heiraten Sie, weil ich Sie anbete, kann ohne dich nicht leben. Und wenn wir es jetzt tun, dann kann es eine private, sinnvolle Zeremonie werden anstelle eines drei-ring Circus. Bitte, mein Darling little Chick?"

Seine Augen flehten ihre und seine Logik war tadellos. *Dies wird definitiv eine sinnvolle Zeremonie im Hier und Jetzt sein, ohne dass die Presse. Er hat Recht. Und es ist so romantisch hier.*

"Ja", sagte sie leise.

Chaz sprang auf und signalisiert den Mann, vorwärts zu kommen. Er riss den kleinen Blumenstrauß aus der Vase, trocknete es weg, und dann in ihr reichte. Sie nahm die Blumen aber dann ihren Mund hing öffnen.

"Warte!" Sie mit Ihrer Hand und Chaz stoppte.

"Was ist los?"

"Dieses Kleid... Die Saphir Halskette... Etwas Altes, etwas Neues, etwas geborgt und etwas blau..."

"Jap. Penny bestand darauf, dass Tradition oder sie würde die ganze Sache in die Luft zu sprengen."

"Penny und Mark wusste?" Meg sank in Ihrem Stuhl.

"Natürlich. Ich konnte das nicht ohne zu sagen. Mark würde mich töten!"

"Recht darüber!" Meg lächelte ihn an. "Sie hat diese alle zusammen hinter meinem Rücken."

"Ich würde es nicht so... Es ist eine Überraschung. Kommen," sagte er, seine Hand zu erweitern.

"Es ist wie ein militärischer Manöver".

"Organisation, das ist alles."

Meg legte ihre kleine Hand in seine, und sie gingen, wo der Richter stand. Chaz seine Finger mit ihrs geschnürt und lächelte sie an.

15 Minuten später wurden sie Mann und Frau.

ES DAUERTE NICHT LANGE, bis die Medien bekam Wind von Ihrer Ehe, die Insel ist Schärmen mit Reporter und Fotografen, der Sie überall verfolgt. Eines Morgens, Chaz ein Boot gemietet und Sie verpackten Lebensmittel, die bei Tagesanbruch heimlich für einen Tag in die Privatsphäre. Er eine winzige Insel und zog das Boot auf den Strand. Sie hatten es geschafft, die Drücken Sie den Zettel zu geben.

"Wir wollen keine Badeanzüge hier brauchen, "Chaz sagte, als er sein T-Shirt über seinen Kopf gerissen. Meg errötete, als ein böses Grinsen breitete sich auf seinem Gesicht.

"Wie haben Sie das Richtige für sich finden?" Plötzlich schüchtern, Sie geduckt hinter einem Busch zu entkleiden.

"Ich bin ausgerutscht Martin, der Concierge, zwanzig Böcke und zog mich eine Karte. Die Paparazzi wird uns hier nie finden."

Bis auf seine Boxershorts ausgezogen, Chaz angeboten einerseits zu Meg während Abschirmung seine dunklen Augen vor der Sonne mit den anderen. Sie entstanden aus hinter dem Busch trug nur Slip und ein Lächeln, ihre frei fließenden braune Haare bürsten ihre Schultern.

"Allein. Endlich." Chaz' Blick auf ihre Brust kurzzeitig beigelegt, und dann seine Hand über Ihr geschlossen.

"Komm." Sie auf dem schmalen Küstenstreifen, den Rest Ihrer Kleidung zu Drop gestoppt.

Mit ihrer kleinen Hand umklammerte in seinem, liefen sie in die warmen, klaren Wasser, die nur plantschen Sounds für Meilen und Meilen. Die heiße Sonne prallte auf dem Wasser und ihre Haut erwärmt. Chaz fiel zurück in die Ruhe surfen und Meg plumpste auf ihn. Seine Arme um sie verdreht, ihr bündig gegen ihn ziehen, und sein Mund behauptete ihrs besitzergreifend während einer Hand ihren Hinterkopf gegriffen wird.

Sie brach auseinander, nur wenn Sie unter die Oberfläche sank und hatte wieder Luft zu kommen. Keuchend, sie brach in Gelächter aus. Meg Wunde ihre Beine um die Taille und Chaz nahm er sie tiefer, waten, bis das Wasser gegen seine Schultern gelckt haben. Sie küssten sich wieder, und er angedreht ihre nackten Boden, ihre Absicherung.

"Wir haben immer einen Platz zum ... nie allein sein?" Sie seufzte, und wickeln Sie Ihre Arme um seinen Hals verstecken zu finden.

"Sie holen, kleine Küken", murmelte er zwischen Küsse.

SIE HABEN DIE LIEBE auf der Insel vor dem Essen zu Mittag und sprachen über ihre Pläne, die mit ihren eigenen Platz zu leben begonnen. Meg war sich sicher, sie waren außerhalb der Reichweite von Handyempfang war aber überrascht, eine Textnachricht an Chaz geliefert wird, zu hören.

Das Paar schattige ihre Augen von dem Glanz der Sonne und die Nachricht lesen gemeinsam. Es war von Quinn Roberts.

Wann kommst Du zurück? Annemarie ist das lassen Ihr Baby mit mir. Hilfe!

"Er bedeutet nicht, dass Annemarie Fremont, der Schauspielerin, funktioniert er?"

"Das ist genau das, was er bedeutet."

* Das Ende *

Möchten Sie lesen? Zur nächsten Seite wechseln. Holen Sie sich Ihre Kopie von RED CARPET ROMANCE, Buch 2

in der Hollywood Hearts Serie.

Über den Autor

Jean Joachim ist ein best-selling Romanze Science-Fiction Autor, mit Bücher schlagen der Amazon Top 100 Liste seit 2012. Sie schreibt hauptsächlich zeitgenössische Romantik, die mit Sport und Romantik Romantische Spannung.

The Renovated Heart gewann besten Roman des Jahres aus Liebe Romances Café. *Lovers & Liars* war ein RomCon Finalist in 2013. Und *The Marriage List* für den dritten Platz als Bester zeitgenössischer Romanze von der Golfküste RWA gebunden. *To Love or Not to Love,* für den zweiten Platz in der 2014 Neu-England Kapitel der Romantik Autoren der Wahl contest America's Reader gebunden. Sie war Thema des Jahres 2012 von der New York City Kapitel der RWA gewählt.

Verheiratet und Mutter von zwei Söhnen, Jean lebt in New York City. In den frühen Morgenstunden werden sie Sie finden an ihrem Computer, Schreiben, mit einer Tasse Tee, ihr gerettet Mops, Homer, durch Ihre Seite und ein Secret Stash der schwarzen Lakritze.

Jean hat 44+ Bücher, Novellen und Kurzgeschichten veröffentlicht. Sie sind hier zu finden: http://www.jeanjoachimbooks.com

www.ingramcontent.com/pod-product-compliance
Lightning Source LLC
LaVergne TN
LVHW041700060526
838201LV00043B/510